ドラキュラ
ん!

DRA ULA
YA IN

和ヶ原聡司
イラスト 有坂あこ
satoshi wagahara
ill. aco arisaka

第一章 吸血鬼は朝帰りできない

DRACULA YAKIN!

どんな繁華街にも、魔法が解けたとしか言いようのない感覚で、深夜の興奮が醒《さ》める瞬間がある。

虎木由良《とらきゆら》は、世界が夜の魔法から解き放たれるのは、季節を問わず午前四時半だと思っていた。

夏場は単純に東の空が白み始めるし、日の出が遅い冬でもそれくらいの時間で山手線《やまのてせん》の始発が動き始めるのだ。

明日の飯のタネのために英気を養う大人達が収まるべき酒場に収まって、光とネオンだけが寂しく騒がしい街に遠く響く鉄道の音こそが、旧《ふる》い一日を完全に駆逐し新しい世界の始まりを告げる天の喇叭《らっぱ》なのである。

虎木《とらき》はどんなに遅くなったとしても、その時間帯には自宅に帰ると決めていたし、実際に帰っていた。

だがこの日だけは。

「なぁ虎ちゃんさぁ、本当俺みてぇになっちゃダメだよ？　本当何のために頑張ってきたのかなぁってさ、泣けてくるっつかさ」

「村岡《むらおか》さん、それもう今日五回目ですよ」

「いいじゃねぇか六回でも七回でも聞かせるよぉ……うううう……虎ちゃん、カノジョ出来たらちゃんと気遣ってあげなきゃダメよ？　……俺ぁ……俺はさぁ……！」

この日だけは義理と人情が、魔法を上回った。

二十四時間営業の居酒屋のカウンターで、安いボトル焼酎をもう二本空けながらクダを巻く中年男の背をさするのも『昨夜』この店に入ってから都合十回目だ。

丸三年。夜限定。虎木《とらき》はこの村岡《むらおか》の経営するコンビニエンスストア、フロントマート池袋東五丁目店で働いている。

虎木《とらき》がアルバイトシフトに入れる時間は、夜の間に限定されていた。

人には言えない事情で、日中のシフトには絶対に入れなかった。

村岡《むらおか》は限定的にしかシフトに入れない虎木《とらき》を、特に詮索することもなく一対一の大人同士として雇い受け入れてくれている。

コンビニ経営者に、定期的に深夜勤務できる人間が重宝がられるのは間違いない。

だが虎木《とらき》にとって、深い事情に立ち入らず自分と接してくれる人間は決して多くなかった。

それだけに今、恩人の村岡《むらおか》が人生の窮地に立たされていることについて、隣で愚痴を聞くことしかできないのが申し訳なかった。

だからつい、時間に油断が生まれた。

「大丈夫ですって。ちょっと色々すれ違っただけで、奥さんも分かってくれますよ」

村岡《むらおか》は三日前、妻に逃げられた。

ただでさえ激務休み無しのフランチャイズコンビニオーナー。

その上ワーカーホリックときて、十六歳になる娘の大きなピアノのコンクールをすっぽかしたことを切っかけに、いよいよ三行半《みくだりはん》を叩《たた》きつけられたらしい。

この愚痴飲み会が開催されたのが、妻が出て行ってしまった三日後のことなのだから、妻にも十分理がある程度には家庭を顧みていなかったのだろう。

「妻がいなくなってから娘も全然目ぇ合わせてくれねぇしよぉ……それはまぁ元からだったけどさぁ！」

村岡《むらおか》の娘とは虎木《とらき》も何度か顔を合わせているが、奥さんは娘を連れて行かなかったのだろうか。

疑問に思いつつ虎木《とらき》はこっそり腕時計に目を落とす。

二本の針は、既に魔法が解ける時間が二十分も過ぎていると告げていた。

「大丈夫っすよ！　その気持ちを忘れなければ奥さんも娘さんも分かってくれますって！　俺も夜だけですけどできる限り協力しますから！　あの！　すいませんお会計！」

あらかじめ調べた『時間』と、今いる場所のことを考えると既に限界だった。

「村岡《むらおか》さん！　いつも世話になってっから今日は俺が奢《おご》りますよ！」

「ダメだよぉ……オーナーだもん年上だもんダメだよぉ……」

早朝勤務のシフトがいない場合でも、急なトラブルによる欠勤が発生してヘルプを求められても、対応したことは一度も無かった。

だからこそ、恩義のある村岡《むらおか》が追いつめられている、という事実が虎木《とらき》を酒場に縛り付け、店を出て村岡《むらおか》と別れる頃には、東の空がはっきりと白み始めていた。

「日の出の予報の時間まであと二十分……この時間なら走ればギリギリなんとか……」

仕事の後で、酒も入った体にはキツい選択だが、虎木《とらき》は最後のひと踏ん張りと大きく息を吐いて気合いを入れ、足を踏み出した。

「何なんですか！　やめてっ！　離してくださいっ！」

「騒ぐなこっち来いよぉ！」

「いやっ、触らないで！　やっ……」

そして、三歩で止まった。

軽く周囲を見回しても、朝の冷たい空気と池袋の町は、何ら異常はない。

だが、虎木《とらき》は分かる。

この町のどこかで、若い女性が何者かに襲われている。

早朝の池袋駅に始発目当てで帰ろうとする人々の魔法の解けた雑踏に交じり聞こえてきた声は、確実に存在する。

「…………」

三分で駆けつけて一分で警察に通報して、そのまま逃げよう。

虎木《とらき》は家路に向かおうとしていた踵《きびす》を返《かえ》し、悲鳴の方角に向けて正確に走り出した。

「どこのどいつだ、こんな気分の乗らねぇ朝にバカなマネしやがって」


どこかのビルの屋上看板に掲げられている温度計は冬の早朝らしく1℃となかなかの値を出していたが、虎木《とらき》の体感温度はどんどん上昇する。

「予報ズレてんのか！　もしもし！　もしもし！　多分事件です！」

少しずつ光の白さが増す空を憎々し気に睨《にら》みながら、虎木《とらき》はすぐに『現場』に到着した。

「クソ、マジかよ！」

耳に当てたスリムフォンは既に一一〇番に繋《つな》がっているのに、虎木《とらき》は悪態を吐《つ》いた。

アスファルトの地面に倒されている若い女性と、それをスーツ姿の男が三人で囲んでいる。

スーツの男達は酒宴明け特有の乱れた服装と足取りで、明らかに下劣な目的で女性を取り囲んでいることは明白だった。

「今女の人が襲われてます！　場所は区役所近くのコインパーキングの裏で……」

明らかに異常な状況で、どんな事情であれ関われば恐ろしく時間を取られる。

すぐさま警察に通報してその場を去るのが最善手のはずで、この現場に行き会った大人だったら百パーセントそうするだろう。

「あっ」

若い女性は虎木《とらき》の姿を認めるなり、明らかに嫌悪《けんお》感と恐怖に満ちた顔になる。

「ひっ……えっ……やっ……！」

夜が固まって取り残されたような黒ずくめの服に気を取られて一瞬気が付かなかったが、怯《おび》えた瞳の色は青く、恐怖で振り乱された髪は金色だ。

もしかしたら虎木《とらき》のことを、新たな暴漢と勘違いしたのだろうか。

「カモン、カームダウン！　アイムジャストコーリングザポリス！」

これまでそこそこ長く生きた人生の賜物《たまもの》で、カタカナながら言葉が口を突いて出る。

相手が英語圏の人間かどうかも分からないし、最初に聞こえてきた悲鳴は日本語だったが、少なくともこれで、女性は自分一人が呼びかけられていると分かるはずだ。

それだけで自分が暴漢でないと察してもらえればいいのだが、
差し当たって問題は男達で、彼らも虎木《とらき》が邪魔に入ったとはっきり理解したようだ。

胡乱《うろん》な目でそれぞれに虎木《とらき》を睨《にら》みつけてくる。

「今警察に電話中だって言ったんだよ！　その人を離せ！」

「あぁ？　あんだよぉ……」

D.C.K

「ケーサツだーあぁ？」

「け、警察っ⁉」

男達の反応は明確だった。

一人はいかにも元運動部といった風情《ふぜい》の大柄な男。一人は背が高くスマートと言えなくもないが、腹回りのごまかしがきかなくなっていそうな中年。一人は物理的にも精神的にも二人の陰に隠れて生きていそうな小男。

立場の強そうな二人は挑むような眼《め》で虎木《とらき》を睨《にら》み、小柄な男は怯《おび》えたように息を呑《の》む。

「おいおい……」

虎木《とらき》は困惑する。

三人の男は見たところ思慮の浅いチンピラでも、暴力に慣れた職業といった手合いでもなく、どこからどう見ても、どこぞの会社のサラリーマンだ。

「シラけることとすんじゃねぇーよ！　さっさと消えろや！」

問題なのは、立場の強そうな二人の気が際限なく大きくなっていることだ。

大柄な男が肩を怒《いか》らせて虎木《とらき》を威圧するが、虎木《とらき》は毅然として睨《にら》み返した。

「悪気はなかったとか酒の勢いでとかは通用しないご時世ですよ」

「うーるーせぇっ！」

時間稼ぎは色々な意味でしたくてもできない状況だが、それでも女性を少しでも落ち着かせるために声かけを続けようとしたが、大柄な男が手に持ったカバンを投げつけてきた。

「うわっ！」

突然の凶行に虎木《とらき》は対応が遅れ、右手に握っていたスリムフォンを取り落としてしまった。

スリムフォンはタッチ画面を下にして地面に落ちて、鈍く音を立てる。

虎木《とらき》は決して威圧的な見た目ではない。

身長は酔漢達と比べて小柄だし、ゆったりめの服を着ていることもあって着やせして細身の印象も与えているのだろう。

「……や、やばいですよお……」

身内が他人に手を出したことに慄《おのの》いたらしい小男は怯《おび》えた様子だが、大男は当然のように収まらない。

「うるせってんあおらぁあがまりこーさんのぶちょーだぞぇおいぃ！」

邪魔された怒りも手伝ってか呂律《ろれつ》が回らない自己紹介をする男を、虎木《とらき》は睨《にら》みつける。

深酒のせいでなく単純に日頃他人に対し威圧的に出ることに慣れている人間なのだろう。

背の高い男も大柄の男に並んで虎木《とらき》に威圧的に向かい合う。

「つまり、お前が一番のクズってことでいいんだな」

虎木《とらき》は大柄な男がドッジボールを横投げするように張り倒そうとしてくるのを受け止めると、無防備に開いた手の親指を取り、全力で内側に捩《ね》じり上げる。

「ぶあっ⁉」

張り手の勢いも手伝って大柄な男が思いきり体勢を崩したところに軽くふくらはぎの外側を小突いてやるだけで、元々足元のおぼつかなくなった男は簡単に地面に倒れ伏した。

背の高い男は大柄の男が手も無く倒されたことに驚き怯《ひる》む。

大柄なだけに倒れる姿も迫力があったので、単純にビビってしまったようだ。

「あっ！」

その隙に、虎木《とらき》は倒されていた女性の手を掴《つか》むと引っ張り上げて立たせ、左手を出して自分の背後にかばう。

その間小男は、その様子を呆然《ぼうぜん》と見ているばかりだった。

「な、何するんだ。こんなことして許されると……」

「どの口が言うんだよ」

大柄な男の声に呆《あき》れた虎木《とらき》は、眉根を寄せて凄《すご》む。

「俺はお前らの会社の人間じゃないからお前らにビビることなんか一つもない。これ以上やるならお前らが社会的に死ぬくらい、本当に問題にするぞ。あれ見ろ」

虎木《とらき》が指さしたのは、有料駐車場の支払機のすぐそばに立っているポールについている監視カメラだった。

「警察沙汰になればどういうことになるか、その酒で焼け付いた頭でも分かるだろ。それとも本当にトラ箱からブタ箱に行かなきゃ分からねぇか？」

「ぐ……」

背の高い男は呻《うめ》くが、倒された大柄な男が手足をもがかせて立ち上がろうとする。

「おい、走れるなら逃げろ、ちょっと面倒そうで……」

背後の女性に虎木《とらき》が言った次の瞬間、

「危ないっ!!」

背後にかばった女性の悲鳴とともに、黒い影が虎木《とらき》に襲い掛かった。

「なっ!!」

大男の平手など比べ物にもならない強烈な力が虎木《とらき》の全身にのし掛かり、アスファルトの地面にしたたか背中を打ち付ける。

「うぐっ！」

「邪魔を……邪魔をするなよおおおおお!!」

二人の陰に隠れていた小男だ。

髪を振り乱して全身のバネで飛びかかって来たその動きは、明らかに人間離れしている。

そして常軌を逸した笑みを浮かべたその口の中には。

「お前、まさかっ！」

「ずっと、ずっと我慢してたんだ！　でももう無理なんだ!!」

上顎と下顎に、とても人間とは思えぬ鋭い犬歯。

眼鏡の奥に光る、赤黒い光。

「人間の女の血を飲みたいんだよおおおお!!　そうでないと俺はあああああっ！」

思いきり虎木《とらき》を殴りつけてくる力は、その痩軀《そうく》からは信じ難《がた》い威力で虎木《とらき》を打ちのめした。

「ぐっ!!」

脳が揺れる。大男の半分も質量が無さそうなのに、的確に虎木《とらき》の動きを封じてくる。

衝撃一つ一つは、虎木《とらき》の意識を奪うほどではない。だが。

体が感じる気温が、高くなる。

朝が迫ってきている。

暴力よりも、死よりも、その『面倒』がもたらす恐怖が頭をよぎった瞬間だった。

「んがっ！」

軽い苦鳴《くめい》とともに唐突に覆いかぶさる力が消え、虎木《とらき》の視界を『夜』が横切った。

「大丈夫ですか！」

明瞭な日本語とともに、夜の流星の如《ごと》くに……。

「……ハンマー」

黒ずくめの女の右手に握られた白銀のハンマーが振るわれた。

日曜大工に使いそうなサイズの、虎木《とらき》の家の戸棚にもある、だが、明らかに尋常ではない光を放つ精緻な彫刻が施されたハンマーだ。

「う、ぐぎぃ……！」

全身を圧迫する圧力が消え、飛び起きた虎木《とらき》。

見ると小男が少し離れた暗闇で、額を手で押さえながらこちらを睨《にら》んでいる。

その手の隙間からこぼれているのは、血ではない。

虎木《とらき》もよく知っている、白く薄汚れた粉末状のそれは『灰』だ。

「逃がすかっ!!」

虎木《とらき》と女の声が重なった。小男が背後の陰に溶け込み逃げようとしたからだ。

「クソっ!!」

小男はすぐに身を翻《ひるがえ》し、空いている方の手をこちらにかざした。

その爪の先が突如赤く光り、赤く細い糸状の何かが虎木《とらき》と女目掛けてほとばしる。

「マズい！　あれは……っ！」

虎木《とらき》は鞭《むち》のようにしなる赤い筋が『血』の筋であることと、鋭い切れ味を持っていることを知っている。

それを今目の前の女に知らせる手段も時間も無かった。

だが女は、

「せあっ!!」

およそ精密な動作をするのには不適切と思われる白銀のハンマーで、その血の筋を弾《はじ》き飛《と》ばした。

「マジかよ」

虎木《とらき》もそうだが、男も驚いたようだ。赤い筋を女に集中させようとするが、女は鋭い身のこなしとハンマー捌《さば》きでその全てを回避する。

「クソクソクソクソ！　お前まさかっ!!」

「観念しなさい！　もうあなたが逃げられる暗闇は無いのよ！」

民家のブロック塀に小男を追い詰めた女がそう宣言した瞬間、虎木《とらき》は女と小男の間に割り込み、女をかばった。

「危ねぇっ!!」

小男が放った血の筋の一端が、地面に転がっていた無数の小石を粘着させていた。

小男は指をほんの僅か動かして、いかなる魔法か、それらを爆散させる。

「っ!!」

虎木《とらき》は咄嗟《とっさ》に女の顔と目をかばうが、それでもかばいきれなかった彼女の額を、弾丸のように小石の礫《つぶて》が掠《かす》めた。

「あっ！」

腕の中で女の苦鳴《くめい》が響く。女の額から、派手に血が飛び散る。

そしてそれが虎木《とらき》の口元にも、飛んだ。

「へ、へひひ……」

してやったりという様子で弱々しく笑う小男の声が耳を打った瞬間、虎木《とらき》は、

「この野郎、嫌なことさせんじゃねぇよ」

頭に血が上った。

虎木《とらき》は指で頬に付いた赤い染《し》みを拭い、それを口に軽く入れた次の瞬間、虎木《とらき》の姿は虚空《こくう》に溶けた。

「なっ！」

「ひっ‼」

女はもちろん、小男もそれを見て悲鳴を上げる。

虎木《とらき》はそのとき既に、男の背後に実体化していた。

「気のせいだよ。酔っぱらってんだろ」

虚を突いたわけでも超スピードを出したわけでもない。

文字通り虎木《とらき》の体が黒い粒子となって空中に掻《か》き消《き》え、小男の背後に瞬間移動したのだ。

虎木《とらき》はそのまま小男の首に手を回し、

「時間考えろバカ野郎」

自らの瞳と、小男の首を摑《つか》む掌《てのひら》を赤く光らせた。

それだけのことで小男の目から邪悪な光が消え、気絶したようにその場に倒れ伏す。

それと同時に、

「う……ああ……」

「げ……お……」

連れの二人の男が目を剝《む》いて前夜の酒宴のものと思《おぼ》しき色々をその場に吐き戻した。

「いくらなんでも態度が妙だと思ったが、そういうことか」

恐らく大柄な男達は、この小男の『目』に思考を束縛されていたのだろう。

「あんたら、こいつの知り合いか？」

「知り合い…………いや、昨夜、居酒屋で初めて……」

虎木《とらき》は男達の言い訳を適当に聞き流し、大柄な男の懐《ふところ》に手を伸ばす。

背広の内ポケットには名刺入れが入っていて、その中の一番たくさんある名刺と男を見比べた。

「なるほど。あんたらみたいな手合いを見つけて、それを隠《かく》れ蓑《みの》にしてきたってことか」

名刺には、誰でも知る大企業の名が記されていた。

「あいつにいいように使われちまったことには同情する。でもな、あんた達にさっきみたいな気性があんのは事実だ。俺達は魔法使いじゃない。無い心は作り出せないからな」

虎木《とらき》は男達の前にしゃがみ込むと、威嚇するように瞳を赤く光らせ、軽く手を払った。

「もう行け。始末は俺がつけといてやる。これに懲りて二度と深酒なんかするな。普通の人間なら、跳ねのけられるはずなんだからな」

あらかた吐き戻したらしい男達は怯《おび》えた顔で頷《うなず》くと、襲い掛かっていた女性には目もくれず、おぼつかない足取りで早朝の雑踏へ這《ほ》う這《ほ》うの体《てい》で逃げてゆく。

「ったく、時間がねぇってのに……あっ！」

虎木《とらき》は忌々し気に空を見上げながら、地面に落ちてしまったスリムフォンを恐る恐る取り上げた。

そして想像通りヒビが入っている画面に顔を顰《しか》めながらも、何とか電話機能を呼び出す。

顔を上げて耳に電話機を当てるその瞳からは既に、赤く禍々《まがまが》しい光は消えていた。

「もしもし。ああ、朝早く悪いが急ぎだ。自制の効かねぇバカを止めたが、気付くのが遅れて警察に通報しちまった。こいつは時間的に警察が来る前に灰になる。俺の携帯の現在位置見てくれ。そこにいる。ああ、それじゃな」

最低限の情報だけ伝えて一方的に電話を切ると、虎木《とらき》はようやく女性を振り返った。

黒ずくめの女性は、まだ血が流れる額を押さえながらも、倒れた小男と虎木《とらき》を何度も見比べていた。

「大丈夫か？　日本語、分かるよな」

仕方なくそう問いかけると、女性は小さく頷《うなず》いた。

異様な黒ずくめの風体と、右手の白銀のハンマー。

何より彼女が『打った』ことにより灰のようにボロボロと崩れた小男の額。

「お互い、今見たことは忘れよう。もうすぐ警察が来るけど、面倒なら逃げて構わない」

「……」

「一応言っておくが、俺のことは警察に言っても無駄だ。まぁあんたはそういうこと言わない種類の人間だと思うがな。どうしても俺のことを警察に通報したいってんなら、あんたを襲った連中は、人に見られて逃げて行ったたってことにしてくれると助かる。あいつらは普通の人達だ。今回のことで言えば、被害者側だ」

時間が無いので一気にまくし立てたが、女性はやはり真意の読めない表情で虎木《とらき》を見上げているだけだ。

「あー……なんだ。とりあえず、それ、大丈夫か？　今、こんなのしかないが」

虎木《とらき》が尻のポケットに手をやる仕草を見て、女性は一瞬身を固くするが、虎木《とらき》が取り出したのが財布だったので、意外そうな顔をする。

「その出血じゃ、こんなんじゃ駄目か」

財布の札入れから出てきたのは、絆創膏《ばんそうこう》だった。

「俺、手荒れしやすくてな。冬はよく手がひび割れるから持ってる……って、そんなことはい い。二枚しかないけど」

そう言って差し出された安物の絆創膏《ばんそうこう》を、女性はハンマーを持った手でおずおずと受け取った。

「……ありがとう、ございます」

ようやく落ち着いた状況で、虎木《とらき》は女性の声を聞くことができた。

「いやいいよ。ていうかあれだ。お互い深く関わらない方がよさそうだ。俺はもう帰る。あんたも適当に帰れよ。そろそろ警察来るぞ」

「ま、待ってください！　今、私がその男を殴ったあと、あなたの姿が……」

「こっちが無かったことにしようとしてるんだから、そっちから殴ったとか言うなよ」

虎木《とらき》は食い気味に大声で返事をして、女性の質問を封じた。

「あんたも徹夜明けで眠いんだろ、夢でも見たんだと思ってくれ。そうじゃなきゃ関取かレスラーに助けられたとでも思ってればいい」

「関取かレスラー……くふっ」

こらえようとしてこらえきれなかった様子で女性は微《かす》かに吹き出した。

「す、すいません」

「いいよ。それじゃあ」

「あ、あのっ」

「まだ何かあるのか」

虎木《とらき》はちらりとスリムフォンの画面を見る。

既に予報の時間まで五分を切っている。

「……もしかしたら、またお会いするかもしれません」

「お互い、そんなことが無いことを祈りたいな」

「いずれにせよ、これだけは今、言わせてください」

このとき初めて、女性は虎木《とらき》をまっすぐに見た。

それが彼女にとって非常な勇気を必要とする行動であったことは、赤い頬とうるんだ瞳を見れば明らかだった。

「助けてくれて、ありがとう」

そう言って、女性は手を差し出した。

最初は気付かなかったが、黒ずくめの服の腰に、革のツールバッグが吊《つ》られており、ハンマーは銃とホルスターの如《ごと》くそこに収まっていた。

「ああ、どういたしまして」

『銀』は、虎木《とらき》の目にも肌にもあまり良いものではない。

その『武器』を収めてくれて手を差し出してくれただけでも、その意思に応じる価値は十分にあった。

「手、温かいんですね」

「ああ、ん？」

礼を述べる意味での言葉としては若干ズレている気がするが、虎木《とらき》は思わず彼女を立ち上がらせた右手と、かばった左手を見下ろした。

「じゃあ、きっと心が冷たいんだ。海外じゃどうか知らないが、日本じゃ心の温かい奴《やつ》は手が冷たいらしいからな」

そう言って自嘲気味に笑ったそのときだった。

東の空から伸ばされた金色の光が、虎木《とらき》の左胸を貫き砕いた。

「マジかよ」

世界が新しい朝を迎えた瞬間、彼は自分の身に『死』が降りかかる事実をどこか他人事《ひとごと》のように受け止めていた。

雲間を割いて地上に降り注ぐ陽光を、エンジェルラダー、天使の梯子《はしご》と名付けたのは一体どこのどいつなのだろう。

天使の梯子《はしご》は、夜と闇の住人になった自分を天国へ連れてゆくどころか、その足先で踏みつぶし粉々に砕くではないか。

「嘘《うそ》っ！　まだ時間は……！」

そんな彼の様子を、砕けてゆく本人以上に悲壮な面持ちで見ている女性の顔があった。

信じ難《がた》いものを見た顔。

この世ならざるものを見た顔。

もはや、肩から、顔から、陽の光に触れた端から彼の体は細かい粒子となって虚空《こくう》へと散って行き、それと同時に急激に意識が闇に落ち始めた。

視界が暗くなり、耳は聞こえなくなり、やがてひび割れた肌は何も感じなくなる。

「くそっ……」

ああ、このまま自分は死ぬのだ。

髪の一筋、血の一滴すら残さず死ぬのだ。

光に砕かれた命の最後の一滴を振り絞り、彼は叫んだ。

「財布の中に……俺の免許と袋が…………に……」

俺が遺《のこ》したものを届けてくれ。

それが声になったかどうかすらも、もう分からなかった。

最後まで残った爪先に、取り落とした財布が落ちてきた感触を覚えたのが最後だった。

ただ、不思議と誰かを守って死んだという実感だけは砕けたはずの胸の中に確信として残り、それ故か後悔は無かった。

やがて朝の雲が晴れ、世界が朝に包まれたその瞬間。世界に命が満ちたのと引き換えに、虎《とら》木《き》の全身は灰となって砕けた。

そして、女性の足元に灰がうずたかく積もり、灰の山に隠れるようにして、くすんだ赤色の十字架が鈍い音を立ててアスファルトの地面に跳ね返り、道端の植え込みの陰に消えた。

※

「つはっ⁉」

肺が空気を感じ取り、全身に血と熱が巡り、虎木《とらき》は声にならぬ叫びと共に目を開いた。

「はぁっ……はあっ……こ、ここは……」

周囲は闇に包まれていたが、閉鎖空間ではない。

空気を感じ取った瞬間、嗅覚が活動しはじめ、そこが慣れた場所であることを虎木《とらき》に教えてくれた。

「家……か？」

沈んで冷たい空気。そして、手と尻の下にある硬い感触は、自宅のバスルームだ。

「とりあえず、生きて帰れたか」

間違いなくここは、虎木由良《とらきゆら》の自宅であるマンションのリビングだった。

「あークソ……また色々仕切り直しか。面倒くせぇ」

頭を掻《か》きながら、暗闇の中で周囲を見回す。

照明をつけなくても、虎木《とらき》の目はバスルームの暗闇を見通すことができた。

ここ十年、目覚めはいつもこの何の変哲もない集合住宅用のバスルームだ。

小さな換気扇がついているだけで窓も無いが、夜勤明けに帰ってきて入浴したいときに備え、防水デジタル時計がシャンプー類の隣に置かれている。

「一体何日過ぎたのか……村岡《むらおか》さんには悪いことしたな。絶対あの愚痴飲み会が原因でバックれたと思われただろうな」

これまでの経験上、灰になった場合、一週間以内に家に帰れれば御の字である。

過去には半年以上戻れなかったこともあった。

今日が何月何日か分からないが、無断欠勤が連続した末にクビになっていることは間違いないだろう。

かつて幾度も繰り返した展開に暗澹《あんたん》たる気持ちになりながら、虎木《とらき》は防水時計の日付を見て、思わず目を疑った。

時計には、十二月三日、午後七時の表示。

「たった一日？　いや、オール明けでトラブルに首突っ込んだんだから、一日経《た》ってない⁉」

そして虎木《とらき》は慌てて首元に手をやった。

「無い……！　じゃあ、一体誰が……！」

虎木《とらき》が思わずバスルームから飛び出したそのときだった。

「え」

「あ」

虎木《とらき》は、近所のコンビニの買い物袋を手に提げた金髪碧眼《へきがん》の女性と鉢合わせた。

バスルームの中で灰から元に戻ったばかりの虎木《とらき》は当然のように裸だった。

「っ〜〜〜っ!!」

「ごめんっっ!!」

女性が声なき悲鳴を上げながら買い物袋をハンマー投げが如《ごと》く振りかざして虎木《とらき》の顔に叩《たた》きつけようとするが、間一髪、虎木《とらき》が扉を閉めた。

扉一枚隔てて怒りの衝撃が伝わって来た後、玄関の扉が開いて誰かが出てゆく気配がした。

黒ずくめではなかったが、今のは間違いなく昨夜、いや今朝、妙な男達に絡《から》まれているところを助けた女性だ。

「ん？　待てよ？」

灰になってしまったのに一日と経《た》たず家に戻ってこられたのは、恐らく彼女のおかげだ。

だが普通の人間であれば、目の前で人間が灰になったら平静でいられるはずはないし、その灰をわざわざ知らない人間の家に届けるようなことはしないだろう。

一体どんな理由でこんな時間までこの場に残っていて、あまつさえ近所のコンビニで買い物

をしてきたのかは知らないが、虎木《とらき》は自分の『正体』を迂闊《うかつ》に吹聴されては困るのだ。

「おい！　もしかして君は！」

「せめて服着てから出てきなさいよっ!!」

「ごめんっ！」

虎木《とらき》はバスルームを飛び出し、勢いのまま玄関の扉を開け、即閉めた。

女性は玄関ドアのすぐ横でしゃがみ込んでいた。

高さ的に『ご対面』させてしまった可能性が高い。

「えーっと一昨日コインランドリー行ったときの洗濯物この辺に放り出して……ん!?」

自分も赤面しながら、洗うだけ洗って畳みもせずに放り出しておいた洗濯物の山を探ろうとして、肝心の山そのものが無いことに気付く。

「あれ？　ん？　んん？」

チェストと呼ぶのも躊躇《ためら》われるカラーボックスの引き出しを開けると、多少癖になってしまった皺《しわ》が見えるものの、虎木《とらき》の洗濯物がきちんと畳まれてしまわれていた。

よく見ると、部屋の中が色々と片付いている。

シンクに放りっぱなしの食器は洗われているし、その食器が収められている水切り籠は、水《みず》垢《あか》だらけだったはずなのにきちんと磨かれていた。

「まさか、あの子が？」

「そろそろいい⁉　いい加減寒いんですけど！」

返事があった。

聞き耳でも立てていたのだろうか。

「あっ！　す、すまない！　すぐ着るから！」

「裸のまま一体何してるのよバカなの！」

至極まっとうな突っ込みに返す言葉も無い。

とにかく下着とスウェットだけを何とか引っ張り出し、

「どうぞ」

そう声をかけると、

「助けてもらった恩が無ければ、それこそ警察に通報してるところよ」

黒ずくめでないとかなり印象が違うが、それでもご対面のせいか虎木《とらき》の顔をまっすぐ見られないその顔つきは、間違いなく今朝の女性だ。

「書いてあることは本当だったのね」

こうして私服姿を見ると、まだ少女の面影が残る年齢かもしれない。

彼女はそう言うと、着ているパーカーのポケットから財布を取り出した。

それは紛れもなく虎木《とらき》の財布で、もっと言えばあまりサイズの合っていないパーカーとジャージのボトムスは、虎木《とらき》の物を着ているらしい。

虎木《とらき》の視線に気付いたのか、少し決まり悪そうに眉根を寄せる。

「……男物なら変な人に絡《から》まれにくいと思って、服を借りたわ」

「あ、ああ、そう」

服とは着る人間が違うと、ここまで印象が変わるものか。

虎木《とらき》が着ても野暮ったさが全開になるだけなのに、彼女が着るとちょっとしたファッション雑誌のカジュアル特集ページのようなことになる。

人と話すときにはうつむきがちになるものの、整った目鼻立ちは美しく、この格好で外を歩き回っていたら、全く別の理由で絡《から》まれそうだった。

もちろんこれ以上機嫌を損ねる意味もないので黙っていたが。

「それと、これ返すわ。中、改めて。今コンビニで、五百円だけ借りたけど」

パーカーのポケットから取り出されたのは、虎木《とらき》の財布だった。

見ると彼女が持っている袋には、コンビニ弁当が入っていた。

「ああ、いや、それくらいはいいんだけど……どうして普通にレンジ使って弁当温めようとしてるんだ」

「外で待ってたらぬるくなっちゃったからよ」

「あ、そう」

女性は自然に虎木《とらき》の部屋の電子レンジに、少し角が凹んでしまっている、カツカレーらしいコンビニ弁当を入れて温め始めた。

安物の電子レンジからはカレーの香りが漂い始め、虎木《とらき》は急激に空腹を意識する。

「あっ！　スプーン入ってない！　ちょっとスプーン借りるわよ」

だがそれはそれとして、勝手にカトラリー類を漁《あさ》っている少女にそのまま黙ってカツカレーを食べさせるわけにはいかなかった。

「おい、あのさ」

「あ！　そうだ！」

話しかけようとしたところを明確に遮られた。

「突然あんなことされたから言いそびれるところだったわ。いくらあなたが真冬に粗末なものをそのままにして外に出るようなモンスターだったとしても、言うべきことは言わないと」

女性は虎木《とらき》に向き直ると、美しい姿勢で頭を下げた。

「今朝は助かったわ。改めて感謝するわね」

「前置きで全部台無しだ！　……ってそんなことよりも……！」

「あ、できた」

今度はレンジのピー音が虎木《とらき》を邪魔する。

「悪いけど、朝から何も食べてないから」

「……どうぞ」

有無を言わさぬ語気に押され、虎木《とらき》は頷《うなず》く。

女性はレンジの中から危なっかしい手つきで熱々のカツカレーを取り出すと、虎木《とらき》の家の狭苦しいダイニングに置かれているテーブルの上に放り投げるように置き、椅子に座ってもりもりとカレーを食べ始め……ようとして、最初の一口目で、舌を火傷《やけど》したのか目を白黒させながら百面相をし始める。

虎木《とらき》は自分の部屋なのに妙に居心地の悪さを感じながら、何となく向かいに座った。

「……えっと」

「アイリス」

「え？」

「アイリス・イェレイ。私の名前」

「アイリス、アイリスか。俺は……」

「ユラ・トラキ。財布の中の解説書、自分で書いたんでしょ。わざわざゴミ袋まで持ち歩いて。だからここに連れてくることができて、こうやって元に戻れたんだから」

「い、いやそりゃまぁそうだけど……問題はそこじゃなくて」

「何よ。灰になったことを言ってるなら、灰を集めてるとき手がべたべたして気持ち悪かったけど、慣れてるわ」

悪意が無くとも、そしてたとえ真実だったとしても、若い女性から面と向かって『キモチワルイ』と発声されるのは、どれだけ人生経験を積んでも堪《こた》えるものだ。

「いやいやいや？」

それ以前に、人が目の前で灰になるのを『慣れている』とはどういうことなのか。

第一それを今日の朝食のメニューを話すように、カツカレーを食べながら平然と言ってのける彼女は、一体何者なのか。

そうこうしているうちに、アイリスはあっという間にカツカレーを食べ終えてしまったらしく、満足そうに息を吐いた。

「う……」

その様子を見て、今度は虎木《とらき》の腹が鳴った。

そう言えば、今日の虎木《とらき》はアイリスと同じく『朝から何も食べていない』状況だった。

部屋に残るカレーの香りとアイリスの食いっぷりに虎木《とらき》の腹が鳴り、当然のようにアイリスもそれを聞きつける。

そしてこの奇妙な女性は、蒼《あお》い瞳で真《ま》っ直《す》ぐ虎木《とらき》を射貫《いぬ》きながら、口元に付いたカレールーでそのミステリアスな雰囲気を全て台無しにして、言った。

「でも、吸血鬼もカレーの匂いでお腹《なか》を鳴らすとは知らなかったわ」

太陽の光を浴びて灰となり、闇とともに目を覚ます。

人の血を吸い、超常的な力を発揮する。

虎木《とらき》由良《ゆら》は、本物の吸血鬼であった。

「俺も何か食う。確か、カップラーメンの買い置きがまだ残ってたはずだ」

そう言って立ち上がった虎木《とらき》の背を見たアイリスは、自分のカツカレーに目を落とし、苦笑した。

「吸血鬼も、カップラーメン食べるのね」

※

吸血鬼。

洋の東西を問わず、様々な形の伝承が残る怪物、魔物、妖怪、或《ある》いは、人。

概《おおむ》ねの共通項として、死者から出《い》づる存在であり、吸血対象を己の眷属《けんぞく》と化し、日の光の下では生きられない。

そして、その伝承は真実であり、虎木由良《とらきゆら》は紛《まご》うことなき吸血鬼であった。

『財布の中にビニール袋が入っています。もし可能であれば灰を集めて、東京都豊島区《としまく》雑司《ぞうし》が谷《や》×丁目〇〇のマンション、ブルーローズシャトー雑司《ぞうし》が谷《や》一〇四号室まで届けてください。虎木由良《とらきゆら》　電話番号……』

そんなメモ書きをゴミ袋と一緒に持ち歩き、たった今カップ麺の残り汁に昨日炊いたご飯の残り物をブッ込んで食べた、吸血鬼であった。

「こんなので届けてもらえると思ったわね」

「こんなので届けてくれる人がいることを祈ってるんだ。実際、届けてくれたろ……はぁ」

コンビニのカレーとカップラーメンの残り汁が漂わせるインスタントな香りの中で腹八分の倦怠感《けんたいかん》に包まれながら、アイリスはテーブルに頬杖《ほおづえ》をつく。

「こんなことするってことは、初めてじゃないんでしょ。人前で灰になるの。今まで何度、家に連れてきてもらえたの」

「まぁ……片手で数えられるくらい」

実際問題、目の前で人間が灰になる現象を見て、その灰を集めようと考える人間はいないだろう。

恐怖以前に、何が起こったか理解できないからだ。

「で、そんな『特別』らしいアイリスは、一体何者なんだ。話しぶりじゃ、吸血鬼を見たこと自体初めてじゃなさそうだ」

「警戒してるのね」

「当たり前だろ。俺のこと怖がる様子も、不気味がる様子もない。警戒するに決まってる」

「自分でおかしなこと言ってるって分かってる？」

アイリスはいーっと口を開けて、自らの歯を指さして悪戯《いたずら》っぽく笑った。

この世で歯科医の次に他人の歯並びが気になる生物である虎木《とらき》は、唐突に見せつけられたアイリスの口の中の犬歯につい注目してしまう。

「血を吸って超常的な力を使って、日光浴びて灰になるような、一人暮らしの男の部屋にいる女の子の方がよっぽど怖いわ」

「その吸血鬼の服借りたとか言ってる奴《やつ》に言われて、俺はどう答えりゃいいんだ」

状況とセリフの本末転倒ぶりに、虎木《とらき》は混乱する。

「吸血鬼のこと知ってるなら分かるだろ。そんな生き物、一般には認知されてない。そういう存在だって周囲にバレたら、居場所がなくなる」

「確かに、随分長いこと人間社会に溶け込めてるみたいね。この部屋に住んで長いの？」

アイリスが室内を見回す。

東京副都心の一角、池袋から、東京メトロ副都心線で一駅。

古刹鬼子母神堂《こさつきしもじん》のお膝元である雑司《ぞうし》が谷《や》の住宅街の隅に鉄筋コンクリート造の三階建て単身世帯用マンション、ブルーローズシャトー雑司《ぞうし》が谷《や》はあった。

住宅街の中でもひときわ密集しているエリアの、一方通行道路の途中にある更に小路《こうじ》の奥。

ブルーローズシャトー雑司《ぞうし》が谷《や》は坂の途中にあり、虎木《とらき》の住む一〇四号室は半地下になっている。

車も通れない道の坂の途中のマンションの、半地下状態の一階角部屋２ＤＫ。

そんな『日当たり』という概念から完全に見捨てられた部屋が、虎木《とらき》の『家』だ。

「もうすぐ十年になる」

虎木《とらき》は少しだけためらってから、そう答えると、アイリスはその年数に驚いて頰杖《ほおづえ》から身を起こした。

「嘘《うそ》でしょ？」

「嘘《うそ》ついてどうすんだ」

疑われるのが心外、という気持ちと、当然、という気持ちが虎木《とらき》の中でせめぎ合った。

「俺のことはもういいだろう。一体あんた何者なん……」

そのとき、テーブルの上に置かれた虎木《とらき》の手の僅か一センチ横に、アメリカ映画の裁判官がそうするように、白銀のハンマーが突然打ち付けられた。

虎木《とらき》は飛び上がって手を引っ込める。

単純に驚いたからではない。ハンマーがテーブルを打ち付けた途端、テーブル全てが熱された鉄板のように熱くなったからだ。

「あなたがもし私の『標的』に指定されてたら、手首から先が灰になって吹き飛んでいたでしょうね」

「は？　はあ⁉」

「今朝あなたが倒した男は、聖十字教会秘密会派、闇十字《やみじゆうじ》騎士団の国際指名手配ファンだったのよ」

「国際指名手配、何？」

「国際指名手配ファントムの略よ。吸血鬼やヴェアウルフなんかに代表される、闇の生き物達の中でも、特に人間社会に害を及ぼす者達のこと」

「なんでそう略したよ」

「ケチな吸血鬼だったんだけど、ここ数年、吸血鬼の能力を悪用して特殊詐欺や強制猥褻《わいせつ》、飲酒運転なんかを繰り返してたの。名前はカジロウ・オコノギ」

吸血鬼でなくてもできそうな犯罪ばかりだったが、問題はそんなことではない。

「……お前、一体……」

「私は……んー、ちょっと待ってて」

アイリスは一瞬言葉を切ると、何かに気付いたように自分の姿を見下ろす。

そしてハンマーを手に、奥の部屋へと入ってゆく。

虎木《とらき》のブルーローズシャトー雑司《ぞうし》が谷《や》一〇四号室にはふすまで仕切られた和室が二つあるが、片方は主に虎木《とらき》の私物が僅かにあるだけで、もう片方は全く何もない空きスペースだ。

アイリスは空きスペースに入っていくと、何かをがちゃがちゃといじっている。

音からして、大型の旅行鞄《かばん》か何かだ。

しばしごそごそと音がしてから三分ほど。

襖《ふすま》の向こうから現れたのは、口元にカツカレーをこびり付かせた修道女だった。

「私は闇十字《やみじゅうじ》騎士団の修道騎士。あなたみたいな闇に生きるファントムを滅ぼす存在よ。この聖槌《せいつい》〝リベラシオン〟でね」

腰のツールバッグから、まるで西部劇の保安官の如《ごと》く白銀のハンマーをフィンガーローリングするアイリスに、虎木《とらき》は冷たく言い放った。

「いい加減口にこびり付いてるカレー拭けよ」

「えっ、あっ、嘘《うそ》、シャツのどこかに付いちゃったりしてない⁉」

美しい女性の驚くべき正体も、カレーは全て台無しにできるのである。

差し出されたティッシュボックスから一枚取って、顔を赤くして口元を拭うアイリスを見ながら、虎木《とらき》は唸《うな》る。

「あと、さっきからテーブルがめちゃくちゃ熱いんだけど」

「リベラシオンで『聖別』したからよ。吸血鬼を殺すのに一番いい方法は心臓に白木の杭《くい》を打ち込むってことくらいは知ってるでしょ」

「それやられて死なない生き物いないだろって常々思ってるけどな」

「リベラシオンは白木で作られた物に打ち付けると、聖なる力を吹き込むの。だからさっきテーブルを叩《たた》いたとき、そのテーブルはあなたにとって白木の杭《くい》も同然のものになったのよ」

「何てことしてくれたんだ。これから俺どうやってメシ食えばいいんだ」

「効果は丸一日で切れるから明後日《あさって》まで我慢して」

何もかもめちゃくちゃだ。

「でも今のであなたが、日常的にテーブルでご飯食べてることは分かったわ。夜な夜な町に出て人を襲って血を吸ってるわけじゃないのね」

「馬鹿にすんな。吸血鬼は別に血を吸わなくても死にはしないし、これでも自炊は得意だ」

朝の出来事と今の出来事で、この女が『自分のような存在』に敵対する組織に身を置き、そうするだけの力があることは分かっている。

だからこそ今のわずかな会話の中で、少なくともアイリスは今すぐ自分をどうこうするつもりが無いことは分かり、虎木《とらき》はほっと胸を撫でおろした。

「あー……それで、アイリスはどこの国の人なんだ」

「闇十字騎士団《やみじゅうじ》の発祥はイタリアとオーストリアに跨るチロル地方だけど、今の本部はロンドンにあるわ。私はイングランド人よ」

「イギリスから、日本の吸血鬼の動向を摑《つか》めるのか」

「イングランド、ね。日本にも支部があるから」

「そうなのか⁉」

そんな組織が日本に根を張っているなどという話は初耳だった。

「私は最近日本への赴任が決まったんだけど、日本での初仕事がカジロウの処分だったのよ」

行動はいちいち間抜けだが、聖十字教会の修道女が吸血鬼を評して『処分』という言葉を使った意味は重い。

ついでに言えば、三十秒前に『あなたみたいなファントムを滅ぼす存在』と自己紹介しているわけで、そこも本来は警戒すべきだ。

「じゃあ。何か、俺は藪蛇《やぶへび》したってことか。お前まさか、俺を滅ぼすために俺の家に……」

「それならあなたが灰から再生するまで待ってるわけないでしょ。人をシリアルキラーみたいに言わないでくれる？」

それもそうか。

「闇十字《やみじゆうじ》騎士団は確かにファントムを滅ぼす存在。でも、今の闇十字《やみじゆうじ》の主要教派は、ファントムの全てが『悪』でないことは知ってるわ。昔は吸血鬼に限らず、ファントムは即殺してた時代もあったらしいけど」

「勘弁してくれよ」

「とにかく、こっちだって命を賭けて戦わなきゃいけないのよ。もちろん現行犯逮捕しなきゃいけないケースもあるけど、大抵は対象の行動を把握して確実に確保できるタイミングか、最悪処分する結果になっても大きな影響を周囲に与えないよう慎重に行動する必要があるの。だから、何もしていない吸血鬼を攻撃するようなことは、私達はしないわ」

「いきなり人の家のテーブルを使えなくしてくれたことについては、俺はどこに訴え出ればいいいんだろうな」

　一応突っ込んでから、虎木《とらき》はふと深刻な顔になる。

「でもそれなら俺が駆けつけたとき、かなり長く戦った後だったのか？」

「え？」

「だって、そこまで慎重に内偵進めて接触したんだろ。でも、俺が駆けつけたとき、大分劣勢に見えたから」

「えっと……その……」

「俺も不意を突かれたから偉そうなことは言えないが、カジロウなんとかってあいつ、そこまで強い吸血鬼じゃなかった。血を選《よ》り好みしてたし、日の出のことも考えずにあんな時間に人間操って人を襲わせてるくらいだったからな」

「ま、まぁ、それはいいじゃない。今は関係な……」

「よくない。俺にとっては重要な問題だ」

　自分から振ってきたくせに、なぜか吸血鬼カジロウの話題からは逃げようとするアイリス。

「俺は長いこと、ある吸血鬼を探してるんだ。でも、吸血鬼同士は外から見てもなかなかそうと分からない。あのカジロウって奴《やつ》が強い吸血鬼なら、その背後を探る必要がある」

「そ、そうなの、ふ、ふーん」

「あの後、奴《やつ》の灰はどうなったんだ？　いや、そもそもそういうタイプの吸血鬼なのか？　アイリスが回収したのか？　まさか今手元に持ってるとか？」

テーブルに触れないよう気をつけて身を乗り出す虎木《とらき》から、アイリスは顔をそらした。

「……あの吸血鬼のことは、よく分からないの」

「分からないってどういうことだ。アイリスはずっと奴《やつ》を追っていたんだろう？」

「私がずっと追ってたわけじゃ……たまたま赴任のタイミングで、担当になっただけで……」

先ほどまでとは打って変わって、色々とはっきりしなくなるアイリス。

「なぁ、あいつはそんなに強かったのか？　お前、どうしてやられちまってたんだ？」

「…………くて」

「え？」

そして観念したように、だが恥ずかしそうに、蚊の鳴くような声で、白状した。

「……一緒にいた、男の人が……怖くて、足、震えちゃって」

しばし、二人は固まった。

「それで、動けなくなったところを、つかま……っちゃって……」

そして。

「はあああああ？」

虎木《とらき》は心の底からその文字列を吐いた。

「だ、だって、声大きいし、お酒とかタバコの臭《にお》いヒドかったし、それに……」

「いや、はああ？　お前それ、はああああ!?」

吸血鬼カジロウは決して強力な吸血鬼ではなかったが、それは吸血鬼目線での話だ。

人間が対峙《たいじ》すればまず膂力《りょりょく》ではかなわないだろうし、あの血の糸の技から逃げられるとは思えない。

だがアイリスは超人的な動きであの糸を見切り弾《はじ》き飛《と》ばし、吸血鬼を追い詰めていたではないか。

しかも初対面の吸血鬼の灰を集めて再生して、その吸血鬼の家でカツカレーを食べて、あまつさえその吸血鬼を聖なるハンマーで脅した女が『男の人が怖くて』？

「う、うるさいわね！　仕方ないじゃない！　男の人嫌いなの！　怖いの！」

「お前自分がどれだけめちゃくちゃ言ってるか分かってるか？」

虎木《とらき》はここぞとばかりに先ほどのお返しをする。

「あなたは人じゃなくて吸血鬼だからいいのよ！」

「どういう基準だよ！」

「吸血鬼なら最悪殺せばいいけど、人間はそういうわけにいかないでしょ！」

「お前何分か前に、全てのファントムが悪じゃないとか言ってたよな!?」

虎木《とらき》は思わず立ち上がる。

「え？　じゃあ何だ？　お前は操られてた取り巻きの男にビビって、あんな雑魚《ざこ》吸血鬼に苦戦してたってことか⁉」

アイリスは顔を真っ赤にしながら虎木《とらき》を睨《にら》むが、反論はできないようだ。

虎木《とらき》はしばし真《ま》っ直《す》ぐその羞恥の涙で潤んだ目を見ていたが、やがて小さく息を吐いてまた腰かける。

そして、据わった目で問いかけた。

「闇十字騎士団の修道騎士、だっけ？」

「うるさいわねっ‼‼」

侮《あなど》られたアイリスは、膨らました頬から怒気を爆発させた。

「分かってるわよ！　こんなの情けないってことは‼　でも……怖いものは怖いのよっ！」

今度はアイリスが椅子を蹴り倒して立ち上がり、拳を震わせる。

「神学校で騎士見習いだった頃は、座学も実技も首席だったのよ！　でも……でもっ……！」

アイリスの左腕が、小刻みに震える。

彼女のこの反応が、単純な人見知りや選《よ》り好《ごの》みからきているものではないことくらいは察することができた。

そして曲がりなりにも男である自分が、察することができたからといって、無暗《むやみ》に踏み入っていい問題ではないことも。

「……日本に支部があるとは言ったけど、日本支部は、小さいの。平和だし、ファントム自体が少ないし、修道騎士が常駐する駐屯地も大都市にしかない。それに……闇十字騎士団にとって日本は、えっと、何て言うんだっけ、日本語で、仕事のできない人が行かされる場所」

「……窓際《まどぎわ》？」

「そうそれ、マドギワ。極東だもの。当然よね」

「イギリスが世界の覇者だったのは俺が生まれるより昔のことだぞ調子乗んな」

「それで……あんな小物吸血鬼すら、満足に捕まえられなくて……」

「まあ、そういう事情なら……」

「大体あんな時間になったのも、ウエノ駅で迷っちゃって、うっかり違う列車に乗っちゃってウツノミヤとかいうところまで運ばれちゃったからで、私が弱いわけじゃ」

「お前弱いとかそれ以前の問題だよ」

ここまで日本語が堪能《たんのう》なのに、どうして上野から宇都宮《うつのみや》に到着するまで乗り間違えたことに気付かないのか。

「だって昨日初めて日本に来たのよ!? 列車の乗り間違いくらい当たり前でしょ！」

「そこは素直にすごいな。初めて来てそれだけ喋《しゃべ》れるって」

「それで、ウエノ駅で道を尋ねた女性が、緑色の線がついた電車に乗れば乗り間違えてもぐるぐる回っていつか着くって言ってたから！」

確かに上野から宇都宮《うつのみや》に向かうJR宇都宮線《うつのみやせん》にも緑色のラインがついているが、日本に暮らしていたら黄緑色の山手線《やまのてせん》と、オレンジと緑のラインが重なりあっている宇都宮《うつのみや》・高崎線を同じ電車だとは判断しないだろう。

「ん？　ちょっと待てよ。昨日着いたばかりってどういうことだ。羽田か成田《なりた》かどっちの空港使ったか知らないけど、池袋に来るなら上野で降りる必要ないだろ。浜松町からなら山手線《やまのてせん》乗ってりゃ済むし、成田《なりた》からなら日暮里《にっぽり》で乗り換えだろ？」

「ふふん、所詮は闇に生きる吸血鬼ね。あなた、ウエノの西洋美術館を知らないの？」

「いや知ってるが」

「西洋美術館の地獄門は、私達闇十字の修道騎士にとってはちょっとした象徴なのよ。あの彫刻には西洋的な意味での破邪の力がある。一度、この目で見ておきたかったの」

「それで乗り間違えて吸血鬼にやられてるんじゃ話にならんだろ。ていうかあんな時間にどうやって宇都宮《うつのみや》から池袋まで帰って来たんだよ」

「終電でなんとか帰って来たのよ！　でも深夜だったから対象が普段の巡回ルートから外れて、探すのに手間取ったの！」

対象地域での交通移動も彼女の仕事の……というより母国を出て仕事をする人間の必須技能以前の基礎能力のような気がするが、実技で主席だったとは何だったのか。

「ウツノミヤの餃子《ぎようざ》は美味《おい》しかったわ！」

「宇都宮《うつのみや》を全力で楽しんできてんじゃねぇか」

まさかアイリスはこの修道服で、餃子《ぎょうざ》の街宇都宮《うつのみや》を闊歩《かっぽ》してきたというのだろうか。

「そんなわけないでしょ。いつ接敵してもいいように動きやすい服ではあったけど」

「吸血鬼はニンニクの臭いに敏感だぞ」

「ニンニク入りのはちゃんと避けてたわよ！　それに焼肉じゃないんだから、煙くさくなったりもしてないわよ。禁煙のお店ばっかりだったし」

やはり日本は、闇十字騎士団とやらの目から見ても平和らしい。

「それで？　カジロウとかいう吸血鬼は倒したわけだし、もうイギリスに帰るのか」

「イングランド、ね」

「で、帰るのか」

日本人が『イギリス』と呼ぶ国はイングランド、スコットランド、ウェールズ、北アイルランドの各地域の連合王国であり、今もお互いを別の国だと思っているということを聞いたことはあるが、特に今虎木《とらき》には関係ないので確認を続ける。

「帰らないわよ。赴任してきたって言ったでしょ。マドギワとは言っても、まだまだ担当しなきゃいけないファントムはたくさんいるんだもの」

「……」

虎木《とらき》は年の功で、自分の確認が危険な流れを引き寄せたことを予感した。

「そうか。まぁ、頑張ってくれ。結果的に俺も世話になったな。それじゃあ仕事頑張れよ。縁があったらまた……」

「ねぇユラ。あなたそこそこ、長く吸血鬼やってるんでしょ？」

「おかげさまでな。さぁほら、吸血鬼の家で油売ってたら騎士団の上司とかに怒られるんじゃないか？　お互い忙しい身だろ。池袋の駅は雑司《ぞうし》が谷《や》駅から一駅だからさすがのお前も迷わないだろ。俺はこの後予定があってな。風呂《ふろ》にも入りたいからそろそろ……」

「私の仕事に協力して。問題を起こす吸血鬼やファントムの討伐に協力してほしいの」

「お前フザけんなよ俺の態度で察しろよ！」

「大きな声出さないでよ」

アイリスは顔を顰《しか》めるが、虎木《とらき》こそ顔を顰《しか》めたかった。

「何言ってんだよお前。知り合って一時間もしないのにお前の口からめちゃくちゃなことしか聞いてないぞ！　この世で一番吸血鬼とツルんでちゃいけない人種だろ？」

「そんなことないわ。さっきも言ったでしょ。全部のファントムが悪いと思ってるわけじゃないって。吸血鬼とは限らないけど、ファントムの協力者がいる修道騎士もいるわ。そういうところも含めて闇なのよ」

「だとしても、俺に協力する理由が無い」

「協力してくれたら、あなたのことを騎士団に報告しないであげるわ。修道騎士は聖務中に接触したファントムを報告する義務があるの。報告されたら物凄《ものすご》く付きまとわれるわよ」

「協力じゃなくて脅迫じゃねぇか」

虎木《とらき》は真剣に嫌な顔をするが、これまで強気で堂々と抜けたことばかり言ってきたアイリスは、真剣な表情で虎木《とらき》を見た。

「……修道騎士の中には、ファントムを色眼鏡で見る人間もいる。でも、この部屋の様子を見て、あなたと話した私は分かる。あなたは、悪い吸血鬼じゃない」

「しんみりした口調で言っても騙《だま》されないぞ」

「お願いユラ！　私、日本支部で成果を上げないと、本国に帰れないの！　このままじゃ神学校の同級生達にも顔向けできない！」

虎木《とらき》は心底、知ったことかと思った。

「お前向いてないって。語学力を生かして別の仕事探せよ」

「吸血鬼のくせに現実的なこと言わないでよ。分かってるわよ向いてないことくらい……でも、私には他に道が無いの」

「……」

「それに日本の不動産屋さんって、大抵男の人が営業やってるでしょ？」

「うん、うん？　いや、そうとはかぎらな……」

「知らない外国の男の人と話して住む家探すなんて、どうやって探したらいいのか」

「お前よくそれで餃子《ぎょうざ》注文できたな」

　ここでまた虎木《とらき》は、更なる嫌な予感に囚《とら》われる。

「日本支部とかいうのが住む家は用意してくれないのか？」

「お金は出してくれるけど、調査の裁量は個人に委ねられてるから、家は自分で探さないとダメなの」

「……それで？」

「洗濯物畳んだから分かるんだけど……このマンション、２ＤＫよね、あっちの部屋、使ってないわよね。何も物置いてないし」

「出てけ」

　虎木《とらき》は間髪入れずに防御したが、アイリスはその防御を強引に突破しようとしてくる。

「お願い！　今夜はもう行くあてがないの！」

「男嫌いの修道騎士が吸血鬼の男の家に押しかけるな！　それでも聖十字教徒か恥を知れ！」

「あなたは平気なの！　多分吸血鬼だから！」

「本末転倒だろうが！　血吸われるかもしれないだろ！」

「あなたはそんなことしないでしょ‼」

　それまでで一番強い声が、虎木《とらき》を打った。

「そりゃ、しないけど」

　男はみんな狼《おおかみ》だとは世の流言の定番ではあるが、普通の弁《わきま》えた人間は、理性が感情に負けたりはしないものだ。

「本国で全然成果が出せなくて、自分が頭でっかちだったってことはイヤってほど理解した……自分のホームグラウンドでも上手《うま》くいかなかったのに、日本でなんて……上手《うま》く、いくわけがない……私、日本支部に友達いないし……」

乗る列車を間違えた上に行った先の名物を好き放題楽しんでくるような人間は、職場では好かれはしない代わりに外部の友達はいくらでも作れそうな気がするが。

「今何か、失礼なこと考えてるでしょ」

「ああ、聞けば聞くほど向いてねぇなって考えてる」

「うるさい」

アイリスは口を尖《とが》らせる。

「ずっとってわけじゃないわ。でももう、今日は本当に行くあてが……」

池袋にほど近い雑司《ぞうし》が谷《や》だから、夜七時を回ろうと、ビジネスホテルやカプセルホテル、ネットカフェなど今からでも金を出せば泊まる場所はいくらでも確保できるだろう。

だがアイリスの様子だと、フロントに男性が立っていたらそれだけで逃げ出しそうだし、万一泊まった先で何か問題が起きたとき、住所を知られている虎木《とらき》を巻き込もうとするかもしれない。

「よくもまぁ会ったばかりの吸血鬼をそこまで信じる気になれるな。長生きできねぇぞ」

「え……」

「泊めるだけだ。間違っても長期滞在できると思うな。俺にも仕事がある」

アイリスの頰に、初めて羞恥以外の感情による朱が差し、ぱっと明るい笑顔が生まれた。

「私に協力してくれれば、吸血鬼の情報が集まるわよ！　探してる吸血鬼がいるんでしょ！」

「調子に乗るな」

虎木《とらき》は観念すると、奥の使っていない和室を指さす。

アイリスが恐らく彼女のトランクを勝手に持ち込んだ側の部屋だ。

「押し入れに客用の布団《ふとん》がある。干してから少し経《た》ってるが我慢しろ。化粧品が必要ならコンビニででも買ってこい。カツカレー買えたんだからそれくらいはできるだろ」

「え、ええ……」

「と言うか、金は持ってるんだよな。餃子《ぎょうざ》食ってんだから。何でカツカレー買うのに俺の財布持ってったんだよ」

「その、カードはあるんだけど、現金は両替できてなくて、列車の切符もカードで……」

「ああ、店員が男だった場合、カードでって言うのが怖いんだな」

「いちいち見破らないで」

現金なら余計な会話をせずにそのまま買い物ができる、ということらしい。

「本当、どうやって餃子《ぎょうざ》注文したんだよ」

「カードが使える、店員さんが女性のお店を狙ったの。あとは日本語が分からない観光客のふりしたら、日本人の店員さんが全部察してやってくれたわ」

「少しは悪びれろ」

何がどうと具体的に言えないのが歯痒《はがゆ》いが、堂々と言っていいことではない。

「でも都内は、店員さんが日本人じゃないお店多くて、みんな英語分かって、その手が通じなくて……」

「お前……」

呆《あき》れるよりも、ここまでくると感心してしまう。

アイリスは仕事に協力云々《うんぬん》と言っていたが、このままだとなし崩し的に日本での生活の介護をさせられるのではないか。

「歯は磨けるか？」

「バカにしてるの」

「これまでの自分の言動を考えてものを言え。歯ブラシは新しいのがあるから出してやる。こんな部屋だから洗面台なんて上等なもんは無い。水はキッチンのシンクを使え」

虎木《とらき》はキッチンの下の戸棚から、未開封の歯ブラシを取り出しアイリスに手渡す。

アイリスは少し意外そうに歯ブラシを受け取りながら、布団《ふとん》があると言われた部屋を見る。

「随分準備がいいけど、誰か定期的に泊まりに来るの？　恋人？」

「この上詮索してくんなっての。そもそも吸血鬼に恋人なんかいると思うのか」

「別に珍しくもないわよ。昔から吸血鬼は女性好きじゃない」

「他の吸血鬼のプライベートなんか知ろうとしたことなかったからな。そいつらは随分と、刹那的だったんだな」

「え？」

言葉の最後に少し寂しげな色が混ざったが、アイリスが何かを尋ね返すよりも早く、虎木《とらき》が空気を切り替えた。

「さて、と。俺はシャワーを浴びたら出勤する。シャワー使いたいなら勝手に使ってくれていいが、使い終わったら浴室を掃除して、換気扇をかけておいてくれ。洗剤やブラシは適当に使っていいから」

「え、ええ。分かったわ」

そう言うと、虎木《とらき》は財布を手に取り五千円札を一枚、テーブルの上に置いた。

「今渡せるのはこれだけだ。必要なものがあるならそれで揃《そろ》えろ」

「えっ、えっ？　い、いいの？」

「やるとは言ってねぇ。金が入ったら後で返せ。まさかイギリスから手ぶらで来たわけじゃないだろ。着替えくらいはあるんだよな？」

「え、ええ、それはもちろん、で、でも、持ち逃げするとか考えないの？」

先ほどまでの強引さはどこへやら、殊勝な様子で五千円札を両手で持ち、胸の前に引き寄せた。

「お前はそんなことしないだろ？」

「！」

「それに、持ち逃げされたら持ち逃げされたで、五千円で厄介払いできるなら願ったりかなったりだ」

「……もう!!」

「さて、納得してもらえたら奥の部屋に行っててくれるか。うちには脱衣所や洗面所が無いんでね。服はここで脱がなきゃならんのだ」

「あ、う、うん、わかった」

「ああそれと、もし買い物が不安なら、ここから少し歩くがこの店なら大丈夫だ。携帯電話かスリムフォン持ってるよな」

虎木《とらき》は玄関近くに纏《まと》めてあったチラシの裏面に、さらさらと店の名前を書く。

「漢字は読めるか？」

「少しだけなら。このお店は、コンビニエンスストア？」

虎木《とらき》は頷《うなず》いて、自分の胸を指さした。

「俺のアルバイト先だ。俺がレジにいれば、買い物もスムーズだろ」

アイリスは目を丸くした。

「あなたコンビニでアルバイトしてるの？」

「別に珍しくもないと思うぞ。働いてる吸血鬼なんて」

言ってのけた虎木《とらき》に一瞬あっけに取られるアイリスだったが、小さく微笑《ほほえ》んで五千円札を丁寧に折りたたんだ。

「ありがとう。使った分は、カレーのも合わせて必ず返すわ。今から出勤っていうことは、夜勤なの？」

「当たり前だ。吸血鬼だぞ。日の出前には帰る。先に寝てろよ」

「ええ、そうさせてもらうわ」

アイリスは頷《うなず》くと、虎木《とらき》に指示された部屋に入る。

そのよどみない動きを見るに、既に一〇四号室の中で動き慣れている様子が見て取れた。

虎木《とらき》は引き戸が閉まったのを見て自室から着替えを取り出して浴室の外の廊下に置き、脱いだ汚れ物は一応畳んで浴室内に持ち込んだ。

軽くシャワーを浴びてから体の水気を拭うと外に出て手早く着替える。

短い髪にドライヤーをかける音で、アイリスがかすかに引き戸を開けこちらを覗《のぞ》いた。

「出かけるの？」

「ああ」

「そう……色々ありがとう。いってらっしゃい」

そしてまた、引き戸が閉まる。

「……」

虎木《とらき》はドライヤーの温風を浴びながら、しばらく固まってアイリスが姿を消した引き戸を凝視していた。

「いってらっしゃい……か」

ドライヤーの騒音に紛れて、その独り言は誰にも聞こえなかった。

「いつ以来だろうな。久しく聞かなかった」

面倒を抱え込んだ。

それは間違いない。

虎木《とらき》は、アイリスが美しい女性だからといって心を浮き立たせるには、長い年月を過ごしすぎていた。

今夜の一泊は仕方がないにしても、可能な限り早く出て行ってほしいというのが紛れもない本音だ。

だがそれでも。

『そう。いってらっしゃい』

思いがけない破壊力を持ったこの言葉が、虎木《とらき》の心を大きく揺さぶった。

虎木《とらき》はドライヤーを使い終えると、財布と部屋の鍵とスリムフォンだけズボンのポケットに捻《ね》じ込んで玄関で靴を履き、これ以上何かアイリスに声をかけられるよりも前に部屋を出た。

冷え込んだ共用廊下に出てカギをかけ、施錠《せじょう》を確かめるように一度ドアノブを引いてから、溜《た》め息《いき》を吐《つ》いた。

虎木《とらき》は冬の気温を強調するかのように冷たく響く自分の足音を聞きながら呟《つぶや》いた。

吸血鬼になっても感じる、耳たぶが切れるような寒さは、何年経《た》っても、慣れることができない。

「他の吸血鬼の情報……か」

虎木《とらき》は、長い吸血鬼人生の中で、多くの吸血鬼と接してきたが、求める情報が手に入ったときも、それを生かせたことは一度も無く、それ故に日々の生活や、世の中の情報に対する感覚が鈍磨して久しい。

新たな吸血鬼の情報に対する期待よりも諦観が強くなったはずの虎木《とらき》の心を、アイリスの『いってらっしゃい』は、いとも簡単に揺さぶってしまった。

「俺は、俺を知ってる奴《やつ》が全員いなくなる前に、人間に戻れるのか……ね」

第二章 吸血鬼はネット通販がお好き

DRACULA YAKINI

身を切るような暗い寒さの中から一転、自動ドアをくぐると温かさと光とおでんの香りが虎《と》木《き》の身を包んだ。

「おはようございまーす」

午後九時、虎木《とらき》はシフト通りに出勤した。

灰となってしまったその日の内に復活し、日常のルーティンを崩さすに済んだのは、はっきり言って奇跡だ。

虎木《とらき》の吸血鬼人生の中でも、数えるほどしかない。

「おはようトラちゃん。昨日は付き合ってくれてあんがとね」

普段と全く変わらない村岡《むらおか》と言葉を交わすまで、本気で半信半疑だった。

胸を撫で下ろし、制服に着替えると、村岡《むらおか》が手招きする。

「でさ、早速で悪いけど、ちょっと申し送り。昼間にまた警察広報でＳＶ《スーパーバイザー》が来てね」

警察と聞いて今朝の件が一瞬脳裏を横切りぎくりとするが、

「何か犯罪があったとかじゃなくてね、いつもの特殊詐欺気を付けて系のポスター」

「あ、ああ。そういうことっすか」

「POSA《ポサ》を使った詐欺が増えてるから、お客様が大きな額買おうとしてたら気を付けてねってさ」

村岡《むらおか》が指さす先には、昨日までなかった警察の啓発ポスターが、レジに来たお客の目に入りやすいように掲示されていた。

「これちょっと前に流行《はや》ったのですよね？　SNSのアカウントを乗っ取って友達を装ってカードの番号送らせるってやつ」

「おお、よく知ってるね。僕は説明聞いても全然ピンとこなかったけど、若い人は違うね」

「ええ、まぁ」

近年はコンビニエンスストアで、様々なインターネット上のサービスや商品を購入するためのPOSA《ポサ》カードと呼ばれるタイプのプリペイドカードが販売されている。

数年前、ソーシャルコミュニケーションアプリ上でアカウントを乗っ取って本人を装《よそお》いPOSA《ポサ》カードを買わせ、番号を写真で送らせて入金データを盗むという詐欺が横行した。

『プリペイドカード番号送って、は詐欺です！　そのアカウント、本当に友達ですか？　乗っ取りに気を付けよう。セキュリティは万全に』

こういった啓発ポスターは都道府県警が本社や営業所などに配布し、SV《スーパーバイザー》などの管理職が配布していくのだが、この内容を読む限り、警察が警告したい詐欺の内容は以前流行《はや》った詐欺と似たようなもののようだ。

とはいえ、前回のときもそうだったのだが、コンビニのレジでこの手の詐欺に対してできることは、このポスターを目立つ場所に掲示することだけだ。

「で、どうするんですか」

「どうもしないよ。日立つところに貼っておくだけ。一応の申し送りってだけだから」

銀行が特殊詐欺防止のために声かけ運動をしているように、コンビニでも客がギフトカードとして複数枚購入し、結果高額になるケースでは用途を確認することを業務命令として通達されてはいる。

だが虎木《とらき》が扱った中では実際に警察沙汰になるようなケースは皆無。

SNS運営各社もセキュリティを強化し、啓発活動を頻繁にしているので、この手の詐欺は減っていると聞いたことがあった。

「でも……増えてるからこういうのが来るんだよな」

そこまで考えてから、警察が事業所あてにこのポスターを送って来たということは、また新たな形で何かが起こっているということなのだろう。

「世の中、いつまで経《た》ってもつまらんことを繰り返すもんなんだな」

「え？」

「いえ、何でも」

「そっか。じゃあ僕は裏で色々やってるから、忙しくなったら呼んで」

「はーい」

村岡《むらおか》がスタッフルームに引っ込むや否《いな》や、

「いらっしゃいませー」

「……五千円分で」

若い女性客が件《くだん》のPOSA《ポサ》カードを手にレジにやってきた。

「かしこまりました。そちらの画面で承認ボタンにタッチしてください」

虎木《とらき》の感覚でしかないが、POSA《ポサ》カードで最も多く利用されているのが千五百円カードと五千円カードだった。

千五百円カードは子供や若い人がゲーム課金したり音楽データを購入したりするために。五千円カードはギフトカードとしてプレゼントの用途に使われることが多いらしい。

女性客は他にも封筒とボールペン、そしてミネラルウォーターをレジに出した。

「こちら、一つの袋に纏《まと》めてしまってよろしいですか？」

「あ、カードだけ別でください」

多くのPOSA《ポサ》カードは紙製なので、温度変化で結露するような商品と一緒に購入されたときには手渡し方に気を遣う。

この日もシフトに入って一時間で五人が、色々なPOSA《ポサ》カードを購入していった。

全員が若者だったが、一万円を超える高額カードの購入は一度もない。

村岡《むらおか》のメンタルも表面上は元に戻っているようだし、業務の様子もポスターが一枚増えただけで何も変わらない。

今日も虎木《とらき》にとっての日常は変わらないはずだった。

そう思ったとき、自動ドアが開いて入店音が響く。

「いらっしゃいま……あ」

入り口に目を向けた虎木《とらき》に向かって、その客はまっすぐ歩いてきた。

「キャスパーマイルド、二つ」

「……はい、かしこまりました」

タバコの銘柄を注文したのは、顔に深く皺《しわ》の刻まれた白髪の老人だ。

丸い眼鏡の奥の眼光は鋭く虎木《とらき》の行動を見守っている。

虎木《とあき》はその視線を背に感じながら注文のタバコを手に取り、レジに出す。

「昨日の電話な、行ってみたが、何も無かった」

だが老人はタバコを手に取らず、虎木《とらき》に声をかけてきた。

「え？」

「通報は確認した。だが、指定されたポイントには、何もなかった。千円で」

「えっ？　あ、はい」

唐突に紙幣を差し出され、虎木《とらき》は慌てて会計処理をする。

「本当にそうだったのか？」

お釣りがレジから吐き出される間に、老人はそう尋ね、虎木《とらき》は頷《うなず》く。

「目と牙も確認したし、特有の技も使っていた。時間が時間だったから……その、灰化は、確認しなかったが」

「ま、それはそうか。釣りは」

老人が皺《しわ》深い手を差し出し、虎木《とらき》はその手に小銭を返す。

「そうだ。名前はオコノギカジロウ」

「ほう？　名前が分かってるのは悪くない。どうやって知ったんだ」

「あ……いや、その、偶然……」

「……ああ、何も無かったと言ったな。正確には、何も残されていなかった、だ」

「え？」

「灰化の痕跡が、持ち去られていた」

「本当か！」

「一方で、持ち去られていない灰化の痕跡もあった……灰になったな？」

「あ」

老人は、タバコの隣に、硬い、小さなものを置いた。

それは赤黒い結晶で作られた、いびつな形の十字架だった。

「今朝灰になったのに、もう仕事に復帰している。何があった？」

「……あの、今、仕事中だから」

虎木《とらき》が弱々しくそう言うと、老人は後ろを振り返る。

見るとレジに行列ができており、いつの間にか村岡《むらおか》が別のレジに立って行列を捌《さば》いていた。

「近いうちに、家に行く。話はそこで」

老人はタバコを手に取ると身を翻《ひるがえ》し、店を出て行ってしまった。

すぐに次の客が虎木《とらき》のレジに来たために老人を見送る暇はなかった。

虎木《とらき》はレジの裏に老人が残していった、小さくいびつな形状の赤い十字架を視界の隅で見ながら、明日朝一にでも、アイリスに出て行ってもらわなければならないと心に強く誓ったのだった。


ところが。


「トラちゃんトラちゃん、ちょっと！」

深夜二時になって、ドリンク冷蔵庫裏のウォークインで品出しの準備をしていた虎木《とらき》を、村《むら》岡《おか》が慌てた様子で呼びに来た。

「ちょ、ちょっとレジ来てくれる？　ていうかトラちゃん英語分かる？」

「英語ですか？　あんまり自信ないですけど」

「外国人のお客さんなんだけど、レジの前に突っ立ったまま全然何も話してくれなくて、何言ってても反応なくて……トラちゃん？　大丈夫？　見たことないような凄《すご》い顔してるけど」

「いえ、心底面倒だって思ってるだけです」

虎木《とらき》は全力で顔を顰《しか》めながらも、手だけはしっかりドリンクを補充していた。

「トラちゃんが珍しいねそこまで仕事を嫌がるの。ねー頼むよ！　若い女の子だし、僕もうどうしたらいいいか」

日付が変わる時間になっても来なかったので油断していた。

虎木《とらき》は長時間しゃがんでいたため固まった腰を伸ばしてから店に戻ると、果たしてレジの前で棒立ちになっている、見覚えのある女性がいた。

「……お客様、どうされましたか？」

虎木《とらき》がそう声をかけると、女性が物凄《ものすご》い勢いで振り返り、虎木《とらき》の姿を認めた途端、泣き出すのではないかと不安になるほど表情が崩れる。

虎木《とらき》がレジに入ると、少しだけ目の周りに疲れが見えるアイリスは、虎木《とらき》を睨《にら》んだ。

「店の中、どこにもいないからダマされたかと思ったわ」

「悪いな、裏で品出ししてたんだよ。どうしたんだこんな時間に」

「あれ？　日本語？」

少し遠くではらはらと見守っていた村岡《むらおか》が不思議そうな顔をしていた。

「……紅茶」

「え？」

「色々あったから眠り浅くて目が醒《さ》めちゃって、紅茶、飲みたくて」

「冷蔵庫の中にペットボトルの、あったろ」

「あんな甘いの、紅茶じゃない。私、甘いお茶って好きじゃないの」

「はーそうか。俺は結構好きなんだが」

「トマトジュースくらい常備してなさいよ。そういう生き物でしょ」

流石《さすが》にここで、吸血鬼という単語を使うほど迂闊《うかつ》ではないようだ。

「俺はトマトジュース好きじゃねぇんだ。もっと言えば、トマトそのものがそんなに好きじゃない。赤い液体なら何でもいいってわけじゃねえんだよ」

「変なの」

「勝手なイメージで物言うなよ。一応専門職だろ」

吸血鬼が血の代わりにトマトジュースを飲むという誤解は一体どこから広まったものか。

ビールを飲みたい人間に麦茶で満足しろというようなものだしそれに、

「ちなみに俺、休憩時間に近くの深夜営業のラーメン屋でとんこつラーメンとコーラ注文したからな。ただ生きるなら、普通にメシ食ってるだけでいいんだ」

「だとしてもちょっと不健康ね」

アイリスは眉根を寄せるが、吸血鬼の健康を気遣ってくれるのも妙な話だ。

「コンビニにも、別に上等の紅茶はないぞ」

「ティーバックくらいあるでしょ。きちんと淹《い》れれば、安い紅茶でも美味《おい》しく飲めるわ」

「へいへい。あそこの棚。確か三種類くらいあるから、好きなの選べよ」

「うん」

アイリスは頷《うなず》くと、虎木《とらき》が指さした棚を物色し始めた。

そのタイミングで、村岡《むらおか》がすり寄ってくる。

「トラちゃん、知り合い？」

「え、ええまぁ。なんというか、知り合い、ではあります。人見知りなのと、日本に来たばかりで、あんま慣れてないんです」

一切嘘《うそ》は言っていないが、何故《なぜ》自分がこんな言い訳をしなければならないのか、虎木《とらき》は釈然としないものを感じる。

そこにアイリスがすぐ戻って来た。

少しだけ口角が上がっていて、嬉《うれ》しそうな様子だ。

「アールグレイがあるじゃない。日本のコンビニ、凄《すご》いわね……って、あっ！」

アイリスは楽しそうにそう言ってレジに来て、村岡《むらおか》がそこにいることに気付き息を呑《の》む。

「あっ、あっ……その……」

「それじゃトラちゃん後はよろしく。僕少しだけ仮眠してるから、何かあったら起こして」

最初は戸惑った村岡《むらおか》も、そこは客商売が長いだけあり、さっとアイリスの視界から逃れるようにスタッフルームに入っていった。

村岡《むらおか》が見えなくなったことで、アイリスは詰めていた息を大きく吐く。

「本当にダメなんだな」

「……ごめんなさい。気を悪くしてないといいんだけど」

「大丈夫だ、村岡《むらおか》さん懐《ふところ》広いから。五百五十七円な。コンロの使い方、分かるな」

「大丈夫。ヤカン、勝手に使わせてもらうわね」

「ああ。もうすぐ上がる。気を付けて帰れよ」

「ええ。邪魔してごめんなさい」

紅茶のティーバック一つ入ったビニール袋を抱えて店を後にしたアイリス。

一瞬虎木《とらき》は、家に帰れるかどうかが不安になるが、来られたのだから帰れるだろう。

と。

「とーらちゃん！」

雇い主のオーナー様の、乾いた高い声が、背後から迫って来た。

「聞かせて」

「嫌です」
「聞かせてって」
「嫌ですって」
「彼女でしょ」
「違います」
「でも家って」
「聞き違いです」
「彼女いないって言ってたよね」
「いませんよ」
「あんな金髪美女となんて爆発すればいい」
「セクハラで訴えますよ」
「彼女でしょ」
「パワハラで訴えますよ」
「トラちゃん」
「違うからとっとと仮眠してきてください」
「お願い聞かせて」
「村岡《むらおか》さん」

「頼むよ」

「村岡《むらおか》さん？」

「このトシで人の幸せ妬んだりなんかしないよ」

「さっき爆発すればいいとか言ったくせに」

「むしろ自分が辛《つら》い状況であればあるほど、誰かの幸せを願わずにはいられないんだ。若い人の恋は眩《まぶ》しいね。尊いね。温かいね。僕と妻にもそんな時代があったかと思うと、この世の幸せは平等じゃないんだなって、娘もいつかそんな思いをするのかなって。親として娘の恋人には立派な人であってほしいなって。だからトラちゃん」

「はい」

「聞かせて」

「絶対嫌ですさっさと寝て来い」

「雇い主に対してその暴言後悔するなよ！」

「これ以上しつこいと永遠に眠らせますよ」

「ああ、明日のことなんか考えずに延々眠りたいよ……畜生……おやすみ」

「はい、おやすみなさい。上がる前に起こしますから」

「これで僕が追及を諦めると思わない方がいいよ……」

村岡《むらおか》は捨《す》て台詞《ぜりふ》を吐きながらも時計を見上げ、名残惜しそうに姿を消した。

村岡《むらおか》がこの時間、休憩に入るのは本当のことで、深夜帯の休憩時間は大抵仮眠に充《あ》てられている。

フロントマート池袋東五丁目店も、世の中の多くのコンビニ同様、ぎりぎりの人数でシフトが回っている。

それだけにオーナーで店長の村岡《むらおか》は、シフトが薄い場所は常に入らざるを得ないため、その分隙あらば眠らないと、単純に体を壊すのだ。

「そうでなくともいい加減いい年だし、本当に体壊しそうな気もするけど」

その時お客の入店音が響き、入り口を見て、

「いらっしゃ……あれ!?」

そこに意外な、そしてこの時間に遭遇するには少々問題のある顔を見つけた。

「灯里《あかり》ちゃん？　どうしたんだこんな時間に」

「……ども」

仏頂面《ぶっちょうづら》でカウンターに来たのは、今年十六歳の村岡《むらおか》の娘、村岡灯里《むらおかあかり》だった。

「……お父さん、いる？」

学校のジャージだろうか。使い込んだジャージの上に無造作にコートを羽織っている。

「さっき仮眠に行っちゃったけど、起こしてくるよ」

妙に低い声は、不機嫌なせいなのか、単に深夜なので眠いせいなのかは分からないが、どち

FRONT
M

らにせよコンビニ店員として、高校一年生の女の子が深夜に来たら、しかるべき対応を取らなければならない。

それがオーナーの娘であるなら尚更《なおさら》だし、虎木《とらき》はつい昨日、村岡《むらおか》家のデリケートな話題に触れてしまっている。

少し前のめりぎみにスタッフルームに向かおうとしたが、

「いいよ虎木《とらき》さん。寝ちゃってるんでしょ。買い物に来ただけだから、すぐ帰る」

「そ、そうかい？」

村岡《むらおか》の家は虎木《とらき》のマンションよりも店に近く、歩いて五分ほどの距離だった。

虎木《とらき》に限らず、この店のスタッフは何度も村岡《むらおか》の家族と顔を合わせているが、以前会ったときよりも雰囲気が暗いと思ってしまうのは、虎木《とらき》があの話を知っているせいだろうか。

灯里《あかり》は普通のお客のようにしばし店内をこともなげにうろついてから、普通のお客のようにいくつかの商品をレジに置いた。

「……それじゃ、画面に承認のタッチを」

お菓子と飲み物、そして何に使うのか茶封筒と、ＰＯＳＡ《ポサ》カード千五百円分だった。

「……お父さんに言わないでね。最近うるさいの。課金とかなんか目の敵にしてるみたいで」

高校生の千五百円なら目くじら立てるような金額でもない気がするが、村岡《むらおか》はＰＯＳＡ《ポサ》カードの理屈が分からないとボヤいていたから、もしかしたら家では娘の買い物に結構うるさかったりするのだろうか。

「まぁ、今時ゲームの課金とか普通らしいからね」

ここで自分が口うるさいことを言っても仕方がないので話を合わせようとしたが、灯里《あかり》は怪《け》訝《げん》な顔をするだけで、

「ゲームとかしないよ。音楽ダウンロードしたり、配信見るのに必要なの」

「そ、そうか」

「『歌詠次典《かえいじてん》』ってバンド、虎木《とらき》さん知ってる?」

「悪い、音楽はあんま聞かなくて……」

「最近ニュー・チューブから出てきたバンド。好きなんだ。配信サイトで一曲三百円とかでダウンロードできるの」

「へぇ。一曲ずつなんだ」

「お父さんの時代みたいに、CD一枚何千円なんてのよりよっぽどお小遣い賢く使ってるんだけど、どーも親は分からないんだよね」

「……そういうもんかもな」

若者の好むものに対して無条件に不安を抱くのは、親の性《さが》のようなもの。

虎木《とらき》はそんな光景を、それこそ飽きるほど知っている。

そこまで言って、灯里《あかり》もつい自分がしゃべりすぎたと思ったのだろう。

父親が現れることを警戒するようにスタッフルームの方を見てから、声を潜めた。

「私が来たことも言わないでいいから……って言っても言っちゃうか」

「いや、このまま真《ま》っ直《す》ぐ家に帰るんなら言わないよ。そうでないなら時間が時間だし、ね」

「……余計なお世話」

若者にそれを言えばそう返されることは分かっていたが、それでも言わなければならないのが大人の役割だ。

特に灯里《あかり》のような年頃は、理屈で分かっても感情が受け入れられない年頃でもある。

「悪いね。お父さんに雇われてる身だし、最近知り合いがこの辺で酔っ払いに絡《から》まれるトラブルに巻き込まれたから、やっぱ心配になるんだよ」

知り合って一日経《た》たない修道騎士と闇に紛れる吸血鬼の揉《も》め事《ごと》であっても、知り合いであることは間違いないしトラブルであることも間違いない。

「……」

一応衷心からの言葉だったが、灯里《あかり》はどう受け取ったか怪訝《けげん》な顔をするばかりだ。

「それじゃ、お疲れ様です。本当に、言わないでいいから」

灯里《あかり》はうつむきがちにそう言うと、買い物袋を手に店を出て行ってしまう。

虎木《とらき》は灯里《あかり》が出て行ってからスタッフルームに入り、床の上で使い込まれた寝袋に入って眠っている村岡《むらおか》を激しく揺り起こした。

「あ、ふ、ふがっ⁉」

「村岡《むらおか》さんすいません！　ちょっとお客さんが忘れ物したんで、追いかけてきます！　レジお願いします！」

「あふっ？」

村岡《むらおか》の返事を待たず、虎木《とらき》は店を飛び出すと、少し先の街灯に照らされてとぼとぼと歩く灯《あか》里《り》の姿を発見した。

「灯里《あかり》ちゃん！」

「……え？」

振り返った灯里《あかり》は驚いた顔をして虎木《とらき》を待つ。

「やっぱ心配だから、家まで送るよ」

「え、でも、お店は？」

「お客さんに忘れ物届けるって言って、お父さんに起きてもらった。灯里《あかり》ちゃんを送ったら、走って戻る。ほら行こう。コートも何もないから寒い！」

コンビニの制服を強調してわざとらしく促す。

反発があるかと思いきや、

「……うん」

灯里《あかり》は素直に頷《うなず》いて、虎木《とらき》と並んで歩き始めた。

「もしかして、何か聞いてる？」

「……何を？」

「うちのこと」

灯里《あかり》は具体的なことは言わないが何のことを言っているかは明白であり、虎木《とらき》も敢《あ》えて話を振ってきた灯里《あかり》に、嘘《うそ》を言う意味も無かった。

「お父さんから、少しだけ」

「これでも親には親の考えがあって、必死なんだってのは分かるけどさ、なんだかなって気がするよね。お母さんも、お父さんのワーカーホリックぶりに愛想《あいそ》尽かすまでは分かるよ。でも私のコンクールのことダシにすんなら、せめて私連れてくべきじゃない？　最低でも私には行き先話すべきじゃない？　一人でいなくなんのはさすがに、ね」

片道五分の道のり。

わずかな会話の間に、村岡《むらおか》家のあるマンションが見えてきた。以前村岡《むらおか》が、三階の角部屋だと言っていた気がするが、そこに照明の気配が無いのは、この時間だからなのか、家に誰もいないからなのか。

「ありがと。もう大丈夫だから。ばいばい」

虎木《とらき》に何か相談したかったわけではないだろう。ただ、僅かに溜《た》まっているものを吐き出したかったのだ。

虎木《とらき》の返事も待たず、灯里《あかり》はがしゃがしゃと袋の音を立てながらマンションのロビーへと走って行ってしまった。

「誰にも話せないのは、しんどいよな」

わずかでも虎木《とらき》にグチを零《こぼ》したのは、虎木《とらき》が既に知っているから。

逆に言えば、知らない相手、それこそ学校の友達になど話せていないのだろう。

「吸血鬼が女子高生の悩みに乗ってるようじゃ世も末だ。まったく」

寒さとやりきれなさを振り切るためにも走って店に戻ると、村岡《むらおか》が神妙なのか眠いのか、ぼんやりした顔でレジに立っていた。

「村岡《むらおか》さんすいません戻りました」

「ああ、うん。じゃあ僕はもう少し寝るね」

「はい、すいませんでした」

「トラちゃん」

「はい？」

「何か、気ぃ遣わせちゃってごめんね」

「え……」

虎木《とらき》が振り向いたときにはもう村岡《むらおか》はスタッフルームに姿を消していた。

もしかしたら、村岡《むらおか》は灯里《あかり》が来ていたことに気付いていたのかもしれない。

「これぱっかりは、他人がどうこうできる問題じゃないし、それに」

虎木《とらき》は、じっと自分の手を見る。

「自分自身の問題を自分で解決できたことのない俺が、何できるんだって話だよな」

その後は何事も無く退勤の時間になり、早朝のスタッフへの引継ぎでは問題の警察関連ポスター以外には何もなかったため、村岡《むらおか》を可能な限り寝かせてやってほしいと申し送りだけして店を出た。

「こっちはこっちで解決しなきゃいけない問題が山積みだからな」

画面にひびが入って見づらくなったスリムフォンの画面を必死に操作しながら、近隣の夜までやっている不動産屋を検索する。

結果いくつもの大手不動産の店舗がひっかかり、豊富な選択肢にほっと胸をなでおろした。

アイリスが部屋を借りるまでの手続きくらいは一緒にやってやらないと、何かのトラブルで舞い戻ってくるかもしれないからだ。

舞い戻るだけならともかく、彼女の背後にいる面倒な組織と必要以上に関わりたくない。

そんなことを考えながらやがてマンションにたどり着くと、村岡《むらおか》家と違って部屋の照明が光っている。

恐らくアイリスが早速、紅茶を淹《い》れているのだろうが、こんな時間に起きて紅茶を飲んでいるということは、アイリスは寝る気がないのだろうか。

仕事で疲れた頭でそんなことを考えながら、虎木《とらき》はマンションのロビーから共用廊下に入り、自室の鍵をひねろうとして、

「おいおい、何やってんだよ不用心な」

指先に伝わってくる手ごたえから、鍵が開いていることに気付く。

「ただいま、おいアイリス。帰ったら鍵かけろよ。不用心だ……」

「おお、帰ったか」

虎木《とらき》の文句に対する返事は、老人の声をしていた。

「……っ！」

旧《ふる》い蛍光灯の灯《とも》ったダイニングのテーブルから、昨夜、虎木《とらき》のレジからタバコを買っていった老人の鋭い目が、虎木《とらき》を無表情に睨《にら》んでいた。

老人の前には、湯気を立てた紅茶があり、紅茶とテーブルを挟んで老人の対面に座っているアイリスは、

「ユ……ユ……ユラ……お、おっ……おっ、おかっ……おきゃっ……！」

軽く小突いたら粉々に砕け散るのではないかと思うほど、ガチガチに緊張して冷や汗を流し、涙目で助けを求めるような顔で虎木《とらき》を見ていた。

「いやあすまんな。どうせついでだと思って無遠慮に上がり込んでしまったんだ。人が悪いな。お客がいるなら言ってくれればよかったのに」

老人はしゃあしゃあとそう言い、

「……いや、まさか昨日の今日で来るとは思わなかったから」

虎木《とらき》は端切《はぎ》れ悪くぼそぼそと返事する。

「いやいや驚いたぞ。まさか外国人のお嬢さんを連れ込んでいるとはな。それとも、実は日本の人か？」

「い……いえっ………あっ、あのっ」

「言葉は使わないと錆《さ》び付くな。昔取った杵柄《きねづか》で英語で話しかけてみたんだが、お嬢さんには何を言ってるか分からなかったようでな」

英語が通じなかった理由は全く別のところにあるのだが、それを言っても仕方がない。

「さあこちらのお嬢さんを紹介してくれ」

「こんな早朝に押しかけてきといて、図々《ずうずう》しいな。家で寝てろよ」

虎木《とらき》は渋い顔をして老人を睨《にら》む。

「他人ならともかく、家族だろう」

「家族だろうと、時間を考えろ。年取って目覚めが早くなりやがって、こっちはこれから寝るってのに」

「……………あ……えっ…………か、か、家族？」

虎木《とらき》と老人の双方から『家族』という言葉が出て、アイリスの緊張が僅かに和らいだ。

「ああ。このジジイは俺の家族だ。だからまぁ……難しいとは思うが、少し落ち着いてくれ」

虎木《とらき》は着ていたコートを適当に放り出しながら、老人をアイリスに紹介する。

「ご、ご、ごめっ……なさっ……わ、わたし……し、し、失礼……を」

「こいつはアイリス。事情があって泊めてやってるだけだ。それと実は重度の人見知りだ。日本語は分かるけど、そこらへん考慮してやってくれ」

「ほう、そうかそうか。それじゃあいきなり見知らぬジジイが鍵開けて押し入ってきたら驚いただろうな。悪いことをした」

老人が大きな声でそう言う度にアイリスはびくりと肩を震わせる。

「年取って耳遠くなってから声がでかいんだ。あんまビビんな」

「う、う、うん……」

「ワシは和楽《わらく》。虎木和楽《とらきわらく》という。見ての通りのジジイだ。由良《ゆら》がいつも世話になっとる！」

「い、い、いえ」

「こいつの一人暮らしが心配でな。たまーにこうして様子を見に来とるんだが、何せこいつも言った通り老人は朝が早くてな。こいつはこいつで昼夜逆転した生活しとるし、なかなか機会がないからつい朝早いと分かっててても押しかけてしまったんだ」

「そ、そ、そ、そうで、すすすか」

「まさかこいつが女性を連れこんどるとは思いもせなんでな、大層驚いただろう。この通り、申し訳ない」

「い、い、い、い、いぇ」

「そうならそうと店で言ってくれればよかったのに、こいつめ」

「うるせぇ、言ったら変な誤解するだろうが。こちとらもうさんざんな目に遭ってきてんだ」

「バイト先でからかわれまくった後か」

「分かってんならこれ以上余計なこと言うなよ」

「ふむ。そうか。しかしまぁ」

和楽《わらく》と名乗った老人は、ちらりとアイリスを眼鏡の奥から見る。

老人特有の、変化に乏しいその視線から逃げるようにアイリスは下を向いた。

「そこまで男が苦手でも、この部屋に泊まれるというのは、由良《ゆら》からは他の人とは違う何かを感じ取ったということかの」

「……」

「おい」

「いや、何でもない。さて、顔も見たことだし、そろそろお暇《いとま》するかの。お嬢さん、頑張って紅茶を淹《い》れてくれてありがとう」

「あ!? もう帰るのかよ! 何しにきたんだよ!」

「話はあるが、急ぎじゃない。お嬢さんを疲れさせてしまうのも本意ではないからな、また落ち着いたときにな」

和楽《わらく》老人は紅茶を一気に飲み干すと、軽く手刀を切って立ち上がった。

よく見るとコートとマフラーを身に着けたままだ。

「それじゃあ、お邪魔さま」

恐らく部屋に入ってそれだけは脱いだのだろう。テーブルの隅にある中折れ帽を手に取った和楽《わらく》老人は、胸に帽子を当ててアイリスに一礼すると、部屋を出て行った。

扉が閉まる音を聞いて、アイリスの全身から緊張が抜ける。

「……ご、ごめんなさい、ユラ。私……折角、お祖父様《じいさま》が尋ねていらしたのに……」

「いや……」

「身近な人なんだろうってことは分かったんだけど……やっぱり……でも、ユラ」

「ん?」

「お祖父様《じいさま》は、人間よね」

「ああ」

「あなたが、吸血鬼だってことは」

「知ってるよ。客用の布団《ふとん》も歯ブラシも、普段はあのジジイが使うんだ」

「ユラ、それじゃああなた、生粋の吸血鬼じゃ……」

和楽《わらく》老人が人間で、虎木《とらき》が吸血鬼なら、当然その結論にはたどり着くだろう。

虎木《とらき》は、昨夜、自分の来歴を話さなかった。

知られて困ることでもないが、特別言いたいことでもなかったため、話さなかっただけだ。

「俺、ちょっと見送りしてくる。日の出までまだ三十分はあるから」

「……ええ、ごめんなさい。本当に、その、お祖父様《じいさま》によろしく……」

息切れしているアイリスの背を叩《たた》いて落ち着かせると、虎木《とらき》は放り出したコートを再び羽織り、和楽《わらく》老人を追った。

そして。

和楽《わらく》老人は、まるで虎木《とらき》が飛び出してくるのを分かっていたように、マンションを出てすぐの小道でタバコをふかしていた。

「おいおい、豊島《としまく》区は路上喫煙禁止だぞ」

「吸いたくもなる。流石《さすが》に驚いた」

「悪かったよ。今日には追い出すつもりだった」

「いいのか？　事情を理解してくれてるんだろう？」

やはり、和楽《わらく》老人は、アイリスが虎木《とらき》の正体を知っていることを察していたようだ。

虎木《とらき》は、小さく首を横に振る。

「俺が吸血鬼だってことを知った人間はこれまでも大勢いた。それだけで、事情を理解したってことにはならない」

「俺の反対を押し切って一人暮らしを始めてもう十年か？　それくらい、別に文句を言うつもりもないし、事情を理解して深く関わってくれる人間がいるのは悪いことじゃない。試してみてもいいだろう？」

老人は深く煙を吸い込むと、ポケットから携帯灰皿を取り出し、吸い殻を懐《ふところ》にしまった。

「一人暮らしの理由は話したし、納得してくれただろ。でも、それとこれとは別だ」

「こっちは心配なんだ。年を取れば取るほど達観してこの世に未練が無くなるというが、ありゃあ嘘《うそ》だな。年を取れば取るほど、心配事は増えるし心残りも増える」

老人の眼鏡は、白み始めた空の雲を写し、寂しげに光った。

虎木《とらき》はそんな老人の横顔を、労《いた》わるように言う。

「お前は精一杯やってくれてるよ、和楽《わらく》」

「成果が出なきゃ、何もできてないのと一緒さ、兄貴」

若く見積もっても七十を超えている和楽《わらく》老人は、どれだけ贔屓目《ひいきめ》に見ても二十歳前後にしか見えない虎木由良《とらきゆら》に向かって『兄貴』と呼んだ。

※

吐く息が少しずつ白くなってゆくことに、彼は気付かなかった。

雪の中を、膝が砕けるほど走ったのに。

汗と涙で目が霞《かす》むほど暴れたのに。

包丁を握りしめた手を、記憶にないほど振り回したのに。

血まみれの左手で首筋を押さえながら、少しずつ、己が変わってゆくことを実感した。

月も星も無い雪の夜。

恐怖と緊張で歯の根も合わない。

そのはずなのに、少しずつ、少しずつ、『それ』が目の前に迫ってくるのが見えるようになった。

目が慣れる、などという当たり前の事象ではない。

雪の夜を、昼間のように見通せる。

そして深々《しんしん》と降る雪の上を音もなく現れたのは、自分と同じ、この雪の夜を昼間のように見通せる赤い双眸《そうぼう》であった。

「来るな……来るなあああっ‼」

刃も切っ先も欠け、ただの薄い鉄板に成り下がった包丁をそれでもがむしゃらに振り回して、彼は叫んだ。

不思議とその声は、吹雪の中、よく通った。

「あらあら大丈夫？　転んじゃったのね。お膝、怪我《けが》してない？」

血のような相貌を持つそれは、まるで暖かな囲炉裏の火の傍《そば》で膝の上でまどろむ幼子に語りかけるように甘やかに言った。

「遅くまで夜更《よふ》かしして遊んでるからよ？　ほら、いい子ね、こっちにいらっしゃい。もう、おねんねの時間よ」

「来るな！　来るな来るなあああっ!!」

もはや白い息の立たなくなった青い唇をわななかせながら、彼は刃こぼれした包丁を右手で振り回しながら、左手は必死で背後をかばった。

「あ……あ……あ……」

彼の背後には、彼よりも一回りも小さい影が、全身をがたがたと震わせ、口から恐怖が形となった白い息を零《こぼ》す。

「ほら、お兄ちゃんなら弟のお手本にならないと。早くおうちに帰って休みましょう？」

それは、彼と弟の二歩前で立ち止まり、玩《もてあそ》ぶように二人を見下ろした。

雪の夜に、赤い星が灯《とも》った。

彼は確信した。

まもなく自分と、弟の命は尽きると。

はっきりと見えるようになった彼の目に映ったのは、恐ろしく人間離れして端正な容貌をしながら、その相貌と夜の黒を溶かしたように赤黒い血に染まる、着物。

父の、血の、臭い。

「来るな……弟に近づくなあああああっ!!」

彼は、その臭いを拒絶するために、刃の欠けた包丁を繰り出した。

それは、『それ』の柔らかくたおやかな掌《てのひら》に一筋の傷も残すことなく受け止められた。

笑った紅《あか》い双眸《そうぼう》は、どちらのものだったか。

次の瞬間、彼の姿は夜に掻《か》き消え、『それ』の首筋目掛けて、冷たい息を吹き出しながら、『牙』を突き立てようとした。

「っ!!」

その瞬間まで、民話に語られる雪の妖《あやかし》のごとき余裕を湛《たた》えていた双眸《そうぼう》に驚愕《きようがく》の色が灯《とも》り、寸前で止めたものの、彼の口腔に生じた『牙』を凝視した。

「馬鹿なっ!!」

『それ』は彼を恐るべき怪力で引きはがすと、足元の雪に叩《たた》きつける。

降り積もった粉雪が吹き上がり、『それ』は僅かに息を荒らげた。

「に、兄ちゃん……兄ちゃあああんっ!!」

叩《たた》きつけられ意識を失った兄に、弟がぎくしゃくと縋《すが》りつく。

『それ』は、その様子をしばし無表情に眺めていたが、やがて最初の余裕とは別種の笑みを浮かべ、言った。

幼く取り乱す小さな子供に分かるように。

しっかりと、呪いをかけるように。

「……私を追いなさい」

「兄ちゃん！　兄ちゃあああん！　やだ、やだよおお!!」

泣き叫ぶ弟の耳に、それは確かに届いた。

もしかしたら気を失った兄の耳にも。

そして、時間にしてわずか数分。彼が目を覚ましたとき。

『それ』の姿は掻《か》き消《き》え、雪の上には『それ』がいた痕跡さえなく。

その日から、彼は二度と、陽の光を見ることは、できなくなったのだった。

※

東京の寒さは、兄弟の故郷の東北とは質が違う。

それでも寒さが本格的になってきた頃の身を切るような風の冷たさは、いつもあの身の凍るような恐怖を思い出させるのだ。

「このところ、あの時俺も一緒に吸血鬼になってりゃあこんな心配せずに済んだのにと、夜眠る度に思うよ」

「バカ言うな。そんなことがあったら、二人ともとっくに野垂れ死んでたさ」

「ああ、そうだな。その方が良かった、と言うには俺も年食って色々経験しすぎた」

「ああそうだ。君江《きみえ》さんには俺も世話になったし、それに良明《よしあき》君だって、立派になったじゃないか。江津子《えつこ》ちゃんとこの長男、リトルリーグでピッチャーになったって嬉《うれ》しそうに言ってただろ？　俺と一緒に吸血鬼になってたら、そんな幸せも無かったんだぞ。と言うか、そうじゃなきゃ俺が命張った意味がなくなる」

「だからこそ兄貴にも、同じような幸せがあったんじゃないかって思うんだ。自分が幸せであればあるほど、な」

虎木由良《とらきゆら》の実の弟、虎木和楽《とらきわらく》が吐《つ》く溜め息《いき》は、たばこの煙よりも重く、白く、そして軽く、早朝の空に消えた。

冬の寒さは、あの日を思い出させる。

この世ならざる妖《あやかし》に、未来を翻弄された、兄と弟の、無力だった子供の姿を。

「オコノギカジロウ、だったか」

和楽《わらく》は新しいタバコに火をつけ、話題を変えた。

「あれからすぐに良明《よしあき》が調べてくれた。長いこと二課が追ってた特殊詐欺犯だそうだ」

「そうだったのか」

「だが妙だとも言っていた。公安と警備部にも同じ名前でマークされてる奴《やつ》がいたそうだ。同一人物かどうかは確証がないが、まぁ珍しい名前だからな」

和楽《わらく》が懐《ふところ》から出したメモ帳には『小此木嘉治郎《おこのぎかじろう》』と書かれていた。

「古めかしい字の組み合わせだな」

「記録を遡ると、何十年も前に東欧で同じ名前で行方不明になった日本人がいた。兄貴が見たそいつは、何歳くらいだった」

「多分、三十前後だったと思うが」

「ベルリンの壁崩壊寸前に小此木嘉治郎《おこのぎかじろう》は東欧で消息を絶った。そのとき三十歳。それから香港《ホンコン》で指名手配されたのが、返還前年の一九九六年だ」

「八九年に三十歳で行方不明になったのが俺が会った小此木《おこのぎ》なら、吸血鬼になって三十年以上か。そんなに強い感じはしなかったが……」

「バックがあるのか、単に故郷に帰ってきただけなのかは調査中だ。吸血鬼が海を渡るのは大仕事だからな。そいつの情報を兄貴に教えたのは、さっきの娘だな。何者だ?」

「闇十字騎士団《やみじゅうじ》、と言ってた。聖十字教会に、そういう会派があるんだとさ。闇だなんて、随分かぶれてるとは思ったが」

「光墓《こうぼ》騎士団や銀鷲羽《ぎんわしばね》騎士団なんて邦訳されてる騎士団もいる。俺も初耳だが、調べておく。いや……」

「どうした？」

「調べなくても、そのうち情報の方から呼び出されるかもな。兄貴がうっかり灰になって、『血の刻印』をそのままにしちまったから」

「……あ」

虎木《とらき》は和楽《わらく》が言う情報に思い当たるものがあり、顔を顰《しか》める。

「何か言ってきてるのか」

「今のところは何も言われてないが、俺がその趣味の悪い首飾りを届けた理由を考えろ。そう遠くないうちに、何か言ってくることは間違いない」

和楽《わらく》はそう言うと、虎木《とらき》の部屋の窓を見やった。

「必要以上に面倒事を抱え込みたくないなら、あの子とは早めに別れておけ」

「そのつもりだ……って、別れておけとかいうなよ。特別な関係みたいじゃないか」

「彼女は兄貴相手なら普通に話せるんだろ。何か理由がなきゃ、そうはならない」

「俺が吸血鬼だかららしいぞ。いざとなれば殺せばいいからって」

「逆に心配になるな。あんな調子で『吸血鬼を殺す』なんて仕事が務まるのかどうか」

わずかな時間しか接していない和楽《わらく》でも、同じ感想を抱いたらしい。

「逆にあれが作ったものなら大したもんだ。もしかして、灰になった兄貴を集めたのも？」

「慣れてるんだと」

「金の草鞋《わらじ》案件かもしれん」

「勘弁しろ。いつから近所に見合いを斡旋《あっせん》するババアみたいなこと言うようになったんだ」

「年取ったからな。若者の行く末に、必要以上に気をまわしちまうんだ」

和楽《わらく》は二本目のタバコを半分吸ったところで灰皿に収めてしまう。

「チェーンスモーカーの吸い方だぞ。そろそろタバコやめたらどうだ」

「今更やめても大して変わらん」

和楽《わらく》はそう言って笑った。

「長話しすぎたな。もう夜明けだ。次はもう少しゆっくりな」

「ああ。良明《よしあき》君によろしく」

和楽《わらく》は身を翻《ひるがえ》し、軽く手を振ってから朝焼け迫る雑司《ぞうし》が谷《や》の街角に消えた。

虎木《とらき》も、間近に迫る太陽に追われるように部屋に入ると、アイリスが出て行ったままの姿で虎木《とらき》を待っていた。

「お祖父様《じいさま》、怒ってなかった？」

「いいや。大丈夫。また来るってさ」

「そ、そう……できるだけ、次は失礼の無いように頑張るわ」

「次に来るまでうちにいる前提なのかよ」

一瞬流しそうになったが、一応突っ込む。

「まぁいいや。俺はそろそろ寝る。あと十分で日の出だ」

「ええ、分かったわ……そう言えばユラ、気になってたことが……」

「ああそう言えばアイリス、風呂《ふろ》はもう入ったか？」

「この部屋、棺桶《かんおけ》が……え？　お風呂《ふろ》？　シャワーなら昨夜借りたし言われた通りきちんと掃除もしたけど、どうして？」

「俺が風呂場《ふろば》で寝るからだよ。今日の夜まで風呂《ふろ》使えなくなるから、確認しておかないと」

「は？」

アイリスは目を丸くする。

「ああ、分かってるだろうけどうち風呂《ふろ》トイレ別だから、トイレの心配はいらないぞ」

「いえ、そうじゃなくて、お風呂《ふろ》で、寝る？」

「俺が灰になったときのメモにも、風呂場《ふろば》に置いておいてくれって書いてあっただろ？」

「あれは部屋や棺桶《かんおけ》を、灰で汚さないようにするためじゃなかったの？」

「はぁ？　棺桶《かんおけ》？」

「だって、吸血鬼って棺桶《かんおけ》で寝るものでしょ？」

アイリスが尋ねると、虎木《とらき》は小馬鹿にするように肩を竦《すく》めて見せた。

「あーなるほど。アイリス、棺桶《かんおけ》で寝たことないんだな」

「ある人間の方が少ないわよ」

「あんな寝にくいもんで寝る奴《やつ》がいるかよ。動かないホトケさんを納めるんだから、寝返り打てる構造じゃないのは分かるだろ？　うっかり手でも動かせば簡単に蓋開くしな」

吸血鬼の口からホトケさんときたものだ。

「棺桶《かんおけ》の蓋って開かないようにできているものでしょ」

「誰かが外から閉じてくれればな」

「あ」

「洋風のなんかもっと悪い。日本で買える洋風の棺桶《かんおけ》は多分あれ飾りつけのオブジェ用じゃないかと思うんだ。日本じゃ基本的に土葬できないしな。大体は蝶番《ちょうつがい》の所に隙間があるんだ」

仏式にしろ洋式にしろ虎木《とらき》が棺桶《かんおけ》で寝た経験があるということもおかしいが、アイリスが一番驚いたのは、

「棺桶《かんおけ》ってそんなに簡単に買えるの？」

「最近はネット通販でも買えるぞ。値段もピンキリ」

買おうと思えば棺桶《かんおけ》を簡単に買えるという事実だった。

「で、行きついた結論がこれだ。透けない材質のドアのある窓の無い風呂場《ふろば》で、隙間を布で詰

めて、仕上げにドアに遮光カーテン。ちなみにバスタブじゃなくて洗い場の方で寝たほうが多少ゆったりできる。吸血鬼的には、若干ひんやりした空気もいい感じだ」

「想像しただけで体中の関節が砕けそうな寝方ね」

アイリスの、偽らざる感想だった。

「もう慣れたし、うちの風呂場《ふろば》はこのタイプのマンションにしちゃ広い。むしろこの風呂《ふろ》があったから洗面所が無い不便に目を瞑《つぶ》ってこの部屋に決めたんだ。男の一人暮らしだし」

虎木《とらき》は言外にアイリスに出て行ってほしい気持ちを込めて男の一人暮らしを強調したが、アイリスは吸血鬼がマンションの風呂場《ふろば》で寝ていることに驚きすぎたのか、全然気が付いていなかった。

「てわけでそろそろ俺は寝る。今日は色々あって本当に疲れた」

虎木《とらき》はそう言うと、アイリスが泊まった部屋の隣の部屋に入り、ひも付きビニール袋に入った円筒状の柔らかそうなものを取り出してきた。

「何それ。枕？」

「エアマット。アウトドア用の。流石《さすが》に風呂《ふろ》の床に直接寝たら俺だってしんどい。凄《すご》いんだぞ。手で空気が入れられて、水洗いできて、しかも安い。昔は寝袋使ったり、無理やり布団《ふとん》やクッション敷き詰めたりしてたんだが、結局これがトータルで満足度が高いんだ」

「……へぇ」

吸血鬼のライフハックを聞かされても、アイリスとしてはそうとしか答えられないだろう。

「それじゃあな。あー……あれだ。メシは、あるもの何か適当に食ってくれ」

本当は、今日中に出ていく準備をしろと言ってやりたかった。

だが、村岡《むらおか》の前で言葉が出ずにレジで立ち尽くしていたのに、虎木《とらき》の家族の和楽《わらく》に対しては、必死で自分自身と戦って紅茶を淹《い》れてみせた。

その心意気に免じて、あと一日、二日くらいは面倒見てやってもいいかと考える吸血鬼の仏心だった。

「ありがとう。おやすみなさい」

「ん……ああ。おやすみ」

虎木《とらき》が風呂場《ふろば》の扉の向こうに消え、少し厳重に風呂場《ふろば》の扉が閉められ、ついでに施錠《せじょう》される音がする。

アイリスを警戒しているわけではなく、単純に誤って開くことを警戒してのことだろう。

入ってすぐに寝るのかと思いきや、シュコシュコと空気を入れる音が聞こえてきた。

広げたときのサイズ感は分からないが、成人男性が寝ころべるようなエアーマットに手だけで空気を入れるのは結構難儀ではなかろうか。

結局そのまま三十分くらい空気入れの音を聞いたアイリスは、その音がしなくなってようやく虎木《とらき》が眠りに入ったことを理解する。

「ブッディストの即身仏みたいね」

即身仏、僧形の木乃伊《ミイラ》の作り方は、生きている僧が即身仏用の穴倉にこもり鐘を叩《たた》き続け、その音が聞こえなくなると見事入滅、というなかなかに恐ろしいメソッドだ。

アイリスもまさか吸血鬼がエアーマットに空気を入れる音を聞きながら、世界の宗教雑学を思い出すことになるとは思わなかった。

「……」

面倒をかけているのは自覚している。

今も、きっと虎木《とらき》は何か言いたかったはずだが、それを呑《の》み込んでくれた気配がした。

できるだけ早く、自立できるように身辺を整理しなくては。

アイリスがそう一人で奮い立ったそのときだった。

「あれ？」

どこかで、携帯電話のバイブレーションが鳴っている。

虎木《とらき》の睡眠の妨げになってはいけないと慌てて音の発信源を探ると、借りている部屋にひっかけた修道服から聞こえていた。

「いけない！」

騎士団の業務用のスリムフォンだ。

慌てて取り出すと、専用アプリを介してのメッセージを着信していた。

メッセージの表題は『日本支部着任手続きについて』。

要するに、闇十字騎士団《やみじゆうじ》日本支部の『東京駐屯地』に着任の挨拶に行く日取りが決まったのだ。

送られてきたメッセージを読み進め、日本支部の場所を示す地図が添付されているのを見て、アイリスはほっと胸を撫《な》でおろす。

もちろん予《あらかじ》め場所は指示されていたが、アイリスは既に、支部のあるその建物をその目で見ている。

知っている場所、しかも事によれば今いるこの虎木《とらき》の家から歩いて行ける場所なのだから、さすがに今度は宇都宮《うつのみや》に行ってしまうこともない。

「サンシャイン60。さすがに迷いようはない……わよね」

アイリスの独り言からは、彼女自身が自分自身を全く信じていないことがまざまざと感じ取れた。

※

『副都心』と呼ばれる池袋、新宿、渋谷の三つの都市の中で、池袋は最も地理的な色分けが激しい。

残る二つの新宿や渋谷は、駅を中心に放射状に人口密集地帯が広がって行き、その拡大してゆく商業圏の果ては、隣接する別の商業圏と重なっている。

だが池袋は、鉄道の線路、そして駅によって東と西が完全に分断され、それぞれカラーが全く異なる。

感じ方に個人差はあるものの、東と南側は広くファミリー向け。西と北側は良くも悪くも大人向けの発展を遂げてきた。

結果、東と南は夜やや眠り、西と北は昼やや眠る街である。

いずれにせよ、東京を代表する一大繁華街を擁する街であることに変わりはなく、アイリスがそんな繁華街を避けるルートを、スリムフォンの道案内アプリで検索した結果。

「ウツノミヤに行くことはないと思うけど、初めて乗る鉄道はやっぱり緊張するわ」

アイリスは、都電雑司《ぞうし》ヶ谷《や》駅から都電荒川線に乗り、東池袋四丁目駅で下車した。

荒川線はトラムであるため駅のロケーションは開放的で、下車してすぐにアイリスは、目的地であるサンシャイン60を仰ぎ見ることができた。

メインストリートの裏手の複雑な小道を抜けて、サンシャイン60の膝元に潜り込んだ。

サンシャインに入ると、地上も地下も多くの人で賑《にぎ》わっているが、アイリスは顔を伏せながらなんとか人波をかき分け進んでゆく。

「大丈夫……まだ、日は高いんだから……大丈夫……」

自分でも自覚はしているのだが、日中は結構大丈夫なのだ。

宇都宮《うつのみや》まで行ってしまったときなど、それこそ電車内には多くの男性がいて、入れ代わり立ち代わりアイリスの隣に立ったり座ったりしたものだ。

黒い修道服は日本で人目を引く装《よそお》いだとは分かっているが、それでも道行くほとんどの人が直近に待ち受けている『自分の用事』のために動いている。

だから、誰もアイリスを見ても、意識は向けない。彼女と関わろうとはしない。

「すいませーん！　台車通りまーす！」

「は、はいっ！」

だから唐突に声をかけられても、ぎりぎりパニックを起こさず通路を避《よ》けて、どこかのお店のスタッフを先に通すなんて芸当もできる。

問題は、夜。

夜の闇の中で出会う男性は、たとえどんなに明るい街中であろうとも、怖い。

「……本当にこっちよね」

案内通りに進むと、徐々に徐々に人が減ってきて、どうやら一般の買い物客が立ち入らないオフィス棟まで踏み込んだようだ。

急激に外からの光が少なくなり、人々の雑踏が遠ざかり、日本語の案内だらけの周囲にアイリスの不安が少し増すが、

「あっ」

前をよく見て歩いていなかったために、突然角から出てきた誰かとぶつかってしまった。

「あ！　す、すいませ……」

「大丈夫ですか！」

「はい、大丈夫です。急いで歩いていましたもので……あら？」

アイリスが体当たりしてしまったのは、アイリスより頭一つ小柄な、着物をまとった黒髪の女性だった。

年はアイリスと同年代のようで、だからアイリスも落ち着いて詫《わ》びることができた。

「何か？」

「いえ、最初思っていたよりお若い方なので、驚いてしまって」

「はぁ……？」

アイリスは心の中で首を傾《かし》げた。

日本人の年齢は年齢よりも幼く見えると聞いていたが、どんなに贔屓目《ひいきめ》に見ても、この女性が自分を「若い」と評するような、五歳も十歳も年上には見えなかった。

「とにかく、お互い怪我《けが》がなくてよかった。ダーク・クロス・ナイツの事務所はその角を曲がったところですよ」

女性はそう言って会釈《えしゃく》しアイリスの横をすっと通り抜ける。

「あ、ど、どうも」

アイリスが小さく一礼してすれ違ったその瞬間、

「宇都宮《うつのみや》の餃子《ぎょうざ》は、美味《おい》しかったですか？」

かすかに侮《あなど》るような、ささやきが耳にまとわりつき、はっと振り返ると、

「どういうこと」

そこにはもう、着物姿の女性どころか人の姿そのものが無かった。

アイリスは思わず息を呑《の》む。

ダーク・クロス・ナイツ。闇十字騎士団《やみじゅうじ》。

虎木《とらき》とずっと日本語でやり取りしていたためか、カタカナ言葉で母国語を使われたことに気付かなかった。

身を隠す場所などどこにも無いオフィス棟の廊下におぞましいものを感じながら、アイリスは思わず左手が腰のハンマーに伸びそうになるが、

「まずは、仕事よね」

気を取り直して、手元のスリムフォンの地図と、あの女性が指し示した方向が一致していることを確認する。

そしてそこから二十メートルほど歩いたところで、

「……本当にここ？」

闇十字《やみじゅうじ》騎士団は聖十字教徒ではあるが実務者集団なので、神々《こうごう》しい教会が待っているとは思っていなかった。

だが透明なガラスの向こう側に見えるのは、パソコンが設《しつら》えられた三つの席。

そのうち二つは空席で、奥に見える扉は決してその更に奥に広大な何かがあるようには感じられない。

だが一つだけ埋まっている席のパソコンに向かっているのは明らかに年配のシスターで、そのシスターはアイリスに気付くと立ち上がって彼女を出迎えてくれた。

「いらっしゃい。シスター・イェレイ。私は闇十字《やみじゅうじ》騎士団日本支部の東京駐屯地騎士長、中《なか》浦節子《うらせつこ》よ」

「初めましてシスター・ナカウラ。着任のご挨拶が遅くなりまして、申し訳ありません」

アイリスはスカートのすそを小さくつまみ膝を曲げて礼を取り、中浦《なかうら》は胸に手を当て小さく礼をしてそれに応える。

ふくふくとした頰に、丸い眼鏡がよく似合う、修道服を脱げば日本中どこにいても不自然ではない女性だった。

「綺麗《きれい》な日本語ね。どうぞ入って。驚いたでしょう？　小さなオフィスで」

「いいえ、騎士団は身軽さが第一だと思っております。ただ、もう少し秘められた場所にあるものと思っていました」

「小さな旅行代理店の店舗があったところを居抜きで借りたの。予算が無くてね。さぁさ座って。小さな駐屯地だから、堅苦しい挨拶は無用よ」

「失礼いたします」

アイリスが促された椅子に座ると、中浦《なかうら》はカウンターテーブルを挟んで反対側に座る。

そうするとなるほど、かつてここが旅行代理店だったということがよく分かった。

「さぁどうぞ」

「頂戴します」

アイリスは上品な湯飲みに出された薫り高い日本茶を一口含み頬が緩みそうになり、

「着任早々、吸血鬼を一体撃滅しましたね。ご苦労さまです」

「うぇっほぅ！」

危うく緩んだそばから全部吹き出すところだった。

「吸血鬼・小此木《おこのぎ》嘉治郎《かじろう》の灰は日本警察が現場に駆け付けるよりも早く回収し、聖別処理を施し拘束することができました。決して強力ではありませんでしたが、その分狡猾《こうかつ》な吸血鬼でした。倒そうにもあの手この手で逃げられて、随分と手を煩わされました。それを目撃者もなく、撃滅したその手腕、さすがは本国からいらっしゃった修道騎士ですね」

中浦《なかうら》はあらかじめ用意していたらしい書類に目を通しながら笑顔で昨日の事態を評論し、

「い、いいえ、はい、その……」

　アイリスは、全身から冷や汗が吹き出そうになる。

「小此木《おこのぎ》には、大陸系のマフィアと繫《つな》がりがあるとも疑われていました。あなたの着任早々の活躍のおかげで、世界と日本の平和が大きく近づきました。騎士長として、感謝します」

「…………恐れ入ります……」

　まさか取り巻きの人間の男にビビった上に、見ず知らずの吸血鬼に助けられたなどとは口が裂けても言えない。

「本国でもお聞き及びかと思いますが、近年日本では、吸血鬼に限らず多くのファントムの動きが活発化しています。本国や世界の危険地域に比べればまだまだですが、世界でも指折りの平和な先進国である日本の治安がもしファントムによって乱されるようなことがあれば、各国の情勢は一層厳しいものとなります」

「はい、それは承知しております」

「シスター・イエレイ。見ての通り、日本支部は決して大きな組織ではありません。組織の性質上大きな駐屯地を持たないとはいえ、これほど人口の多い国でありながら、闇十字騎士団は札幌《さっぽろ》、仙台、東京、名古屋、福岡の五都市にしか騎士駐屯地を展開できていません」

　そうなのだ。

　これはアイリス自身も日本赴任が決まってから知ったことなのだが、騎士団の日本国内の展開図は極めて偏っていた。

西日本の駐屯地は福岡以外存在せず、残りは全て東海地方以東にある。

日本第二の商業都市である大阪。

そして世界中から観光客が訪れ、日本の歴史に欠くべからざる古都、京都の二都市に展開していないのは、不自然と言う他なかった。

「我々日本支部の騎士団は、世界の平和に楔《くさび》を打たんとする者達の出足を挫《くじ》く責務を負っています。どうか修道騎士としての道を違《たが》えず、ファントムがもたらす闇から世界を照らす責務に邁進《まいしん》してください」

「……承知いたしました」

アイリスは神妙に首肯するが、これが終わればファントムが風呂場《ふろば》の闇で眠っているマンションに帰る予定なのだ。

虎木《とらき》にも言った通り、現代ではファントムの協力者を持つ騎士は多い。

だが、着任初日にファントムの住処《すみか》に押しかけた修道騎士は恐らく自分が最初だろう。

「シスター・イェレイ？」

「あっ、いえ。はい。神の御名《みな》に誓って、修道騎士としての責務を遂行いたします」

「結構です。それでは着任のお祝いとして、騎士の正式装備を」

中浦《なかうら》は厳《おごそ》かにそう言うと、カウンターの下から精緻な彫刻が施された小箱を取り出した。

「あなたの『聖銃』です」

アイリスは僅かな緊張とともに、箱に両手を添えて蓋を開ける。

血を思わせる赤い絹の中に、その、銀色の銃は埋まっていた。

「っ……」

それがまるで血の海に沈んでいるように見えて、アイリスの顔が微《かす》かに青ざめる。

だが、これは自分が曲がりなりにも、この極東で一人前の修道騎士として認められた証《あかし》でもあるのだ。

ここが、我慢のしどころだ。

ハンマーと同じ彫刻の施された、小さく美しい銃を手にし、少しだけ慌ただしく箱の蓋を閉める。

女性のアイリスの掌《てのひら》にもすっぽり収まってしまうほどの小型銃。

装塡できる弾丸は二発だけ。だがその二発は、古今東西全てのファントムを滅する純銀の弾丸だ。

聖槌《せいつい》リベラシオンと並ぶ聖銃デウスクリスは、対ファントム戦闘に於《お》いて欠くべからざる神の武器だ。

だが神の武器ですと言ったところでヒースロー空港や成田《なりた》、羽田のイミグレが銃を通してくれるはずもないので、銃の受け取りはこうして赴任地で行われるのが慣例であった。

「ありがとうございます。確かに、受け取りました」

「はい、確かに。ところで来日三日目ですが、昨夜まではどこかに潜伏していたのですか？」

「うえっ⁉」

「……どうしました？」

「ああ、いえ、し……宿泊施設に……」

一瞬、野外で過ごしたと言おうとして、昨夜虎木《とらき》の部屋でシャワーを浴びたことを思い出し、咄嗟《とっさ》に比較的近似値の嘘《うそ》に切り替えた。

日本に来るのが初めてであることは中浦《なかうら》も知っているはずだし、だからと言って虎木《とらき》の部屋のことを話すわけにもいかない。

一瞬の言い淀《よど》みに気付いたのか気付かなかったのか、中浦《なかうら》は全く表情を変えずに頷《うなず》いた。

「そうですか。チェックアウトのときには領収書を忘れずにもらってくださいね。あんまり高いホテルは経理がうるさいので、使わないでくださいよ？」

「は、はい……」

事が明るみに出れば、高級ホテルが可愛《かわい》く見えるほど高くつくかもしれない。

「少ししたら、日本支部の騎士達とも顔合わせをしましょう。我々の聖務は予断を許すものではありませんが、かと言って寝る間も無いほど気を張っていなければならないものでもない。あなたの歓迎会をさせてくださいね」

「はい。楽しみにしています。あ、そう言えば」

アイリスははっとして、入り口を振り返った。

「私、もしかしたら日本支部の先輩とお会いしたかもしれません」

「え？」

「騎士とは言え、常に修道服をまとっておられるわけではありませんよね。日本では目立ちますし……先ほど外の廊下で、着物を着た若い女性とお会いしました。ここに事務所があると教えてくださったんです。もしかしたらあの方は……」

「アイリスさん！　その女に何かされませんでしたか⁉」

「え、は？」

それまである意味事務的にシスター・イエレイと呼びかけてきた中浦《なかうら》が、突然我を忘れたように立ち上がってカウンターから乗り出してくる。

アイリスは面食らいながらも、

「何か……とは？　曲がり角でぶつかってしまって、お互い謝罪しあっただけですが……」

シンプルにあったことを明かすと、

「そう……ですか……」

中浦《なかうら》はホッと腰を落とした。

「その女のこともいずれ、お話しすることになるでしょう。あなたの次の聖務は既に手配されているのですが、それが終わるまでは、気にしないでください」

「はぁ……」

そんなことを言われると余計気になるのだが、当面の上司である中浦《なかうら》がそう言うのであれば仕方がない。

そこまで考えて、アイリスの脳内でふと、二つの関係ないはずの記憶が繋《つな》がった。

「あれ？　でももしかして……私をウツノミヤに行く電車に乗せたのって……」

「宇都宮《うつのみや》？」

「あ、ああいえ、何でもありません」

上野駅で道を尋ねた女性も着物をまとった若い女性で、先ほどの女性も初対面のアイリスに、宇都宮《うつのみや》がどうこうと耳打ちしてきた。

だが、どちらにせよアイリスにとっては初対面の女性としか思えなかったし、単純に聖務の前に間違って宇都宮《うつのみや》まで行ってしまった挙句に餃子《ぎょうざ》パーティーしてしまったとは口が裂けても言えないではないか。

「シスター・イエレイ」

中浦《なかうら》も、なにがしかのショックからは立ち直ったようで、アイリスの前に何枚かの書面を差し出した。

「こちらが次の聖務です。実は別の騎士の担当だったのですが、内偵中に敵に気取《けど》られ、大怪《おおけ》我《が》を負ってしまいました」

「っ」

アイリスは餃子《ぎょうざ》の記憶を消し去り、真剣な顔で背筋を伸ばす。

「場合によっては警察に任せてもよいケースであったため、従騎士格の子に内偵を進めさせていたのですが、対象ファン周辺への潜入が露呈し攻撃を受け重傷を負ったため、任務の続行が不可能になりました」

この場合の対象ファンは、対象ファントムの略である。

「従騎士とはいえ、戦闘能力に長《た》けた子でした。生半可《なまはんか》の吸血鬼にやられる子ではありません。対象ファンは本国の正騎士が担当するに不足の無いレベルに警戒する相手です。どうか、迅速に聖務に取り組み、可能であれば対象ファンを確保してください」

「承知いたしました。シスター・ナカウラ。全力を尽くします」

「こちらが判明しているだけのデータです。頭に入れておいてください」

アイリスは、中浦《なかうら》が差し出した書面を手に取ることなく凝視し暗記する。

間違っても情報を外に露見させることのないよう、全ての騎士は対象ファンについてのデータを頭に叩《たた》き込むよう訓練されているのだ。

「……え」

だがアイリスは、対象ファンの主な潜伏先の情報を見て顔をこわばらせた。

「シスター・イエレイ？」

中浦《なかうら》の疑問の声が聞こえないほど、顔に冷や汗が浮かびあがる。

「あの、シスター・ナカウラ、これ、本当に？」

「ええ。言ってしまえばこの駐屯地のお膝元なので情けない話なのですが、それだけ急速に情勢が変化したと考えてもらえると……」

だからと言って何故《なぜ》、主な内偵先がこんな場所の案件が自分に回ってくるのか。

自分の持つ性質との相性が異様に悪い。

そしてそれを差し引いたとしても、明らかに情報が足りなさすぎる。

「あの、対象ファンの名前と潜伏先の絞り込みしか書かれていないようですが、他の情報を集めるための人員の補助などは」

「えっ」

何が『えっ』だ。

「あの、潜伏先以外の情報があまり無いので、例えば対象ファンの協力者とか、潜伏先の建物の見取り図とか、今無いなら情報を集めるだけのその、サポートの従騎士とか」

「いやぁ……」

「いえ、いやぁ、ではなく」

流石《さすが》に声に出た。

「……大丈夫ですよ。本国の優秀な騎士の力ならば、きっとうまくいくでしょう。神のご加護を。それからあまり経費は使わないでくださいね。何分《なにぶん》予算もぎりぎりでして」

「いやぁ……」

今度はアイリスが、そう唸《うな》らざるを得なかったのだった。


サンシャイン60の外に出たアイリスは、この先のことを考え呆然《ぼうぜん》としてしまう。

日本の労働環境は個々人の能力に依存して抜本的な改革や変化を拒む傾向にあるとは聞いたことがあったが、中浦《なかうら》の態度は果たして日本人気質によるものなのか、日本支部の傾向なのか。

とにかく、このままでは、アイリス一人では絶対に新しい聖務を達成することはできない。

東池袋四丁目駅から都電雑司《ぞうし》ヶ谷《や》駅までの短い間に荒川線の中でぼんやりと先々のことを悩みながら、アイリスは一つの結論を出した。

※

風呂場《ふろば》の暗闇の中で、虎木《とらき》はあくびをしながら起き上がる。

あくびをしながらも、風呂場《ふろば》の壁を通り抜けて家の中で誰かが動いている音がするので、アイリスはまだいるのだろう。

それは織り込み済みなので、固まり軋《きし》む全身を伸ばしながら風呂場《ふろば》を出ると、

「ユラ！　お願い！　協力して！」

アイリスが美しい金色の後ろ髪を見せて、虎木《とらき》の足元にひれ伏していた。

「……言っておくが、土下座は別に誠意を訴えるポーズでもなんでもないからな。現実にはやりすぎて誠意が疑われかねないやつで……」

「あなたしか頼れないの！」

アイリスは虎木《とらき》を遮って悲鳴に近い声を上げる。

「お前の場合、それマジで言葉通りだよな。どうしたんだよ」

「指令が来たの！　緊急度が高いファントム……吸血鬼の担当になっちゃったの！」

「ほー、良かったじゃないか。いや、緊急度が高いってんなら治安的にはよかないんだろうが、アイリスの能力が評価されてるってことだろ」

「そ、それが……相手の主な潜伏先が、池袋駅の西口側の繁華街なの」

「ほー、西口の繁華街」

「それで……確定している潜伏先で内偵しなきゃいけないのが、地下のライブハウスで」

「ほー、地下のライブハウス」

「目標ファントムが現れるのは午後七時以降なの」

「ほー、午後七時以降」

「……一人で、たどり着ける気がしない……」

「仕事やめれば？」

「お願いユラ！　一緒に戦えなんて言わないから！　事前調査だけでいいから！　お願い！

ご飯奢《おご》るから！　入場料とかあるなら払うから、一緒に来て！」

「嫌だよ」

とりあえず拒むが、アイリスがそんなことくらいで引き下がらないことは分かっている。

虎木《とらき》は想像する。

近年の池袋西口の繁華街は世間一般の抱くイメージより圧倒的に治安が良くなっており、積極的に危険なところに飛び込まない限り、普通ならばトラブルに遭うことは少ない。

だが、アイリスはお世辞抜きで美人であり、誇張抜きで重度の男性恐怖症である。

吸血鬼どころか吸血鬼に操られている人間にも抵抗できないほどだから、キャッチやナンパに遭って抵抗できずに妙な場所に連れ込まれる可能性もある。

そんなことになったら寝ざめが悪いし、逆にそこで闇十字騎士団の修道騎士が本領を発揮して大立ち回りをした末に彼女が警察に目をつけられた場合……。

「最悪、俺のところまで警察の手が及ぶか……はぁ……」

今でこそ殊勝に頭を下げているアイリスだが、虎木《とらき》は自分の財布や持ち物の中に、件《くだん》の『灰になったときの迷子札メモ』が戻ってきていないことに気付いていた。

アイリスが返し忘れているのか、意図して持ったままなのかは分からないが、万一何かの機会にアイリスが誰かに捕まった場合、アイリスを捕まえた組織の手は、間違いなく虎木《とらき》に及ぶだろう。

「……いいよいいよ分かったよ。調査だけなら付き合ってやる」

「本当っ⁉」

「その代わり俺の迷子メモ返せ。俺はお前のメインの仕事には絶対付き合わないからな」

「ありがとう！　ありがとうユラ！　調査が終わったら必ずメモ、返すわね」

やっぱりこいつ、メモを意識して確保していやがった。

そして虎木《とらき》の吸血鬼の耳は、日本語が達者なアイリスの、微妙な言い回しを決して聞き逃さなかった。

「何を調査が終わるまでとか言葉に幅持たせてんだ！　一回だけだ！　一日だけだ！」

「お願いよおお‼　後生だからああ‼」

「聖十字教徒が後生とか言ってんじゃねぇええ！　俺だって仕事があるんだよおお‼」

一回だ一回じゃないの不毛な言い争いは、この後虎木《とらき》が出勤するまで続けられた。

そして最終的にアイリスが虎木《とらき》をコンビニまで追いかけてきて、イートインコーナーに居座って村岡《むらおか》にまたあれこれ言われる段になり、虎木《とらき》が折れることになるのだった。

※

今更だが、アイリスが修道騎士だなんて話は嘘《うそ》なんじゃないかと虎木《とらき》は思い始めた。

東京メトロ副都心線の雑司《ぞうし》が谷《や》駅から池袋駅まで一駅。

改札を出て東武百貨店側に上がってから地上に出て、ファミリー向け、若者向けのイメージが強い東口側と違い、大人の繁華街のイメージが強い一角。

夜九時、虎木《とらき》とアイリスは、池袋西口側の繁華街を歩いていた。

アイリスは虎木《とらき》の左腕に自分の腕を絡《から》めながら、虎木《とらき》にぴったり寄り添って歩いている。

雰囲気だけながら、繁華街の雰囲気に酔ったカップルに見えるだろうが、実態はひたすら道行く人々に怯《おび》えてアイリスがまともに歩けないため、虎木《とらき》が支えて歩いているような状況だった。

「……っ」

時々虎木《とらき》の左腕を強くアイリスが引くのは、呼び込みの店員や、キャッチすれすれのホストと目が合うときだ。

明らかに怯《おび》えの反応なのだが、道を歩いていれば偶然誰かと目が合ってしまうことなど誰にでもあるし、店先の呼び込みは繁華街でなくてもどんな商店でもやる所はやる。

「お前そんなんでよく日常生活送れるな」

ファントムの潜伏先の内偵ということで、今日のアイリスは私服らしい白いブラウスと黒いサロペットスカートの上からタータンチェック柄のコートを羽織っている。

タータンチェックはスコットランドの民族衣装のはずだし、その下も修道服との差が虎木《とらき》には分からなかったが、そんなことよりも問題なのは、アイリスの容貌が、虎木《とらき》の想像以上に人目を引くという事実だった。

内偵先で目立ってしまうという懸念に加え、繁華街の客引きにやたらと声をかけられる。

そしてアイリスは声をかけられる度に、びくりと身を震わせて虎木《とらき》を引き寄せるのだ。

腕に伝わってくるのは、小刻みな震え。

「……大丈夫か？　今日はやめといたほうがいいんじゃないか？」

アイリスのこれは、男嫌いというよりもっと深刻な事情に根差した男性恐怖症とも言うべき反応だ。

これほど反応が激甚《げきじん》なのであれば、吸血鬼小此木《おこのぎ》の取り巻き相手にやられたというのも頷《うなず》けるが、それ以前の問題としてイギリスを出るときと日本に入国するとき、イミグレのやり取りは大丈夫だったのだろうか。

吸血鬼やその他のファントムだったら大丈夫だと言うし、実際虎木《とらき》は大丈夫なのだが、虎木《とらき》の家族であり攻撃性皆無の和楽《わらく》のときですらあの有様《ありさま》だ。

今回アイリスが担当になったという新しいファントムの潜伏する地下クラブまではあと少しだが、街中ですら虎木《とらき》から離れられないようでは潜伏先に乗り込んだところでどんな調査ができると言うのか。

「おい、大丈夫か、もうすぐ着くぞ」

「う、うん……」

アイリスは頷《うなず》いて、決死の様子で顔を上げた。

『Stage Bar　Crimson Moon』

地下に降りる階段の入り口には、ネオンの看板でそう記されていた。

虎木《とらき》とアイリスが並んで降りられないほど狭く急な階段。

建物の規模からいってそこまで手狭な地下室ではなさそうだが、それでも『ステージ』と看板を掲げている以上、客が自由に動きまわれるエリアはそう広くはないだろう。

入り口のボードには恐らくステージに登壇予定のミュージシャンらしき名前が羅列されている。

階段の壁にはいかにも若いスタンダードなバンドチームからメタルな雰囲気を感じさせるバンドチームまで、ポスターが所狭しと貼り付けられており、この店がどのような傾向のミュージシャンを招いているのかが概《おおむ》ね想像がついた。

階段の上に立つと、地下からスピーカー越しの重低音がせりあがってくるのが聞こえてくるのだ。

もし登壇するミュージシャンの熱狂的なファンで店が埋め尽くされていたら、アイリスは入店すらできないのではなかろうか。

「ヘヴィメタほど激しくはなさそうだが、クラシックみたいなお上品さもなさそうだ。今日は店の場所を把握したってことで帰った方がよさそうじゃないか」

「そ、そうね、それでいいかも」

本気か、振り返って突っ込もうとしたそのときだった。

「げっ」

そこに見知った顔を見つけて虎木《とらき》は驚いたし相手も驚いた。

「虎木《とらき》さん?」

「灯里《あかり》ちゃん!?」

先日の深夜とは打って変わって派手な装《よそお》いの村岡灯里《むらおかあかり》が、決まり悪そうな顔でそこにいたのだった。

※

ステージ上では、虎木《とらき》が見たことも聞いたこともないバンドが激しいナンバーを演奏しており、彼らを効果的にライトアップするためのスモークの臭いが、熱狂と人間の気配とわずかな酒とタバコの臭いに強烈にブレンドされている。

「まさかここでうちの親知ってる人とハチ合わせるなんてなー。あー」

ライブハウスのバーカウンターで、ストローの刺さったコーラのグラスを手に、灯里《あかり》は渋い顔をした。

「いや、まぁ、こっちもまさかこんなところで灯里《あかり》ちゃんに会うとは……」

虎木《とらき》としても、アイリスの手伝いで来た吸血鬼の調査で、村岡《むらおか》の娘に会うことになるとは思いもしなかった。

「ねぇ、お互い会わなかったことにしない？　虎木《とらき》さんもデートの最中なんでしょ」

灯里《あかり》は面倒くさそうな口調で、虎木《とらき》を挟んで反対側にいるアイリスに目をやった。

「で、で、デートなんかじゃありません！　仕事です！」

「は？　仕事？」

「いや、まぁ、デートだよ」

虎木《とらき》はアイリスの予想通りの反応に溜《た》め息《いき》を吐《つ》きながら、灯里《あかり》の言うことを肯定する。

「それなら、私はお邪魔だよね。てことで、ここからは無関係でいいよね」

「あーいや、ちょっといいか」

「……何？　まさかお説教する気？　それともお父さんでも呼ぶの」

灯里《あかり》は引き留めようとする虎木《とらき》にはっきりと敵愾心《てきがいしん》を向けた。

「違う違う。そんなことしないって」

虎木《とらき》的には、色々な意味で今灯里《あかり》に離れられるのは困る。

単純に高校一年生の灯里《あかり》が一人でこんなところをウロつくのを放置できないし、反面灯里《あかり》がいるおかげで、アイリスも修道騎士の精神が同じ思いを抱かせたのか平常心を保てている。

灯里《あかり》の現況を把握することは虎木《とらき》の雇い主の心の平穏に関わるし、アイリスが平常心でこの場にいられるかどうかは虎木《とらき》の今後の生活の平穏に関わるのだ。

「この店のこと教えてほしいんだよ。俺達、初めて来たんだ」

「……ちょっとユラ？」

「……いいから、黙って聞いておけ」

驚くアイリスを宥めると、虎木《とらき》は殊更に明るい顔を作って灯里《あかり》に問いかけた。

「灯里《あかり》ちゃんは、何回か来てるのか？」

「……それを聞いてどうすんの。お父さんに告げ口するわけ」

全く信用されていないようだが、助け船は意外なところから来た。

「今日で三回目くらいだっけ？」

「えっ、ちょっと相良《さがら》さん！」

カウンターの中から店員の男性が声をかけてきたのだ。

灯里《あかり》に相良《さがら》と呼ばれた店員は、日本人には珍しくTシャツの袖から延びた腕に刻まれたトライバルがサマになっている、ドレッドヘアーの男性だった。

「灯里《あかり》ちゃん、こういうときは下手に反発するより、素直に話しちゃった方がいい。うちとしても出入りしてる未成年のお客さんについて誰かに聞かれれば、正直に答えざるを得ないからね」

「でも……」

「お二人は家族や学校の先生には見えないけど、親戚の夫婦か何か？」

「ふ、ふ、ふ、ふっ⁉」

男性と話せないところに夫婦という単語が飛び出してきて、アイリスは今にも窒息しそうになるくらい真っ赤になっている。

「俺、灯里《あかり》ちゃんのお父さんに雇われてるんですよ。今日はこっちの彼女に連れられて来て、灯里《あかり》ちゃんに会ったのは偶然なんです」

「ああそういうこと。そりゃお互い色々間が悪かったね」

店員の相良《さがら》は人好きのする顔で苦笑する。

「でもそれならお兄さん達も、ちょっとは歩み寄らないとね。何にも注文せずに事情だけ聞かせろって言っても、子供は信用してくれないよ」

なるほど、確かにそれはそうかもしれない。

「それじゃ、ジントニック二つ……ん？」

虎木《とらき》の注文の声に抗議するように、アイリスが虎木《とらき》の服を引っ張る。

「もしかして酒、ダメか？」

「……日本で飲んでいい年齢じゃない」

「あー、ジントニとコーラで」

「はーい。ジンのお好みは？」

「え？」

驚いて顔を上げると、相良《さがら》はカウンターに並んだ酒瓶を指し示し、

「ここからここまで、全部ジン」

「そうなのか。ジンの違いなんて分からないけど……ん？」

またアイリスが服を引っ張ってくる。

「……青い瓶」

「青い瓶？」

「ああ、ポンペイ・サファイアね。かしこまりました」

色に反応した相良《さがら》が、四角く青い酒瓶を手に取ると、慣れた手つきでピルスナーグラスにジンとトニックウォーターを注ぎ、簡単にステアして、最後にカットライムとミントの葉を添えてカウンターに置く。

トニックウォーターを注いだサーバーからアイリスのコーラも抽出し、カットレモンを刺してカウンターに並べると、

「はい、それじゃあ乾杯して、外の世界のことは一日忘れて、仲直りしよう」

「「……」」

それぞれに複雑な顔をしながらも、相良《さがら》の笑顔に逆らえず、灯里《あかり》も虎木《とらき》とグラスを合わせた。

「ん、へぇ」

アイリスのコーラには、届かなかった。

深く考えずに一口飲んだジントニックは、虎木《とらき》の知るそれよりもキレとコクが深いものだった。

「美味《うま》いな」

「彼女さんのチョイスのおかげかな。ポンペイ・サファイア、良《い》いジンだから」

「かっ、かっかかかか……はふっ」

「へぇ、こんなに変わるものなんですね。ジンを選んだことなんてなかったから」

アイリスが余計なことを口走る前に、虎木《とらき》は割り込んで感想を述べる。

「……虎木《とらき》さんもお酒飲むんだ」

「家じゃ滅多に飲まないよ。こういうときだけ」

「虎木《とらき》さんも家で発泡酒とか焼酎飲んでる人かと思った」

「……まぁ、飲んだことはあるけどな」

お酒のチョイスに、何となく具体的なモデルがありそうな灯里《あかり》の話を虎木《とらき》は流す。

「相良《さがら》さん。ポンペイなんとかって何？」

「ジンってお酒の銘柄だよ。ポンペイ・サファイア。こだわる人の定番になるようなタイプ」

灯里《あかり》の問いにドレッドヘアーが棚から持ち上げた瓶とともに答える。

「ジンの本場はイギリスなんだけど、お姉さんもしかしてイギリス人とか？」

「わ、わ、わ、わたっ……」

「ちょっとまだ日本語うまく喋《しゃべ》れなくてね。まぁそっちの方の人だよ」

灯里《あかり》の登場で忘れそうになるが、一応今日は潜入捜査に来ているのだ。

何もかも正直に話すのは得策とは言えない。

「それで、と。灯里《あかり》ちゃん、結構この店に来てるの？」

「……この店っていうか、イベント。歌詠《かえい》次典《じてん》が出るから」

「灯里《あかり》ちゃんの好きなバンドだっけ。こういうところでやってるんだ。え？　じゃあこのあとどっかで、ライブのチケット代払わなきゃいけないのか？」

「ああ、それは大丈夫ですよ。うちのイベントは基本無料。ワンドリンク注文してもらったからそれでOKです」

灯里《あかり》に代わって答えたのは相良《さがら》だった。

「へぇ……気前がいいんだな」

ライブハウスでイベントが行われる場合、チケット代にライブハウスのワンドリンク分の料金が事実上セットになっていて、チケットの半券やライブハウスが用意したトークンなどとドリンクを交換するのが一般的だ。

「このイベントはルームウェルの網村《あみむら》さんが取り仕切ってて、ニュー・チューブの収益を還元するようなイベントなんだ。だからチケット代がかからなくて、気楽に参加できるの」

「っ！」

「……へぇ、ルームウェルってのは、バンドの名前？」

ルームウェルの網村《あみむら》。

その言葉にアイリスの顔が険しくなり、虎木《とらき》も少しだけ声に緊張感がにじむ。

「元はバンドやってたんですけどね、今はこのイベント取り仕切ってるんで、イベント会社の名前みたいなもんかな。実は俺もこのライブハウスじゃなく、ルームウェルの人間なんです。これよかったら見てやってください。ウチがやってるイベントの動画のコードです」

相良《さがら》が、スリムフォンのカメラで読み取れる特殊コードが印刷されたカードを差し出してきた。

虎木《とらき》が曖昧に返事をして受け取ると、途端にステージ側が騒がしくなってくる。

「始まった！　私行くね！　バイバイ虎木《とらき》さん！」

半分以上残ったコーラを残して、灯里《あかり》がぱっとカウンターを離れ、熱気が爆発しそうなステージに駆けていってしまった。

「今やってるのが灯里《あかり》ちゃん御贔屓《ごひいき》の歌詠次典《かえいじてん》ですよ」

「……へぇ」

虎木《とらき》は別に音楽に造詣《ぞうけい》が深いわけではないが、歌詠次典《かえいじてん》の曲は派手過ぎずありきたりではない、普遍的に良い曲だと感じた。

百人強はいるだろうか、リズムに乗って熱狂している観客の中に灯里《あかり》の横顔を見つけ、彼女が心からライブを楽しんでいることも分かり、そこにはあの夜に見た、乾いた寂しさのようなものは感じられない。

スリムフォンで歌詠次典《かえいじてん》を検索すると、活動を開始して二年目で、動画サイトなどを中心に人気拡大中のアマチュアバンドらしいということを、小さな音楽情報サイトが書いていた。

「これが、無料か」

だからこそ、そこが引っかかる。

高校生の灯里《あかり》が繁華街のライブハウスに出入りしていることの是非はともかく、相良《さがら》の応対や会場の雰囲気からも、このイベントからは非合法な要素の気配は感じられなかった。

若者と繁華街の組み合わせは単純に風紀の乱れに直結させられがちだが、夜はまだ浅く、未成年に対するアルコールの提供は厳に戒められており、客層の九割以上が女性であることから、男女の風紀を乱すようなこともなさそうだ。

「……なぁ、本当にここなのか」

「……そのはず」

本当にこのイベントを取り仕切り、闇十字騎士団《やみじゅうじ》が緊急に対応しなければならないような吸血鬼が存在するのだろうか。

歌詠次典《かえいじてん》の出番は三曲で終わったが、その後もいくつかのバンドが入れ代わり立ち代わり登場し、二時間ほど、虎木《とらき》もアイリスもカウンターに座ったまま知らない曲をたっぷり聞いてしまった。

全ての出演者の演奏が終わり、最後のバンドのボーカルが観客の拍手に礼をすると、その横からスーツ姿の男が壇上に上がって来た。

『本日も大勢のお客さんにご来場いただきありがとうございます！　皆！　今日も楽しんでもらえたか⁉』

スーツの男の呼びかけに、再び会場が沸く。

「あれがうちの代表の網村《あみむら》ね」

「へぇ」

相良《さがら》の言葉に特別反応しない虎木《とらき》だが、目だけはしっかりスーツ姿の男に注目する。

イベンターという職業のイメージを裏切りすぎない程度に明るい色合いの、だがチャラチャラしているとギリギリ言われない程度のスーツと髪色、そして眼鏡。

端正ながら愛嬌《あいきょう》のある顔つきと豊かな表情。他人の目に映る自分の姿を計算しているタイプだ。

網村勝世《あみむらかつせ》。

彼が闇十字騎士団《やみじゅうじ》東京駐屯地がアイリスに託した対象ファン。吸血鬼であるらしい。

『それではお待ちかね！　お楽しみの投票タイムです！』

網村《あみむら》の言葉に誘われるように、音楽を聴いていた観客が、ステージ上の網村《あみむら》に向かって何かを渡している姿が見えた。

網村《あみむら》自身、同性の虎木《とらき》から見ても整った容貌をしているせいで、まるで群がる観客が皆網村《あみむら》のファンであるかのような錯覚すら起こした。

「なにあれ、ファンレターかしら？」

ステージに殺到するほぼ全員の手にあるのは、なんと封筒だった。

普通に見ればアイリスのその感想が正しいのだが、虎木《とらき》には違和感があった。

灯里《あかり》も、周りの客と同じように封筒を網村《あみむら》に向かって差し出している。

その瞬間だけは虎木《とらき》も緊張するが、網村《あみむら》は笑顔を浮かべたまま、他の客からと同じように灯《あか》里《り》からも封筒を受け取り、小さく頷《うなず》くだけだった。

封筒は網村《あみむら》の手の中でどんどん厚みを増してゆき、やがて片手では持てなくなって、別のスタッフがトレーらしきものを持って封筒を預かりに行く。

「いや……あれは多分……」

「え？」

「……いや、何でもない」

虎木《とらき》ははっとしたが、すぐそばには相良《さがら》のいるカウンター。

ほかにもルームウェルとやらのスタッフがどこにいるかも分からず、迂闊《うかつ》なことは口走れない。

だが、灯里《あかり》が『投票』を済ませ、昂揚《こうよう》している横顔を見た瞬間、虎木《とらき》の肚《はら》の底には、小さな怒りが燃え上がった。

しばらくして、先ほどトレーで封筒を持ち去ったスタッフが網村《あみむら》に何かのメモを渡す。

『さてさて集計結果が出ました！　やはり強い！　本日も歌詠次典《かえいじてん》に五十万ポイント以上！　いつも通り、累計最多投票者の方には登録アドレスに連絡をさせていただきます！　皆今日もありがとう！』

歓声と拍手、そして歌詠次典《かえいじてん》が『投票』のお礼なのか、もう一度舞台に上がって観客に何度も礼をする。

『今日のイベントも会員の皆にだけ、アーカイブで配信するからもう一度楽しんでくれよな！　次のイベントの告知の動画も忘れずに高評価よろしくぅ！』

最後まで盛り上げに盛り上げた網村《あみむら》と歌詠次典《かえいじてん》のメンバーがステージから消えても、フロアの熱気は冷めやらない。

「……帰ろうか」

「え？」

「イベント自体は、今日はもうこれで終わりなんですよね」

虎木《とらき》が相良《さがら》に尋ねると、相良《さがら》はドレッドヘアーをいじりながら少し考えるふりをする。

「んー、まぁステージはね。この後出演者がフロアに来てファンの子達と飲んだりするから、完全に終わりじゃないけど」

「なるほど。でも、もう時間も十時ですし」

「……ああ」

「俺もこういうとこであんまヤボなこと言いたくないんですけど、相良《さがら》さんも言った通り『間が悪く』会っちゃいましたから。後で色々バレて、クビになりたくないんすよ」

「じゃーしゃーなしかな。でも、あんま騒ぎにならないように連れ出してね。ヤボだから」

「どうも。行こう」

「え、ええ。って、ちょ、ちょっと、どこに行くの」

カウンターから離れる虎木《とらき》に引っ張られるように、アイリスも離れる。

虎木《とらき》は出口ではなく、興奮冷めやらないステージ側へとずんずん進んでゆく。

大半が女性客とは言え、中には少数ながら男性もおり、アイリスはおっかなびっくりと言った様子だが、虎木《とらき》が灯里《あかり》を目指して真《ま》っ直《す》ぐ歩いているのに気付き、観念してついてくる。

「灯里《あかり》ちゃん、帰ろう」

「は？　何言ってんのこれからじゃん！」

「俺が灯里《あかり》ちゃんの親ならＯＫも出せたけどな、場所柄、条例ギリギリの二十三時まで放置して、灯里《あかり》ちゃんが警察の厄介になるようなことがあったら、村岡《むらおか》さんに申し訳ない」

「お父さんは関係無いでしょ！」

灯里《あかり》の剣呑《けんのん》な雰囲気に周囲がザワつき始める中、

「そこでお父さんが関係無いなんて言いきれるようなら、君は君を置いて出て行ったお母さんと何も変わらないってことになるが」

「っ‼」

激昂《げっこう》した灯里《あかり》の手が振り上げられようとした瞬間、その手をアイリスが寸前で押さえた。

「サガラさんにも、連れ出していいって言われてるわ。ここで騒ぎを起こすのは、あなたも本意じゃないでしょう」

「……！」

灯里《あかり》はショックを受けたようにカウンターバーの方を見るが、タイミング悪くそこには相良《さがら》の姿は無かった。

「……お父さんに告げ口するつもりはない。でもそれは、灯里《あかり》ちゃんが世間の許容範囲を抜け出さなかった場合に限る。これ以上は、許容範囲外だ」

「……世間とか、くだらない！　大人の許容範囲とか、知らないっての！」

怒りを飲み下すように言いながらも、灯里《あかり》はアイリスの手を振り払い、肩を怒《いか》らせながら出口へと向かう。

アイリスがそれを追い、虎木《とらき》はもう一度だけステージを振り返った。

ちょうどそのとき、出演者が何組か現れ、ホールがまた沸き上がる。

出演者に殺到するお客が彼らに差し出す封筒は『投票』のときとは打って変わってきらびやかで色とりどりの封筒ばかりだった。

「……クソ」

「ユラ……」

虎木《とらき》がライブハウスを出ると、アイリスが困ったように虎木《とらき》に助けを求めてきた。

見ると、灯里《あかり》が出口の横でぶーたれた顔でしゃがみ込んでいる。

「帰らないから」

「え？」

「帰らないよ。絶対帰らない！」

「……いやでも」

「家に帰ったって何も変わらないよ！　どうせお父さんは仕事で、お母さんは帰ってきてない！　一人が危ないっていうならここにいたって家に帰ったって変わったりしない！」

「……灯里《あかり》ちゃん」

「ユラ……彼女の家は……」

「俺のコンビニのオーナーの娘さんだって話は中でしたろ。実は最近、お母さんが蒸発同然に出て行ったらしくてそれで……」

「……そういうこと」

アイリスは得心したように頷《うなず》いた。

「ちょっと、任せてもらっていいかしら」

「え？」

「これでも修道士よ。本国でも、家庭に問題を抱えた子供の相手を修道士が務めることは多いわ。今すぐに解決ってことにはならないけど、気持ちをほぐすことくらいはできるかも」

「……分かった、任せる。悪いな」

虎木《とらき》がモノを言うとどうしても村岡《むらおか》の影がチラつくだろうし、同性で外国人のアイリスの方が、案外話は通じるかもしれない。

「アカリちゃん？　だっけ」

「……」

「楽しみの邪魔をしちゃってごめんなさい。羽目を外したいことって、誰にでもあるわよね。分かるわ。今日の私もそうだったから」

そう言うとアイリスは、ポケットからカードのようなものを取り出し、灯里《あかり》に差し出す。

「え？　嘘《うそ》、シスターさんなの？　なんかそれっぽい格好だとは思ったけど」

修道士固有の身分証でもあるのだろうかという一瞬沸いた疑問を呑み込み、虎木《とらき》は状況を見守る。

「ええ。シスターでも、ライブを見に来たりはするのよ」

何を見せて灯里《あかり》にシスター＝修道士だと納得させたのかは知らないが、こうして身をかがめて少女に親身に話をしている姿を見ると、およそ口にカレーを付けて決めポーズを取っていた人間と同一人物とは思えない。

「でも、私もユラも、あなたに暗い迷いを見つけ出した。こういう街ではその暗い迷いに付け込む影がたくさんあるわ。あなたが心からライブを楽しんでいたならいいんだけど、きっと、あなたの迷いが、あなたから物事を純粋に楽しむ気持ちを奪っている。その迷いや悩みを一緒に持って重さを分け合うのが、私達のいる意味なの」

重さを分け合う、などというフレーズは、一生考えても虎木《とらき》の口からは出ない言葉だろう。

何なら通り一遍の大人のお説教を吐いてますます灯里《あかり》を頑《かたく》なにさせてしまっていたかもしれない。

虎木《とらき》は恐らく初めて、アイリスの職業適性を認め、彼女のキャリアに尊敬の念を抱いた。

「家に帰りたくない子には、普段だったら教会や修道院で一晩を過ごしましょうってお誘いするところなんだけど、私、日本に来たばかりでそういうわけにもいかないの。だから、どうかしら。今夜は私の家に泊まらない？」

「……お姉さんの、家」

「んっ？」

「狭いし何も無いけど、温かい紅茶くらいはごちそうできるわ」

「んっ？　んっ？　おかしいな、おいアイリス、ちょっと待……」

「今日のライブ、なかなか面白かったし、先輩として色々教えてもらえないかしら。動画も配信されるんでしょう？　一緒に見ない？」

「……分かった」

「……ええ」

まとまってしまった話を今更止めることもできず、虎木《とらき》はアイリスがタクシーを止めて灯里《あかり》を乗せるのを、呆然《ぼうぜん》と見ていることしかできなかったのだった。

※

「へー。お姉さんうちの近くに住んでるんだ」

「あら、そうだったの。灯里《あかり》ちゃんの家、近くなのね」

「うん。うちも雑司《ぞうし》が谷《や》。虎木《とらき》さん家《ち》も雑司《ぞうし》が谷《や》だよね」

「あー……うん……まー」

「ん？　あれ？　二人とも雑司《ぞうし》が谷《や》住んでて、二人で一緒のライブ来て……私ってもしかして、超お邪魔虫だったりする⁉」

当然こういう反応になるだろう。

ブルーローズシャトー雑司《ぞうし》が谷《や》一〇四号室に帰ってくれば。

「ふふ、残念だけど私とユラはそういう関係じゃないの。ライブに二人で行ったのも初めてよ。彼がついて来たいって言うから」

「…………………」

「へぇー、虎木《とらき》さんへぇー！」

「……何だよ」

「いや、別に。ただ、可愛《かわい》いとこあるんだなって」

「……そりゃどうも」

今すぐにでもアイリスをチョークスリーパーで沈めたい気持ちでいっぱいだが、アイリスは灯里《あかり》の心をうまい具合に操縦しているため、迂闊《うかつ》に反発できない。

結果話を合わせるしかないのだが、店員の相良《さがら》に彼女呼ばわりされてあれだけ動揺していたくせに、ここにきてその余裕は何なのか。

「いやでもちょっと虎木《とらき》さんのこと見直した。虎木《とらき》さん、なんかいつも枯れた感じで地味だったから。こんな美人なお姉さんとライブ行くような人に見えなかったからさ」

「いや、まぁ」

灯里《あかり》の洞察は全くもって当たっており、アイリスと知り合わなければライブハウスなど一生行くことなどなかっただろう。

「子供が大人の分からない秘密を持ってるように、大人にも子供に見せない色々な顔があるのよ。さ、ユラのことはいいわ。ライブの動画はもう配信されてるのかしら」

「されてるはずだけど、この部屋Wi‐Fiある？　て言うか、全然物無いんだね」

「えーと……私も引っ越して来たばかりで、その、えーと」

アイリスの視界の端で虎木《とらき》が首を横に振る。

「……私の端末で見ましょうか」

一瞬だけためらってから、アイリスは自分のスリムフォンを取り出した。

そしてそのまま本当に先ほどのライブ配信を見始める。

肩と顔を寄せ合って小さな画面に見入りながら、アイリスと灯里《あかり》は心から楽しそうにあれこれ言い合って笑っている。

「……やれやれ」

虎木《とらき》は肩を竦《すく》め、邪魔をしないように奥の部屋へと引っ込んだ。

そのまま数時間、二人があれこれ話す声が聞こえたが、やがてそれがアイリスを泊めている部屋に移動する。

そしてしばらくして声が唐突に途切れたとき、

「お待たせ」

アイリスが顔を覗《のぞ》かせて手招きをしてきた。見に行くと、隣の部屋では灯里《あかり》が布団《ふとん》をかぶって寝息を立てている。

「悪いな、助かった」

「へぇ。もっと怒るかと思った」

「灯里《あかり》ちゃんをあそこから連れ出せた。俺一人じゃ絶対こうはいかなかった」

虎木《とらき》は戸を閉めるとダイニングの椅子に座り、大きく溜《た》め息《いき》を吐《つ》く。

「お前、本当にシスターだったんだな。大したもんだ」

「なんだと思ってたのよ」

アイリスは満更でもなさそうに微笑《ほほえ》んで、先日買ったアールグレイのティーバッグで二人分の紅茶を淹《い》れ始める。

「……お母様が出て行ってしまったこと、相当堪《こた》えてるみたい」

「……そうか」

「灯里《あかり》ちゃんが中学生になったくらいから、ご夫婦の間で喧嘩《けんか》の頻度が増えたそうよ。それが、お父様のコンビニの経営が軌道に乗り出した頃なんですって」

「ちょうど、俺が村岡《むらおか》さんと知り合った頃だな」

虎木《とらき》の前では情けない姿を見せることが多い村岡《むらおか》だが、ああ見えて経営者としての腕は確かで、東池袋五丁目店以外にも二店舗、コンビニをフランチャイズで経営している。

東池袋五丁目店が村岡《むらおか》の経営する一号店なのでそこに詰めていることが多いが、他の二店舗を回ることも多々あり、他人事《ひとごと》ながら、家に帰る時間は少ないのだろうなと思っていた。

「灯里《あかり》ちゃんのピアノのコンクールのことはきっかけでしかなくて、お母様はお父様が家庭を顧みないことに相当腹を据えかねてたみたい」

「灯里《あかり》ちゃんが自分でそう言ったのか」

壁越しにはただただ明るく雑談をしているようにしか聞こえなかったが、さすがは修道士といったところか。

「ええ。そのとき灯里《あかり》ちゃんは、お父様の肩をもっちゃったんですって。それでお母様を追い詰めることになって、お母様が出て行ってしまって、それでも仕事最優先で家でもほとんど灯《あか》里《り》ちゃんと会話しないお父様を見て、どうして分かったふりして味方しちゃったんだろうって、後悔したらしいわ」

そのときの村岡《むらおか》家の実際の空気がどうだったのかは分からない。

だが、灯里《あかり》にしてみれば、両親の破綻の直接のきっかけを自分が作ってしまったのではないかという思いが拭えず、それが余計に大人への反発となって現れるのだろう。

「ライブもね、前からちょくちょく行ってはいたらしいんだけど、それまでそのことを知らなかったお父様と口論になっちゃったらしくて」

仕事一辺倒の父に愛想《あいそ》を尽かして出て行った母。

味方をしてあげたのにそのことを理解せず、それどころかほとんど家にいないくせに、娘の趣味にうるさく口を挟む父。

嫌になるくらいどこにでもありそうな、それでいて当人達にとってはこの上なく難しく辛《つら》い状況だ。

「あの時お母さんが正しいって言ってあげてれば……って、泣いていたわ」

傍《はた》から見れば、村岡《むらおか》家の誰も間違ってはいないのだ。

ただ、それぞれの正しさがかみ合わなかったために、家庭が回らなくなってしまったのだ。

そして灯里《あかり》はそのことを誰にも打ち明けられないまま、やり場のない思いを外に求めた。

あのライブハウスとイベントは、灯里《あかり》にとって自分を守るための隠《かく》れ家《が》に他ならない。

だが。

「あのイベントは、危険だ」

「どういうこと？」

「網村《あみむら》が吸血鬼かどうかは関係ない。灯里《あかり》ちゃんをあのイベントに出入りさせてちゃいけない。このままだといつか、灯里《あかり》ちゃんが警察の厄介になって、村岡《むらおか》さん家《ち》が取り返しがつかないくらい、壊れちまうかもしれない。……何をすればいい」

「え？」

「……あの吸血鬼を捕まえるのに協力するって言ってるんだ。何をすればいい」

「えっ？　ユラ⁉　き、急にどうしたの⁉」

「俺は人間が小さいからな。世のため人のためなんて話より、自分がどうしたいこうしたいで決めるんだ。知り合いがやばいことになっているのに、何もせずにいたくないだけだ。灯里《あかり》ちゃんにお前の家だって言った以上、この件が終わるまではうちにいていい」

「……ユラ、うん、ありがとう！」

「その代わり、この仕事が終わったら今度こそ出て行ってもらうからな」

「もちろんよ！」

返事だけ良いアイリスに一抹の不安を覚えるものの、灯里《あかり》と村岡《むらおか》に危険な影が忍び寄っているのなら、無視はできない。

虎木《とらき》は心底嬉《うれ》しそうなアイリスに苦笑しつつ尋ねた。

「確認したいんだが、修道騎士に『担当』を振ってくる闇十字騎士団ってのは、単に案件を斡旋《あっせん》するだけか？　それとも実践を騎士に任せるだけで、情報をある程度精査した調査結果を持っていたりするのか？」

「本当に最低限の調査はしてくれるわ。ただ、実地でファントムと戦うのは私達騎士だから、大詰めの調査は私達がやることになるけど」

早くも『私達』とチーム結成を既成事実として言い出すが、今はそれはいい。

「なら、イベントを取り回してる『ルームウェル』って組織について確認しておいてほしいことがある。イベント終わりに網村《あみむら》が集めてた、あの封筒に絡《から》む話だ」

「封筒？　ファンの子達のファンレターのこと？」

「俺の予想が正しければ、あれはファンレターじゃない」

虎木《とらき》は苦々しい気分で、灯里《あかり》が寝ている側の部屋を見やった。

「どういうこと？　一体何を調べようとしてるの？」

アイリスの問いに、虎木《とらき》の返事はこれから吸血鬼と対峙《たいじ》しようというチームの一員としては、奇妙なものだった。

「ルームウェルの会社組織としての登記情報と、可能なら昨年度の会社としての売り上げ。あとは……警察でも何でもいい。公の捜査機関にマークされていないかどうかを、調べておいてくれ」

第三章　吸血鬼は見張られている

DRACULA YAKINI!

虎木《とらき》にとっての翌朝。

普通の人にとっては『とっくに夕方』と言われる時間帯。

虎木《とらき》が目を覚まして風呂《ふろ》から出ると、部屋の中にはアイリスの姿も、灯里《あかり》の姿も無かった。

一応、昨夜灯里《あかり》が寝ていた側の部屋の襖《ふすま》をノックしてから覗《のぞ》くと誰もおらず、アイリスの修道服はハンガーにかかったままだった。

「あ、そうだ」

昨夜、一時的にだが協力することを決めたので、虎木《とらき》とアイリスはようやくお互いの連絡先を交換した。

もしかしたらスリムフォンにメッセージやメールが来ているのではないかとチェックしてみると、メッセージアプリ『ROPE』に、登録したばかりのアイリスのアカウントからメッセージが入っていた。

『あかりちゃんをおくってから、そのままでかけます。れいぞうこにあさごはん。おなべにクリアスープがあります』

思わず冷蔵庫を開けると、ベーコンエッグにラップがかけられて置いてあった。

「なんだ？　クリアスープって」

顔を上げると確かに、今朝寝るときには無かった小さな鍋が、コンロの上にあった。

蓋を開けると、中には刻んだ玉ねぎとベーコンの入った金色のコンソメスープ。水嵩《みずかさ》が半分くらいなので、恐らくアイリスと灯里《あかり》もこれを食べたのだろう。

虎木《とらき》は即座にスリムフォンで『コンソメスープ　英語』で検索する。

「コンソメスープは和製英語……へー」

虎木《とらき》はありがたく鍋に火をかけながら、なんとなくスープが温まるまでぼんやりとコンロの前に立ち、ふと気づいて換気扇を回す。

「換気扇の掃除、しなきゃな」

古めかしいファンタイプの換気扇を見上げながら、上がってくるコンソメスープの香りを吸い込んだ。

一人暮らしを始めたときに買った味噌汁椀《みそしるわん》にイギリス人が作ってくれたコンソメスープを入れ、そこでようやく冷蔵庫の中のベーコンエッグを温めることに思い至る。

自分の手際《てぎわ》の悪さに苦笑しながらレンジを開けると、

「……はは」

レンジの中に、コンビニの食パンがビニールに入ったまま押し込まれていた。

三枚切り食べきりサイズの、虎木《とらき》が勤めるフロントマートでは扱っていない商品。

これをトーストして食べろということだろう。

「お疲れさん」

この場にいないアイリスをねぎらってから、ベーコンエッグとトーストが温まる頃には、スープは少しぬるくなってしまっていた。

普段の虎木《とらき》ならそのまま食べてしまうところだが、何となく鍋に戻して温め直し、よそいなおすと、どれも丁度良い温度になった。

「いただきます」

幼い頃から変わらぬ習慣。

作ってもらった食事に手を合わせていただきます。

スープはやや薄味だが、虎木《とらき》の好みの範疇《はんちゆう》だ。

ベーコンエッグは、虎木《とらき》の好みよりもやや塩味が強いだろうか。

作り手の好みや味が反映された朝食。

「……君江《きみえ》さんが亡《な》くなって以来、か」

綺麗《きれい》に平らげてから、虎木《とらき》は食器を丁寧に洗って水切り籠に片付ける。

虎木《とらき》は最後に、ＲＯＰＥに『ごちそうさま』とポストした。

それから時計を確かめ、普段出勤するときよりも十五分早めに家を出た。

急ぎ足で出勤すると、レジの中にいた村岡《むらおか》が虎木《とらき》に気付いて手を振る。

「おはよう。今日早いね？　どうしたの」

決して悪いことをしたわけではないのだが、昨日村岡《むらおか》の娘を親に無断で家に泊めたことが微《かす》かに罪悪感として顔に出てしまう。

「ああいえ、村岡《むらおか》さん今日もう上がりですよね。ちょっと聞きたいことがあるんですけど、今日、POSA《ポサ》カードどれくらい出ました？」

「POSA《ポサ》？　何。警察配布のあれ気にしてるの？　いつも通りだったと思うけど」

「そうですか……じゃあ、これと一緒にカード買ってった人は？」

虎木《とらき》がレジに近い文具の棚から茶封筒を手に取ると、村岡《むらおか》は少しだけ考え込んでから、はたと手を打った。

「ああ、それ結構いたよ。五、六人くらいかな。一人二人なら気にしなかったけど、同じような年代の若い人が、トラちゃんが来る一時間前くらいに何人も来た」

「一時間前……そうですか、ありがとうございます」

店内の時計を見ると、時間は午後五時四十五分。

一時間前がざっと五時前後。

「開演前に軽く腹に入れて、六時開演、十時に閉演、あとは交流会……四時間はちょっと長すぎるから、途中休憩を挟んでるが一日二回公演……そんな感じか」

「どうしたの？　何かあったの？」

何かあったのだ。

昨夜、いや、もっと言えばその前日に灯里《あかり》が店に来て、千五百円のPOSA《ポサ》カードと一緒に封筒を買っていったときから。

だが、今それを村岡《むらおか》に言うことはできない。

「いえ、何かここんとこその組み合わせが多いと思ったんで、他の人がシフト入ってるときはどうなのかなって思っただけです」

虎木《とらき》の不自然な言い訳も、村岡《むらおか》が特に気にした様子はなかった。

「それじゃ僕、そろそろ帰るね。夜家で寝るの久々だよ」

言いながら早くもあくびをしている村岡《むらおか》がスタッフルームに下がるのを見送りながら、灯里《あかり》と話をする時間はあるのか、昨夜アイリスと話したことで灯里《あかり》から村岡《むらおか》へのマイナス感情が薄れてやしないかと、立ち入った想像をしてしまう。

そしてあのとき、灯里《あかり》が深夜にあの買い物をしたことを思い出し、そう簡単に良い方には転がらないだろうと思いなおした。

傍《はた》から見れば不自然な組み合わせにしか見えない買い物も、買う人間にはそれぞれバラバラに買う目的があるものだ。

村岡《むらおか》が覚えている五人にしても、ＰＯＳＡ《ポサ》カードと封筒が別の理由で必要だったお客もいただろう。

だが、そんなお客がごく短い時間帯にだけ複数ケース集中すると、そこには違和感を覚えざるを得ない。

そんなことを考えているうちに、

「すいません、封筒ってありませんか」

虎木《とらき》が入ったレジに、片手にＰＯＳＡ《ポサ》カードを持ちながら、店の棚の品ぞろえについて質問する客が現れた。

「封筒はそちらの文具の棚にありまして、そこに無ければ明日の入荷までは……」

「分かりました。じゃこれだけ」

そう言って、若い女性客が差し出してきたのは、三千円分のＰＯＳＡ《ポサ》カードと、支払用の五千円札だった。

「……承認ボタンに、タッチお願いします」

今の虎木《とらき》には、粛々と業務を遂行することしかできないが、

「あ、その……豊島《としま》警察署から、ＰＯＳＡ《ポサ》カードを使った詐欺が増えてきていると連絡がありまして……ご利用には、お気を付けくださいい」

「はぁ……」

都会のコンビニで、店員が業務以外のことを突然話し出したことに、若い女性客は怪訝《けげん》な顔をするだけで、虎木《とらき》からお釣りとカードを受け取ると足早に店から出て行ってしまった。

「そりゃそうだよな」

コンビニで店員に買い物以外のことで話しかけられたら、誰だってあんな顔になる。

と、入れ替わるように見覚えのある顔が店内に入って来た。

初めて会ったときの黒ずくめともまた違うデザインのブラックスーツを身に纏《まと》い、ショルダーバッグを肩から提げていた。

どこからどう見ても、海外からやってきた一流エリートビジネスマンだ。

修道服のときもそうだが、黙って立っていれば美しさと有能さのオーラが漂うのだが、一度実態を知ってしまうと隠しきれないものは隠しきれない。

「また失礼なこと考えてない？」

「転職活動でもしてきたのかと思った」

アイリスは一瞬眉根を寄せたが、気持ちを切り換え話を続けた。

「日中は結構平気だから昨日のライブハウス周辺を見回って、その後はまた駐屯地に顔を出したの。ついでにあなたが言ってたことについて、何か情報がないか聞いてみた」

「それで？　どうだったんだ？」

「人筋であなたの想像通りだったわ。どうも日本の警察とバッティングするみたい」

アイリスは神妙な顔で、虎木《とらき》を見る。

「ユラ。あなた、ただの隠れファントムじゃないの？」

「ただの隠れ吸血鬼だよ。村岡《むらおか》さん裏にいるからあんまり大きな声出すな」

「ただの隠れ吸血鬼が、どうして警視庁の動きを具体的に知ってるのよ」

アイリスは決して詰問《きつもん》しているわけではないが、それでも強い疑問が虎木《とらき》に向けられる。

「具体的に知ってるわけじゃない。ちょっと知識があれば、それくらいは想像できる」

「私が今日聞いた話は、そんなレベルの話じゃないわ」

「長くなるなら、帰ってからでいいか？　少し頑張って『徹夜』するから」

「必ずよ。ところでこれ、何？」

アイリスは、レジの側に掲げられている、コンビニカフェメニューを指さす。

「ロイヤルミルクティーって、聞いたことないわ。日本の紅茶？」

「ああ、シチュードティーのことだよ。俺もさっき知った」

クリアスープを調べたときに、このロイヤルミルクティーの記述もあったのだ。日常身の回りにあふれている、海外発の飲食物の多くに、和製英語が冠されているという記事だった。

「へぇ、じゃあそれ頂戴」

「お前の嫌いな甘い紅茶だぞ」

「物は試しよ」

「へいへい。二百円です」

「びっくりするほど安いわね。あ、そうだ」

本気で驚くアイリスだったが、すぐに何を思ったかぱっと顔を明るくして、ショルダーバッグのポケットから、パスケースを取り出した。

「支払いはスイカでお願い」

「おお！」

虎木《とらき》はついうっかり感動してしまった。真新しいパスケースから微かに覗《のぞ》いているのは、これまた真新しい交通系ICカードだった。

「お前、買い物できたんだな」

「あなたのその失礼な物言いもさすがに慣れてきたわ。ロンドンにもオイスターカードっていう、交通系の決済カードがあるのよ」

「なるほどなぁ。じゃあ、こちらにタッチをお願いします」

一瞬虎木《とらき》の脳裏に、ちゃんと金額がチャージされているかどうか不安がよぎったが、しっかり五千円チャージされていた。

虎木《とらき》はレシートをアイリスに手渡すと、アルコール消毒液を手に噴霧し、専用のカップとサーバーでロイヤルミルクティーMサイズを抽出し、カウンター越しにアイリスに手渡す。

「蓋とか追加のミルクはそこから自由にお取りください」

「分かったわ。……うん、香りは悪くないわね。それじゃ、私先に帰ってるわ。早めに寝るから、帰ってきたら起こして」

「分かった。……ああ、それと、アイリス」

不慣れな手つきで、カウンターに備えてあった持ち帰り用のプラスチックの蓋をカップに被《かぶ》せようとするアイリスに、虎木《とらき》は言った。

「『朝飯』、ありがとう。久しぶりにあんなまともな朝飯食った」

アイリスは少し意外そうに眼《め》を見開いたが、すぐに明るく微笑《ほほえ》んで、

「うん。こういうときは、オソマツサマって言うんだっけ」

「ここんとこあんまり言う人いないけどな。気を付けて帰れよ」

「はーい。それじゃね。お仕事頑張って」

ようようカップに蓋をしたアイリスは、小さく手を振って店を出て行った。

自動ドアが閉まる瞬間、

「うぁっつ!!」

どうやら紅茶の熱さにやられたらしい悲鳴が聞こえてきて、虎木《とらき》は苦笑してしまった。

やはり、アイリスはどこかサマにならない。

そんなことを考えながら、レジに戻ろうとして、

「トーラーちゃん」

背後から、恨みがましい雇い主の怨念が忍び寄って来た。

「彼女さんと仲が良くてよろしゅうござんますわねぇ～」

「どういうキャラですかそれは」

「今朝も朝ごはん作ってもらたんだーへーへーへー」

「泊めてやってんだからそれくらい当たり前です！」

「ダメだよートラちゃん当たり前とか言っちゃあ……俺みたいにパートナーに逃げられちゃうよー……？」

「面倒くさいなあんた！」

デリケートな自分の状況すらネタにして怨念をしみこませてくる村岡《むらおか》に容赦なくそう言ってから、虎木《とらき》はふと真面目な顔になる。

「そんなこと言ってたら、灯里《あかり》ちゃんにも愛想《あいそ》尽かされちゃいますよ」

「……あの時期の女の子は、父親には愛想《あいそ》尽かしてるのが標準だから」

「それは家庭に目を向けたくない父親の甘えです！　灯里《あかり》ちゃんが変なグレ方したらどうするんですか。つまんないことで従業員からかってないで、とっとと帰って娘と話してください」

「……」

年下の従業員に踏み込んだことを言われて怒り出すかと思いきや、村岡《むらおか》は鳩《はと》が豆鉄砲食らったような顔で虎木《とらき》を見た。

「何か、実感籠ってない？」

「えっ　あっ、いやそんなことはないっすよ！」

数十年も前、弟夫婦と姪《めい》っ子がそんな状況になっていたことを思い出していたとは口が裂けても言えない。

言えないが、何かを感じ取ったのか村岡《むらおか》の怨念は灯里《あかり》の名前の前に萎《しぼ》み、

「そう、だね。うん。できるかどうか分からないけど、そうするよ」

肩を落としてとぼとぼと店を出て行ってしまった。

「……よくよく考えりゃ、村岡《むらおか》さんちのトラブルがなけりゃ、俺がアイリスに協力する理由も無かったんだよな」

そういう意味でも、是非村岡《むらおか》には、家庭円満に努めてもらわなければならない。

昨夜妙に意気投合していたアイリスと灯里《あかり》である。

アイリスを相談できる相手だと見込んだ灯里《あかり》が頻繁に押しかけてくることがあれば、虎木《とらき》はいつまで経《た》ってもアイリスの呪縛からは逃れられなくなってしまう。

「……なんだこの理不尽」

おせっかいな自分の気性もあると分かってはいるが、それでもどこか釈然としないものを感じざるを得ない虎木《とらき》だった。

※

釈然としない思いを抱えながらその日の仕事を終え、虎木《とらき》が帰宅したのは午前四時四十分。

東の空も未《いま》だ白くならない時間帯だったが、ベランダが半地下状態の一〇四号室の窓には明かりが灯《とも》っていた。

「おいおい、寝てないのか？」

部屋に入ると、奥の部屋からかすかにテレビの音と人の気配がする。

「お帰りなさい」

虎木《とらき》が声をかけると、引き戸を開けてやや疲れた様子のアイリスが顔を覗《のぞ》かせた。

「徹夜したのか？」

「まぁね。実はあの後また事情が変わったの。今夜、網村《あみむら》を確保することになったわ」

「なんだそりゃ！　随分急だな！」

虎木《とらき》が眉を顰《しか》めると、アイリスもダイニングに出てきて頷《うなず》く。

「あなたの懸念《けねん》が当たったのよ。警察が明日、あのライブハウスを調査するわ。網村《あみむら》の逮捕状も取るって」

「なんだ、もうそこまで動いてるのか」

「ええ。あ、話の前に、何か食べる？　朝の残りが少しあるけど」

「いや。もうすぐ日の出だからいい。寝る前に腹に入れると寝起きが辛《つら》い」

吸血鬼も有機生命体であることを証明するような体調表現をしてから、虎木《とらき》はコートを無造作に椅子の背もたれにかけ、自分は座ってテーブルの上に身を投げ出した。

「俺が入る前に五件。俺が入ってからも五件、カードを封筒とセットで買おうとする若い客が来た。まぁ、ちょっと表通りからハズれたうちの店にもあんだけ来るんだから、もっとあちこちから来てるんだろうな」

「そう。そのことを聞きたかったの。ユラ、あなたどうして、あの時灯里《あかり》ちゃんや観客が網村《あみむら》に渡していた封筒の中身が、そのＰＯＳＡ《ポサ》カードだって分かったの？」

「ま、色々な出来事が絡《から》み合《あ》った末にな」

Crimson Moonで開催された音楽イベントは、虎木《とらき》とアイリスが見た範囲では、明確な違法行為が行われている気配は皆無だった。

闇十字《やみじゆうじ》騎士団から重傷者が出た、という話も、言ってしまえば世の中の表沙汰にはならないことだ。

だが網村《あみむら》や相良《さがら》の言葉や、ファンの行動、イベント参加が無料な理由、そして豊島《とし　ま》警察署から回って来たＰＯＳＡ《ポサ》カード詐欺の啓発ポスターに灯里《あかり》の行動。

そして本国から左遷されてきたポンコツ新任騎士にろくな情報も下ろさず案件を押し付けた、

闇十字騎士団《やみじゆうじ》の動向から推測したまでのことだ。

「また今失礼なこと考えてるわね」

「お前俺の表情読むの上手《うま》いな。俺のこと好きか」

「なっ!!」

村岡《むらおか》にからかわれたこともあって、ついそんな言葉が口を突いて出るが、アイリスはあからさまに狼狽《うろた》える。

「な、何バカなこと言ってるの！　修道騎士がファントムを好きになるはずないでしょ!!」

「おや」

顔を赤らめてこそいるが、羞恥五割、混乱三割、残りの二割は嫌悪《けんお》だった。

からかい方を間違えたことを察した虎木《とらき》は、面倒が尾を引かないように話を始める。

「まぁとにかく、お前んとこが緊急に捕まえたいってことは、理由は二つしか考えられない。網村《あみむら》がとんでもない極悪吸血鬼で明日にでも眷属《けんぞく》を百人生み出そうとしてるか、そうでなけりゃ、別口が網村《あみむら》を捕まえようとしていることを摑《つか》んだか、だ」

昨夜、アイリスと灯里《あかり》がライブのアーカイブを見ている間、虎木《とらき》は現地で僅かに耳にした情報を頼りにネット上であのイベントの情報を検索していた。

するとステージ映像のアーカイブが動画サイトに大量に投稿されており、網村《あみむら》自身が演者として登壇している映像が、なんと四年も前のものだったことが分かった。

闇十字騎士団《やみじゅうじ》の従騎士が内偵に失敗したのは、ごく最近のことのはずだ。網村《あみむら》がいつから吸血鬼として捕捉されていたかは分からないが、少なくとも四年以上網村《あみむら》はライブハウスであの活動を続けていた。

更に言えばアイリス自身も、実際に網村《あみむら》と接触するまでまだ間があるような態度を見せていた。

ここまで情報が揃《そろ》えば、網村《あみむら》が緊急にアイリスに回された理由と、着任二日後の今夜に緊急確保などという無茶なオーダーが来た理由は、想像に難《かた》くない。

「動いてるのは、組織犯罪対策課と国税庁あたりじゃないか」

「その通りよ。明後日《あさって》の日曜日、網村《あみむら》がイベントをやっているライブハウスが全部ガサ入れされるわ。その前に闇十字《やみじゆうじ》で、網村《あみむら》を確保したいの」

「一応聞くぞ。善良な一市民としては、悪者を捕まえる奴《やつ》は闇十字なんて謎の組織よりも、警察の方がいいんだ。網村《あみむら》も、ずっと人間社会に溶け込んで生きてきた以上、ガサ入れされたからっていきなり牙向いて警視庁丸ごと吸血鬼化なんてマネはしないだろう。それでも闇十字が確保したい理由ってのはなんだ」

「今、ユラ自身が言ったでしょ。警視庁の組織犯罪対策課が動いてる。網村《あみむら》のバックを洗ったら、大陸系の犯罪組織と繋《つな》がってるらしいの」

「ますます警察にお願いしたい案件だが、それで？」

「その中にファントムが組織した一団がいるの。その末端である網村《あみむら》は、言うなればそいつらの手先よ。組織立ったファントムの動きは、闇十字《やみじゅうじ》が押さえたい。警察が捕まえても、奴《やつ》自身は微罪にしか問われないわ。不起訴ってことはないでしょうけど、そのせいで後ろに繋《つな》がるファントムを追えなくなる」

「ほー……」

「上海《シャンハイ》や香港《ホンコン》、マカオあたりには、人間社会に害をなすファントムも日本とは比べ物にならないくらいたくさんいて、彼らの動向はヨーロッパのファントムにも影響するわ。末端とはいえ網村《あみむら》は、その全容を解明する大きなヒントになるの」

「俺の知らない間に、世界には闇の勢力が着々と幅を利《き》かせ始めてたんだなぁ」

「勘違いしないで。ほとんどのファントムはあなたみたいに普通に暮らしてる人達ばかりよ」

「一部の目立つバカのせいで無辜《むこ》の全体が迷惑を蒙《こうむ》るのは、どこの世界も一緒ってことか」

「逆にこっちが聞きたいけど、国税ってどういうこと？」

アイリスの問いに、虎木《とらき》はPOSA《ポサ》カードを指さす。

「こいつらPOSA《ポサ》使って、イベントの収益を誤魔化してやがるんだ。こいつらの動画をいくつか見たが、こいつらイベントに登壇したミュージシャンに人気投票させてる。その投票券が、POSA《ポサ》カードなんだ。三千円分で一票。五千円分で二票。一万円分で五票って感じでな。一度に投票できるのは、最大三万円分、十五票までらしい。検索したら、誰でも見られるファンのブログに全部書いてあった」

網村《あみむら》がプロデュースしているイベントは『VOTE YOUR TUBER』と銘打たれていた。

形式はアマチュアバンドが入れ代わり立ち代わり演奏する普通のライブハウスと変わらないが、網村《あみむら》はファンを囲い込み『得票率』の多かったバンドや出演者を、特別プロモーションすると宣伝していた。

「個人の投票数は累計されて、たくさん投票したファンは、イベント内で優秀なタニマチとして発表される。投票数が積み重なったファンは、運営から『推し』と握手したり写真撮ったりなんて特典をもらえる。このネタが、他のファンに対して優位に立とうって奴《やつ》にヒットしたんだな」

「聞いたことあるわねそういうの。でも特典目当てにたくさんお金を投じるなんて、よくある話じゃないの？　日本でもそういうアイドルがいるんでしょ？」

「あれは曲がりなりにも現金に対してＣＤや本なんかの正しい対価の商品を渡したおまけ扱いなんだ。だが網村《あみむら》のところでは金は支払われていない。あくまでＰＯＳＡ《ポサ》カードの重要な一側面……つまりギフトカードのプレゼントしか行われてないんだ」

ＰＯＳＡ《ポサ》カードは、図書券やビール券などと同様、ギフトとして用いられることも多い。

また基本的に、これらの金券の譲渡は物品切手等の譲渡として扱われ、税金がかからない。

「つまりファンの子達は出演者に『課金』しているのに、ファンと運営の間では、金銭のやりとりが一切発生していないってこと？　じゃあ網村《あみむら》達はどこで利益を得てるのよ」

「その答えは、これだ」

虎木《とらき》がスリムフォンに表示して差し出したのは、俗に『フリマサイト』などとよばれるオークションアプリだった。

そこには無数のPOSA《ポサ》カードが、違う商品名で出品されていた。

出品によっては、カードの額面以上で競り落とされているケースも少なくない。

「これどういうこと？　五千円のカードを、わざわざオークションで五千円以上の値段を付けて、買う人がいるってこと？」

「そういうケースもある。どんな理由があってのことかは知りたくもないがな。だが網村《あみむら》の場合、無理に額面以上にする必要はない。なんたってこの転売商品の仕入れ値は、実質タダなんだからな」

この『投票券』はファンが勝手に用意して譲渡してくれるのだ。

会場費や設備費、プロモーション費用などもあるから網村《あみむら》が費用負担を負っていないわけではないだろうが、イベントが最低四年続いていることを考えると、それらのランニングコストは黒字予算の中で循環できているのだろう。

「仮に俺達が見たイベントで百人の客が投票した平均が五千円だとしたら、ざっと五十万円分。あのときは最大得票が五十万ポイントとか言ってたから、実際にはもっとだろうな。それを複数箇所《かしょ》で、最低四年。端金《はしたがね》でも現金化できた時点で大儲《おおもう》けのカードがわんさか飛び交っている」

「……かなりの額になるわね。あの時は平日だったのにあれだけ人が入ってたわけだし……でも、例えばそれが詐欺とかになったりするの？」

「難しいだろうな。お客一人一人はカードをプレゼントしてるだけだ。投票を強制してるわけでもないし、プロモーションされてるっていう連中の動画は一応たくさんアップされてるみたいだし……だから二課の系列が出てないんだと思う」

詐欺などの罪で立件するのは難しい。

それより明白な不正経理や反社会組織への資金流出などで調査をしてきたのだろう。

ここまで話を整理して、虎木《とらき》はふと言う。

「やっぱ警察に任せた方がいいんじゃないか？」

「こっちとしても、その資金の流出が海外のファントム組織だった場合に備えて動かなきゃいけないのよ。人間に敵対的なファントムの活動が活性化すると、単純に犠牲者が増えるわ。金銭的にも、生命的にもね。もちろん網村《あみむら》を捕まえて調査が進んだ結果、単独で動いてる吸血鬼なら、監視は続けるけど司直の手に委ねることもあるわ。ただ、それも接触してからの判断よ。場合によっては……」

「殺すこともあり得るって思っておいた方がいいのか」

「抵抗が激しければ、ね。そんなことが無いようにしてほしいけど」

アイリスは物騒なことを言いながら、左腕を撫《な》でる。

その仕草に気負いは感じられないものの、吸血鬼小此木《おこのぎ》にどれだけ無様に後れを取ったかを考えれば、そのような展開にはなってほしくないと虎木《とらき》は思った。

「何にせよ、後に引くような余計な面倒が起こらないことと……あとは、今夜の本番前に、俺の『変身グッズ』が届くことを祈るだけだな」

「変身グッズ？　何それ」

「網村《あみむら》がどんな力を持った吸血鬼か分からないし、戦闘になるかもしれないんだろ。だったら俺も吸血鬼として、それなりに対策打たなきゃ始まらない」

そう言うと、虎木《とらき》はスリムフォンの画面を遷移させ、またアイリスに差し出した。

アイリスは何気なくその画面を見たが、そこに表示されているものが何なのか理解した途端、顔をこわばらせる。

「え、ナニコレ」

「後始末は、お前も手伝うんだぞ」

「えっ」

アイリスは戸惑いながらもスリムフォンの画面を目にして、眉根を寄せた。

虎木《とらき》が開いているのは通販サイトであり、しかもそこには、アイリスの目には、極めて受け入れがたいグロテスクなものが表示されていたのだった。

「ネット通販で、こんなものが買えるの⁉」

「意外と簡単に、しかも選べる」

アイリスは信じられないものを見た目で、画面を食い入るように見ている。

「ユラ……手伝うって……まさかこれ、食べるの？」

「というかほぼお前の受け持ちだ。俺、あんま好きじゃないんだよ」

「ええ⁉　私、見るのも聞くのも初めてなのよ！　それを……」

「それも必要経費の一つだと思え。その分使った金も、報酬に上乗せさせてもらうからな」

そのとき、室内が人の目にもはっきり一段階明るくなった。

「やべ！　日の出まで五分しかねぇ！」

虎木《とらき》は慌てて周囲を見回した。

「アイリス！　マット持ってきて！」

「え、え、ええっと、これだった？」

「そうそれ！　寝間着も……ああ寝間着はいいや。ああそれと、もし俺が寝ている間に宅配便来たら、死ぬ気で受け取れよ。それ、今日の十五時以降に届くんだからな」

「えええっ⁉」

「荷物受け取るだけだ。それくらい頑張れ。今のうちにお前も寝とけ。それじゃあな！」

「あっ！　ちょっと待ってユラ！　今日の実行計画の話し合いがまだ……！」

「あっち！　無理だ！　俺もう風呂《ふろ》入る！」

日の出の時間だ。

関東平野と、東京副都心のビルに覆われた地平線から、太陽が朝の光を投げかけ始める。

虎木《とらき》は日光に打ち抜かれる前にエアーマットを抱えて慌てて風呂場《ふろば》に飛び込み、扉を閉めてしまった。

「ユラ！」

「無理なんだ……光が当たってなくても……朝になるとすげぇ眠くて……駄目だ……マット膨らませる気力も……」

「徹夜してくれるって言ったじゃない！」

アイリスはドアを叩《たた》くが、中から聞こえてくる虎木《とらき》の声はどんどん弱々しくなり、やがてマットを膨らませる音より先に、ごとりと重いものが床に落ちる音と、いびきらしきものが聞こえてきた。

アイリスはドアを叩《たた》くのをやめ、風呂場《ふろば》の扉にもたれかかってずるずると床に座り込む。

「……こんな調子で、上手《うま》くいくのかしら」

半地下の一〇四号室に差し込む冬の朝日は、そんなアイリスの不安な心を、全く安心させてはくれなかったのだった。

※

虎木《とらき》が目覚めると、アイリスがダイニングチェアーで真っ白な灰になっていた。

「頑張ったんだな」

テーブルの上には中身が空っぽの、クール便で届いたとき特有の若干厚みがしぼんだ小さな段ボール箱があった。

「サイン……書かされたの……死ぬかと思ったわ」

触れただけで崩れそうになるアイリスの方が実は吸血鬼なのではと勘違いしそうになる。

「おー。前に買ったときとパッケージ変わったな」

冷蔵庫の中にある問題のブツを手に取って手の中で玩《もてあそ》びながら、灰になった修道騎士の方を見ずに尋ねた。

「一応聞いていいか?」

「話したくない」

「そうか。じゃあいい」

「……いいの」

「その代わり、そのせいでトラブルに陥ったら助けられるか分からんからな」

アイリスの男性恐怖症の原因が何か表面的な理由によるものなら、ちょっとした意識のズレを他人と共有することで考え方が変わってなんとかなるのではと考えたが、さすがにそこまで甘くないようだ。

「そういうことにならないように色々相談したかったのに……徹夜してくれないから」

アイリスは口を尖《とが》らせている。

確かに今日これから任務にかかるなら、風呂場《ふろば》にこもった後ももう少し我慢してやればよかったと虎木《とらき》も思う。

「悪かったよ。この前久々に能力使ったから、ここんとこ本当に朝眠いんだ」

「能力……あっ!!」

アイリスは大声を上げると、まっすぐ虎木《とらき》を指さした。

「あなた！　私の血、吸ったわよね!!」

「今かよ！」

小此木《おこのぎ》を倒せたのは、血の糸の術で傷ついたアイリスの額から飛び散った血を口に含んだ虎《とら》木《き》の能力に拠《よ》るところが大きい。

「わ、わ、私吸血鬼になっちゃうの!?」

「ならねぇよ！　お前曲がりなりにも専門家だろ！　座学で首席って話はどこ行った！」

「専攻はヴェアウルフとゴーストだったのよ！」

「物理専攻してたって哺乳類と爬虫類《はちゆうるい》の区別つくだろ！」

「例えが分かりにくいわよ！」

「それくらい基礎的な話だっつってんだよ！」

虎木《とらき》は額を押さえると、呆《あき》れたように首を横に振った。

「吸血鬼に血を吸われただけじゃ、人間は吸血鬼化はしない」

「えっ⁉」

アイリスにとって、その話は驚くべき内容だった。

「そ、それはあなたが私の飛び散った血を吸ったから、ってこと？」

「違う。もっと言えば今お前の首筋に嚙《か》みついて血を吸ったところで、それだけじゃ吸血鬼化しない。その場合……ただ、アイリスが怪我《けが》して最悪死ぬだけだ。吸血鬼が人間を吸血鬼化するには『戻す』作業が必要なんだよ」

そう言うと、虎木《とらき》は自分の首筋に、指を二本突き立てる。

「アイリスお前、人間が吸血鬼化する瞬間を見たことあるか」

それは、人間の世界に生きている限り、発することも受けることもあり得ない問いで、よしんば受けたとして、決して肯定しようのない問いだった。

だがここにいるのは、吸血鬼と修道騎士だ。

「……あるわ」

折角戻った顔色をまた微《かす》かに白くしながら、アイリスは首肯する。

「そうか。牙が抜けた穴から、血は出ていたか」

アイリスは、禍々《まがまが》しいその記憶を呼び起こす。

「……出て、なかった」

「傷つけられたのに、血が出ないってのはどういうことだ？」

虎木《とらき》は言いながら、玄関わきの戸棚を開く。

引っ張り出されたのは、緑色の十字がペイントされた箱だった。

「もう、傷は大丈夫か？」

そう言ってアイリスに差し出したのは、大判の絆創膏《ばんそうこう》だった。

アイリスははっと額に手を当てる。

「血が出ないのは……傷が、塞がってるから？」

「そういうことだ。ただ血を呑《の》みたいだけなら、そんなことはしなくていい。だが、相手を吸血鬼化させようと思ったら……血を吸った後に『それ用』の唾液腺から、傷を塞ぐ体液を注ぎ込まなきゃならないんだ。まぁ、蚊と一緒だな」

蚊は人を刺すとき、血液の凝固を防ぐために特殊な唾液を注ぎ込む。

蚊に刺されたときの痒《かゆ》みはこの唾液物質に対するアレルギー反応として起こるものだが、吸血鬼の場合も、それと同じだと言うのだ。

「俺達は蚊とは違うから、血の凝固は心配しなくていい。ただ吸うだけなら穴開けてそのまま飲めばいいだけだ。だが相手を吸血鬼化させたいならきちんと、処置をしなきゃならない。蚊みたいに傷を塞いで、体を作り替えるためのものを牙から注ぎ込む。それだって別に、誰彼構わず変えられるわけじゃない」

「聞いていい。ユラ。あなたはどうしてそれを……」

知っているのか。

「お前は俺のことを善人だって思ってくれてるみたいだがな」

虎木《とらき》は悲し気に微笑《ほほえ》んだ。

「この世に、人間の血を吸ったことのない吸血鬼なんて、一人もいねぇんだよ」

「っ……！」

アイリスは喉をひきつらせ、微《かす》かに身を引いた。

そして、身を引いた自分に気付き、顔をこわばらせた。

虎木《とらき》はそのことを、単純に受け止めて頷《うなず》いた。

「知っての通り俺は元人間だ。そんな奴《やつ》は余計にな。だから、あんまり吸血鬼を信用するのも考えもんだってことは、分かっておいた方がいい」

虎木《とらき》がそう言った瞬間。

『あまり吸血鬼を信用しない方がいい』

アイリスの脳裏に、かつて同じことを言った、別の男の声の記憶が蘇《よみがえ》る。

『人間は人間同士ですら理解し合えないのに、種族の違う吸血鬼とどう理解し合えるっていうんだい？　人間にとって吸血鬼は敵だ。そして吸血鬼にとっても人間は敵だ。その前提を忘れれば、お互い、不幸な結果を迎えることになる』

その言葉を聞いたとき、アイリスはまだ、余りに幼かった。

世界を知らなかった。人間も、吸血鬼も知らなかった。

それなのに、知った気になっていた。

そして。


「私……人間が、吸血鬼になった瞬間を見たことがあるって、言ったじゃない」

「ああ」

「それってね、私の、母のことなの」

「……そうか」

「だから、知ってるわよ。私。あなた達吸血鬼がどういう存在なのか。それ以上に、人間がど

「ういう存在なのか」

「アイリス？」

「……私もね、騎士だから、単純な使命感が無いとは言わないわ。でも、灯里《あかり》ちゃんの話を聞いてね、今までは存在しなかったやる気が新しく湧いたの。私もあなたと一緒。世のため人のためより、知ってる子のためって思った方が、やる気が出る」

アイリスは虎木《とらき》に歩み寄ると、その手を引いてテーブルにつかせる。

「大きなことは、考えるべきときとそうじゃないときがあるわ。今私達が考えなきゃいけないのは、吸血鬼の生き方の是非なんてそんな大きなことじゃない。社会のルールに背いてる目の前の吸血鬼を、どうやって捕らえるか、よ」

そして、一体いつの間に用意したのか、あのライブハウスの見取り図をテーブルの上に広げて、意を決して言った。

「お互い言えない過去があるのは同じよ。その上で、知り合いの子がこれ以上変なことに巻き込まれたくないって思ってるのも同じ。だから、余計なことはナシにして、今は私の任務に集中してちょうだい」

アイリスはそう言って、腰から聖槌《せいつい》リベラシオンを取り出すと、見取り図の端をつつく。

「まずは潜入経路と逃走経路の確保から考えましょう。ステージの裏や楽屋の調査ができない以上、見えているところでどう立ち回るかを決めてそれから……」

「アイリス……」

「何、まだ何かぐずぐず言うの」

「……いや、お前、そのハンマーでまたテーブル叩《たた》くから」

「あ」

虎木《とらき》が白木のテーブルから逃れるように身を引くのを見て、アイリスはつい笑ってしまい、

「ふふ、ごめんなさい」

「笑いごとじゃねぇっての」

虎木《とらき》も、ついついそれにつられてしまうのだった。

※

ライブハウス特有の腹に響く重低音を感じながら、虎木《とらき》はCrimson Moonの扉をくぐる。

中は前回来たときと変わらず盛況だった。

そして前回来たときには気付かなかった、客の奇妙な振る舞いにもすぐに気付いた。

「みんな、後生大事に封筒抱えちゃって」

客の若者達の半分くらいが、流れる音楽に身を任せつつも左右どちらかの手が不自然にポケットやバッグの口に添えられている。

恐らくそこに、カードを入れた封筒が入っているのだろう。

「あれ？　お兄さんこの前の。今日は一人なんだ」

バーカウンターにつくと、そこにはやはり変わらずあのドレッドヘアーの店員、相良《さがら》がいて、どうやら虎木《とらき》の顔を覚えていたようだった。

「今日も歌詠次典《かえいじてん》出るから、灯里《あかり》ちゃん来てますよ」

「……マジですか」

虎木《とらき》はこの後のことを考え一瞬顔を顰《しか》めるが、どうにもならないし予想していなかったことでもないので、すぐに表情を整えた。

「俺は別に彼女の保護者じゃないですから。この前だって本当に偶然会っただけだし、それに今日は一人なんで、ストーカーだと思われても嫌なんでね。静観します」

「そっすか。何か飲みます？　今日もジントニックでいいすか」

「ああ、じゃそれで」

すると相良《さがら》は、あの青く美しい瓶を手に取りジントニックのグラスを差し出した。

前回何を飲んだのかも、覚えていてくれているらしい。

「よく覚えてますね。俺がどのジンで頼んだかなんて」

「酒もバーテンの腕も別に特別じゃないからね。その分チェーンの居酒屋と差をつけるならこういうとこだから。俺こう見えて、人の顔覚えるの得意なんで」

それはそれで今の虎木《とらき》には危険な性質だが、今日を最後にもう二度とここに来ることは無いだろうから、特に問題にはならないだろう。

「今日もゆっくり聴かせてもらいますよ」

「はーい、んじゃごゆっくりー」

相良《さがら》は別の作業にかかるのか虎木《とらき》の側《そば》から離れて行った。

虎木《とらき》はカウンターにもたれかかりながら、空間を満たす音楽にしばし身を預ける。

今流れている曲が灯里《あかり》の贔屓《ひいき》の歌詠次典《かえいじてん》の『フレンドシップ』という曲らしい。

検索してみると過去のイベントライブ映像動画を発見した。

再生数は三万と少し。評価は高評価が低評価の半分ほどで、コメントには、既存の人気グループの真似事《まねごと》で評価に値しないという趣旨の批判が、稚拙な言葉で綴《つづ》られていた。

「真似事《まねごと》でもなんでも、何もやってないよりゃマシだろう」

実際にライブ会場では、純粋な彼らのファンらしい反応を示す若者も僅かながらいる。

歌詠次典《かえいじてん》にとっても彼らのファンにとっても、このイベントはお互いの大切なものをやりとりできる、数少ない場なのだ。

別にそれでいいじゃないか。彼らが音楽のメジャーシーンに行く才能と幸運に恵まれるかどうかなど誰にも分からない。

それでも、好きを形にする努力を怠っていない。

それだけで、人間の短い人生がどれほどに輝くか。

少なくとも。

「人らしいことを何もかも諦めてる俺より、よっぽど生きてる」

自嘲気味に呟《つぶや》いて、虎木《とらき》はスリムフォンの時計を見た。

虎木《とらき》が店に入って三十分。

もう間もなく今日のステージが終わることを、虎木《とらき》はきちんと把握していた。

この後、件《くだん》の『投票』が始まり、それを終えて客が捌《は》け始めたら行動開始の予定だった。

だが、歌詠次典《かえいじてん》の最後の曲が終わるよりも早く、店内を耳障《みみざわ》りな火災報知機の異音が埋め尽くした。

「えっ⁉」

虎木《とらき》は口に含んだジントニックを吹き出しそうになり、

「火事だっ‼」

同時に誰かが叫ぶ。

それに畳みかけるように、虎木《とらき》の寄りかかっていたカウンターの奥。

軽食を調理するキッチンがあるスペースで、通常聞くことのない破裂音が連続し、黒い煙が一気にライブハウスの天井を覆い尽くした。

「な、なんだこれっ！」

虎木《とらき》は狼狽《うろた》える。

予定の時間より早い。

しかも本当に火の手が上がっている。

「火事！」「嘘《うそ》！　爆発⁉」「きゃあああああ！」「おい非常口どこだよ！」「いやーないっしょ。おちつこおちつこ」「何言ってんだよ店燃えてんじゃん！」

悲鳴と、混乱と、なぜか火の手の上がったカウンター側にスリムフォンを掲げ状況を撮影しようとする大勢の客が、混然一体となって大混乱を起こす。

多くの繁華街の地下のライブハウスでは、客の出入り口がそのまま非常口や什器《じゅうき》搬入口として機能していることが多い。

よしんば別の非常口が用意されていたとして、ライブハウス内にいる二百人近い人間が一度に逃げ出せるような広い通路など確保されていない。

「クソ！　何がどうなってんだ！」

虎木《とらき》とアイリスの計画は、至極単純だった。

イベントが終わり、客の大半が捌《は》けたタイミングで虎木《とらき》が吸血鬼の能力を用いて誰にも見られずに火災報知器を鳴らし、発煙筒を複数焚《た》いて火事騒ぎをあおる。

客が捌《は》けた後ならライブハウス内に残っているのは、出演者とライブハウスのスタッフとイベントスタッフ、そして網村《あみむら》を合わせても三十人にもならない。

実際に火事を起こすわけではないので、混乱に乗じてアイリスが乗り込み、網村《あみむら》を確保。

万一妨害に入った場合は、虎木《とらき》がそれらを撃退する。

そんな至極単純な計画のはずだった。

だが騒ぎは出入り口が逃げようとする客でパンクするようなタイミングで起こり、実際に上がるはずの無い火の手が上がった。

ここまで派手に煙が上がると、一酸化中毒による犠牲者が出てしまう。

「クソっ！　灯里《あかり》ちゃん！」

「えっ⁉　虎木《とらき》さん⁉　なんでまたいるの⁉」

「そりゃこっちのセリフだ！　今日も投票すんのか⁉　よく金が続くな！」

「そ、そんなこと今はいいでしょ！　それより逃げないと！」

POSA《ポサ》カードで投票するという仕組みに、灯里《あかり》も少なからず疑問はあったのだろうか。

追及から逃れるように白く煙るホールを出口とは反対側に向かおうとする。

「違う！　出口はこっちだ！　行くぞ！」

少しずつ充満して視界を遮る煙の中で、虎木《とらき》は灯里《あかり》に気取《けど》られない程度に、闇を見通す吸血鬼の眼力を発動させる。

「きゃあっ！」「おい止まんなよ！」「ざけんな早く上がれって！」

だがここで更に、マズい事態が発覚する。

多くの客が我先にと虎木《とらき》が入って来た通常の出入り口を使って地上へ上がろうとしたのだが、避難しようとしている中の誰かが、上がり切れずにつっかえているのだ。

「なんだこりゃ！　おい、どうして先に進まないんだ！」

「誰かが階段でつっかえてんだよ！　おい押すなよ！」

そんな周囲のやり取りを聞きながら、虎木《とらき》は顔を顰《しか》める。

「おいまさか、客にもファントムがいたのかよ」

ライブハウスの出入り口の階段通路には、ファントムが通行できないよう、アイリスが、聖《せい》槌《つい》で結界を張った。

通路の両脇、ライブハウス特有のポスターだらけの壁に聖槌《せいつい》リベラシオンで白木の釘《くぎ》を打ち付けることで、ファントムには通ることのできない不可視の金網を設置したが、普通の人間であれば何の障害にもならないものだ。

だがこの避難の行列の先で、不可視の金網に引っかかっている何者かがいるせいで、多くの客が地上に上がれなくなってしまっているようだ。

アイリスも予定に無い事態を把握しているはずだが、予定にない事態が起こった場合、ファントムではない民間人の被害を最小限にすることを取り決めている。

「虎木《とらき》さん！　火が！　煙が！」

灯里《あかり》の悲鳴で振り返ると、どうやら煙を伝った炎が天井に引火したらしい。

煙の中で蓄積された恐怖が、炎で一気に燃え上がり、灯里《あかり》だけでなくほとんどの客がパニックに陥りますます出入り口の人の圧迫が強くなる。

「クソっ！　こんなタイミングで使うつもりじゃなかったのによ！」

虎木《とらき》はポケットから柔らかいプラスチック製の小瓶を取り出して、蓋をひねって中の液体を一気に飲み干した。

赤黒い液体が満たされたその小瓶には、実に和風なデザインで『スッポンの生き血』と書かれたシールが貼られていた。

「虎木《とらき》さん何してんのこんなときに！」

日本で合法的かつ気軽に吸血鬼が生き血を飲む方法は他に無い。

インターネット通販が発展して以降はそれ以前に比べてより手に入れやすくなった。

もちろん通販で送られてくる生き血は食中毒を起こさないような処理が施されているため純粋な生き血ではないのだが、それでも血は血だ。

虎木《とらき》の感覚だが、通販のスッポンの生き血は人間の血と比して能力の威力、持続力ともに四割というところだった。

「まあ、十分だ。灯里《あかり》ちゃん！　一瞬手を離すぞ！　ちょっと目、瞑《つぶ》ってろ！」

「えっ！　やだ！　虎木《とらき》さん手放しちゃ嫌っ！」

置いて行かれると思ったのか、灯里《あかり》は強く虎木《とらき》の手を握るが、その感触が手の中で突然消失

する。

「えっ？」

瞬間、虎木《とらき》の全身が黒い霧となって霞《かす》み、出口に殺到する客の間をすり抜けていった。

「虎木《とらき》、さん？」

虎木《とらき》の霧は客の間をすり抜けながら、白木の釘《くぎ》が打たれた場所まで移動し、実体化しないまま、階段通路の左右に刺さった白木の釘《くぎ》を引き抜く。

途端に先頭にいた客の男がつんのめるように転がり、後続に押しつぶされそうになる。

『吸血鬼かどうか分からんが、人間じゃなかったのは、お前だな』

この手の緊急避難の際に転倒した人間が後続に踏み潰されて被害が大きくなるのは、小学生でも学校で教わる話だ。

『確保しといた方がいいか』

「う、がっ！」

虎木《とらき》は男の首と腰に黒い霧をまとわりつかせると、一旦地上の出口まで引っ張り上げる。

そのまま隣接する建物との間に引っ張り込むと虎木《とらき》は自身を実体化し、

「ちょっと眠ってろ」

首を絞めつけられ涙目になっている男の目を覗《のぞ》き込み、紅《あか》い光を送り込む。

小此木《おこのぎ》も用いていた吸血鬼の基本能力、催眠の応用だ。

虎木《とらき》に比べて著しく抵抗力の弱い吸血鬼、或《ある》いはそれ以外のファントムだったのか。

虎木《とらき》は、一瞬で昏睡《こんすい》した男をビルの配管の後ろに隠し、再び黒い霧となって店内に戻ると、階段下でへたり込んでいる灯里《あかり》を発見する。

少し煙を吸い込んでしまったのか、咳《せ》き込んでいるようだ。

「灯里《あかり》ちゃん！」

「えはっ、うえっ……虎木《とらき》さん、どこ行っちゃってたの……！」

「悪い！　避難経路を探してた。もう大丈夫だ！　こっちだ、逃げるぞ！」

「う、うんっ」

灯里《あかり》の手を引いて表に出ると、どうやらあらかたの客は外に飛び出たようで、遠巻きにライブハウスのあったビルをスリムフォン越しに眺めている。

「気楽なもんだ……灯里《あかり》ちゃん、大丈夫か」

「うぇぇ、喉が、気持ち悪い……げほっ」

「まずいな……結構吸い込んじまったのか」

虎木《とらき》は涙目でえずく灯里《あかり》の背をさすりながら、黒煙が上がり始めたライブハウスの入り口を見る。

「おいおいおい！　アイリスあいつ無事なのか！」

完全に想定を超えた本物の火事だ。

吸血鬼の自分ならともかく、人間のアイリスが地下空間のこんな火事場で無事でいられるとは思えない。

それから救急車が到着するまでの五分が、虎木《とらき》には無限の長さに感じられた。

駆け付けた救急隊員に灯里《あかり》を預けた虎木《とらき》は、

「……この子のこと、お願いします。何かあったらここに連絡してください」

と、救急隊員に連絡先を渡す。

「虎木《とらき》さん……やだよ、行っちゃやだ、怖いよ。一緒にいてよ……！」

「悪い、灯里《あかり》ちゃん。あの中に、まだあいつがいるんだ」

「……え？」

「救急の人に、連絡先は教えた。君は一人じゃない。でも、あいつは今、一人なんだ。助けにいかないといけない」

「……あいつ？」

「病院で顔合わせたら、きちんと話をするんだぞ。それじゃあな」

虎木《とらき》は一度だけ強く灯里《あかり》の手を握ると、身を翻《ひるがえ》して煙の燃え盛るライブハウスの建物へと向かう。

誰もが燃え上がる炎と黒煙にしか注視していない中、灯里《あかり》だけがそれを見た。

「……虎木《とらき》さん？」

一瞬、黒煙に飛び込んで見えなくなったのかと思った。

だが、虎木《とらき》の姿は今、間違いなく、救急隊員の立っている場所で掻《か》き消《き》え、黒い霞《かすみ》になって、そのまま黒煙吹き出す地下階段へと降りて行ったのだった。

※

「一体どういうことなの、これは……！」

アイリスは、先の見えない廊下を走っていた。

ライブハウスのホールの異常事態は、アイリスももちろん確認していた。

虎木《とらき》から遅れること二十分後に入店したアイリスは、ステージで盛り上がるファンに紛れて少しずつスタッフオンリーの扉を自然にうかがえる位置へと移動していた。

ターゲットの網村《あみむら》はステージの袖からかすかに顔を覗《のぞ》かせていて、出演者の出捌《では》けのサポートをしているようだった。

池袋のライブハウスとしては比較的大きめのハコではあるが、それでもビルの規模からして、舞台裏の楽屋がそこまで広大なはずがない。

客が捌《は》けて火災報知器が鳴れば、ほとんど目撃者も無く聖銃デウスクリスを一発叩《たた》きこんで、網村《あみむら》を確保できるだろうと踏んでいた。

だが、舞台裏の楽屋には、その『先』があった。

明らかに地上の建物の範囲を超えた地下空間が広がっていたのだ。

「こんなの、つまらない脱税グループに用意できる規模じゃないわ。後でユラに何言われるか」

銃撃戦をやっているわけではないものの、単純に曲がり角を勢いで走っていくわけにはいかない。

まっすぐの通路ではなく、頻繁に曲がり角に出くわし、そこかしこにトマソン的な小部屋があって、明らかに侵入者を想定した作りになっている。

蛍光灯のような分かりやすい灯《あか》りはなく、床にオレンジ色のライトが申し訳程度に配置されているだけだ。

そして当然のように、スリムフォンに電波は入らない。

かつて池袋に限らず多くの繁華街は、反社会勢力が幅を利《き》かせていたが、その頃の名残なのだろうか。

「これもう、逃げられてるかなぁ……」

三つ目のドアの中でぱたぱたと動き回っているネズミを見たとき、アイリスは途端に足から力が抜けそうになる。

だが、

「……って、そこっ!!」

そのネズミと目が合ったのだ。

時間にして一秒にも満たない。だが、闇の生き物について熟知しているアイリスには、そのわずかな時間があれば十分だった。

ドアから差し込む、低い位置からのオレンジ色の光。

それが、地面を走るドブネズミの影を高く壁に浮き立たせた。

「ドブネズミは人間見て立ち止まったりしないのよっ‼」

手にある白木の釘《くぎ》を宙に放り投げると、その全てを立ち上った影にリベラシオンで打ち付けた。

「ぐ、うっ‼」

影に釘《くぎ》を打ち込まれたネズミは甲高い声を上げてその場に凝固する。

「な、なぜ……」

そしてその甲高い声は、人間の言葉だった。

「ネズミと蝙蝠《こうもり》はファントムの変身人気動物ランキングで毎年上位に入るけど、その割にきちんと生態を知ってる人は少ないわ。ネズミに化けるなら、きちんとドブネズミの生態を勉強しなさい」

アイリスは口角を不自然に上げながら、ネズミに一歩近づく。

「カツセ・アミムラ。闇十字騎士団の神の槍《やり》の前に頭《こうべ》を垂れなさい。さすれば慈悲も下されるでしょう」

『慈悲、だと』

ネズミの目が、紅《あか》く光る。

『そうやって洋の東西を問わず、人間と相いれないという一方的な判断でよくも身勝手なことを言ってくれるな!』

「ここであなたが神に赦《ゆる》しを請《こ》うとは思っていないわ。あなたはこれから灰になり、闇十字騎士団に送られます。これまでの行いを悔い、赦《ゆる》しを受けられることを願いなさい」

『……そうか』

ネズミのひげが、ぴくりと動いた。

『クソ食らえだ』

アイリスは後頭部に迫る気配に気付き、身を翻《ひるがえ》した。

暴力的な風が顔を掠《かす》め、次の瞬間、黒い影がアイリスとネズミの間に割って入る。

そしてそこには、アイリスの記憶にある顔があった。

「嫌だなぁ、お姉さん、やっぱそういう人ぉ?」

虎木《とらき》よりも上背のある、ドレッドヘアーの男。

ライブハウスのカウンターバーで、ジントニックを作ってくれた店員、相良《さがら》だった。

「ひっ……」

「おかしいと思ってたんだよぉ。今まで見たことないような大人が、二回連続で来るとかさ」

「こ、こ、こここここここ」

「なんて？」

こちらは全然おかしいとは思わなかった、と言いたいところだが、体格の良い相良《さがら》の手に握られた歪《ゆが》んだ単管パイプを見て、アイリスの喉がひりつく。

冷や汗が出て、恐怖で顔色が白くなり、足が震える。

「あれ？　何か怯《おび》えちゃってる？　いやぁ俺怯《おび》える可愛《かわい》い女の子殴るの嫌だわ。この前のでもう懲りたんだよね」

「こ、こ、こ、この前？」

だが、その言葉を聞いて、アイリスに僅かだが緊張が戻った。

「この前もいたのよ。日本人だったけど、俺達を目の敵にする騎士とか名乗ってる子。変に目ぇつけられたくないから痛めつけただけだったんだけど、あれもやりすぎだったのかぁ」

相良《さがら》は何でもないようにそう言って、単管パイプを無造作にふるった。

その一振りで壁に突き立った白木の釘《くぎ》は全て取り払われ、ドレッドヘアーの背後で網村《あみむら》が人型を取り戻す。

『……相良《さがら》、すまない』

「いーって。俺こそずーっとお前の世話になってんだから。こんな時くらいキチっと恩返ししなきゃな」

相良《さがら》が準備運動のように肩を振るうと、網村《あみむら》は相良《さがら》の陰に隠れるようにその場に座り込む。

「さて、お姉さんさぁ、もしかして彼氏さんも、ちょっと特殊な人だったりする？」

「……そ、そ、それが何か、か、かかか、関係あるの？」

「いや、そっちが無いと思うなら無いでいいんだけど……もしそうなら、一緒に来た方がよかったってことだけ言っておくよ……悪いけど」

次の瞬間だった。

「俺も普通じゃないんだよねぇ！」

ただでさえ体格の良い相良《さがら》の全身がオレンジ色の光に照らされて激しく波打つ。

その禍々《まがまが》しい気配に気付いたアイリスが大きく背後に飛《と》び退《すさ》ると、今の今までアイリスがいた空間を数条の光の軌跡が切り裂いた。

既に、変身は完了していた。

全身を鋼のような黒い体毛で覆い、鋭い牙と爪を煌《きら》めかせ、遥《はる》かな高みからアイリスを見下ろす、喉の奥で飢えに唸《うな》る二足歩行の怪物へと。

「ヴェア・ウルフ……！」

ウェアウルフ、ヴェア・ウルフ、狼男《おおかみおとこ》。

吸血鬼と並び世界中でその存在が確認されている代表的なファントムの一種。

吸血鬼のような魔術的能力こそ持たないものの、パワー、スピード、そして残忍さにおいては、メジャーな伝承として伝えられることも無理はない、狂暴無比のファントムだ。

『悪いが網村《あみむら》は捕まえさせるわけにいかねぇの！　お姉さん綺麗《きれい》だから残念だけど、この前の反省も生かさなきゃなんないんだわ。だからお姉さんは、ここで死んでね！』

ヴェア・ウルフとなってもなお、どこか人の良さそうな声色が抜けない相良《さがら》の両前足の爪が、言葉とともに空間を切り裂いた。

アイリスは回避した。だが、通路と部屋を隔てる壁はサガラの爪の斬撃を受け、まるでクッキーのようにボロボロと砕け落ちる。

『網村《あみむら》！　行け！』

『すまないっ！』

網村《あみむら》は再びネズミに姿を変えると、砕けた壁の隙間から通路へと飛び出してしまう。

「くっ！」

アイリスはそれを追おうとするが、

『行かせないって言ってんでしょうが!!』

もちろん相良《さがら》の爪が、それを許してはくれない。

「はあっ!!」

繰り出された爪と拳をリベラシオンで弾き返そうとするが、いかんせん体格と勢いが違いすぎる。

鍔迫《つばぜ》り合いにすらならず勢いで押し込まれ、アイリスは壁に叩《たた》きつけられた。

「かはっ!!」

全身を襲う衝撃に意識が揺れるがアイリスは必死で歯を食いしばった。

逃げるだけの網村《あみむら》など問題にならない強さだ。

相良《さがら》相手に少しでも集中力を欠けば、そのときがアイリスの命が消えるときだ。

『お姉さんビビってた割りに、意外とやるじゃん！』

「ヴェア・ウルフは……専攻科目だったのよ！　はあああっ!!」

手加減して勝てる相手ではない。

相良《さがら》が知る由《よし》もないことだが、アイリスは人間相良《さがら》よりヴェア・ウルフ相良《さがら》の方が、まだ冷静に戦えるのだ。

アイリスは壁に叩《たた》きつけられたままの姿勢で左手首を軽くスナップする。

その合図で左腕に仕込まれていた聖銃デウスクリスが飛び出し、アイリスは全てのファントムを等しく滅ぼす銀の弾丸を躊躇《ちゆうちよ》なく相良《さがら》目掛けて放った。

『うおっ!?』

聖別された銀の弾丸の気配を感じ取ったか、相良《さがら》は悲鳴を上げてアイリスから距離を取ろうとする。

D.C.K.

『ぐぇっ‼』

如何《いか》な俊敏なヴェア・ウルフであっても、至近距離で放たれた銃弾を回避したり受け止めたりは不可能だったようだ。

もっともデウスクリスの銃弾は、たとえ受け止められようともその聖性を以《も》って、触れるファントムに確実にダメージを与えるが、とにかくアイリスに迫る死の爪の半分を、デウスクリスの弾丸は見事に粉砕した。

『ってぇ……やるなぁ』

ヴェア・ウルフの獣の瞳にわずかな驚きと大きな怒りを湛《たた》えて、相良《さがら》はアイリスを睨《にら》む。

『タダモンじゃねぇとは思ってたけど、ここまでするとは思わなかったぜ』

「修道騎士にここまでさせることを、網村《あみむら》はやってきたのよ。神の意思に背いたことを、後悔させてあげるわ」

アイリスは右手にリベラシオンを、左手にデウスクリスを油断なく構えながら、悟られることなく呼吸を整えようとする。

『神がなんだってんだ！　テメェの都合で他人のシマを勝手に踏み荒らしてるような奴《やつ》が、偉そうなこと言うんじゃねぇよっ‼』

咆哮《ほうこう》とともに巨大な質量が、通路を塞ぎながらアイリスに迫る。

「止まりなさいっ！」

い。

『うるせぇ！』

鬼気迫る咆哮《ほうこう》に、アイリスは容赦なく相良《さがら》の眉間に狙いを定めるが、相良《さがら》に止まる様子はない。

『があああああっ!!』

「くっ!!」

デウスクリスの弾丸は二発しか入っていない。

だが、たとえリベラシオンで急所をどれだけ殴打《おうだ》したところで、相良《さがら》が勢いを止めるとは思えなかった。

あの巨軀《きょく》と腕に摑《つか》まれたら最後、相良《さがら》が絶命するより先に、アイリスがこの狭い通路の壁や天井に叩《たた》きつけられる未来しか見えない。

「もうっ!!」

もしかしたら網村《あみむら》の仲間の吸血鬼がいるかもしれないとは想像していた。

だが、ここまで異質なファントム同士が行動を共にしていることは完全に予想の外だった。

『がっ！！？』

本来は太陽のない夜に網村《あみむら》を灰燼《かいじん》と帰すためにどうしても残しておかなければならない。

だがアイリスは、迷うことなく相良《さがら》の後ろ脚目掛けてデウスクリスを放った。

己の力を誇示するように目いっぱい体を広げて迫っていた相良《さがら》の体のどこかに弾丸を当てる

ことなど容易《たやす》いことだった。

相良《さがら》の巨体がもんどりうって倒れ伏し、残っていた側の爪がアイリスまであと数センチのところで床に突き刺さった。

「投降しなさい。弾丸は貫通していないわ。どんな強靭《きょうじん》なヴェア・ウルフでも、デウスクリスの弾丸が体の中に残ると命取りになりかねない」

『フザ、けやがって』

「もう網村《あみむら》はとっくに逃げてしまってるんでしょう。流石《さすが》にネズミになって繁華街を逃げられたら、こんなに時間が経《た》って追う手段は無いわ。あなたを捕獲することで、今回の聖務は手仕《てじ》舞《ま》いになるでしょうね」

『ぐ、くく……何だ、まさか警察か何かが俺を逮捕でもしにくるってのかぁ？』

相良《さがら》の目はまだアイリスを獲物として認識しているが、銃弾を撃ち込まれた右足はまるで動かせないようで、じたばたと巨体を捩《ね》じることしかできないようだった。

「そう思ってもらっていいわ。いずれにせよあなたはもう、二度と元の生活には戻れない」

『元の生活……くく、何言ってくれちゃってんのかねぇ……先祖代々俺達に……元の生活なんてもの、どこにもありゃしねぇのに……』

相良《さがら》は全身の毛を逆立てながら、残った左の爪が刺さった床を握り壊した。

「⁉」

『お前らみてぇなのが、俺達をずっと昔から夜の底に封じ込めてきたんだろぉがよおお!!』

恐るべき膂力《りよりよく》だった。

左腕の握力だけで通路を塞ぐ相良《さがら》の巨体が跳ね上がり、アイリスの細身目掛けて刃の如《ごと》き牙が並ぶ死の顎が迫った。

唐突な挙動にアイリスの反応は一瞬遅れた。

アイリスの脳裏には、己の油断を悔いる思いとともに、数秒後にはぶちまけられた自分の血の海の中に、左手のデウスクリスが沈む様がありありと見えた。

それも、悪くない。

きっと自分は、そうなる運命だったのだ。

あの日から。

自分の進む道の先には、自分が無惨に殺されて血の海に沈む未来があると、ぼんやりと思い続けてきた。

それがまさか、こんなに早いとは思ってもみなかったが。

「……あーあ」

己の死の姿が見えた瞬間、口を突いたのはそんな、何ら意味をなさない感嘆詞だけだった。

「…………?」

だが自分の身を引き裂くであろう衝撃が襲ってこないことに気付き、いつの間にか閉じていた目を開けた。

情けなく尻もちを突いた体勢で目を開くと、予想だにしない跳躍を見せた相良《さがら》の肉体は力なく床に倒れ伏していて、口から泡を吹きながらぴくぴくと痙攣《けいれん》していた。

「何をさらりと諦めてんだ馬鹿野郎」

そしてこの数日、いや、アイリスにとってはこの数年、最も耳に馴染《なじ》んだ男性の声が、自分の目の前から降って来た。

黒い霧が空中でわだかまり、気絶している相良《さがら》の首に跨《また》る男の姿を取る。

「お前が死んだらお前に使われた金、どこに請求すりゃいいんだよ」

ネズミに変身したときの網村《あみむら》よりも鮮やかで禍々《まがまが》しい赤い光を放つ瞳は、微《かす》かに怒気をはらんでいる。

だが不思議とアイリスは、安堵《あんど》してしまった。

「ごめんなさい、ユラ。アミムラ、取り逃がしたわ」

「そうか。実は網村《あみむら》は吸血鬼じゃなく狼男《おおかみおとこ》でした、ってオチじゃねぇんだな」

瞳は禍々《まがまが》しくても、黒い霧に変化する異能を用いても、虎木由良《とらきゆら》は虎木由良《とらきゆら》のままだった。

「俺の知ってる吸血鬼は吸血鬼以外とツルんだりしねえんだが、他にもファントムがいるって情報を、闇十字は摑《つか》んでなかったのか」

「……こいつの他にも、誰かいたの？」

「網村《あみむら》や小此木《おこのぎ》よりもザコの吸血鬼か、そうじゃなけりゃ眷属《けんぞく》がな。結界に引っかかって客の避難の邪魔になりやがって、とんでもないことになった」

「結界は、ユラが解いてくれたの？」

「おかげで大火傷《おおやけど》だ」

そう言うと虎木《とらき》は不満そうにアイリスの目の前で両手を開く。

聖なる白木の釘《くぎ》の結界は、黒い霧の姿で抜いたものの、結局のところ虎木《とらき》が肉体を駆使し抜いたことに変わりはない。

虎木《とらき》の掌《てのひら》は黒く焼けただれていた。

「お前俺んちのテーブルをこーゆーことにしてくれたってことだよな。本当勘弁しろよ」

「……ふふ、ごめんなさい」

アイリスは、謝りながら笑ってしまった。

「一体どうやったの？」

「飛び上がったところ、ぶん殴って首の後ろ踏んづけただけだ。獣憑《けものつ》きとやりあったのは初めてじゃないしな。まぁ……」

虎木《とらき》は相良《さがら》の上から降りると、アイリスに手を差し出した。

アイリスはその手を、自然に取った。

「それでも真っ向から人間がやり合うにはしんどい相手だ。流石《さすが》、修道騎士だな」

「全然褒められてる気がしないわ」

アイリスは、こそばゆそうにはにかんだ。

「なんだよ、珍しく素直に褒めたのに……っと」

そのとき二人の足元で相良《さがら》の肉体がざわざわと蠢《うごめ》き、空気が抜けるように収縮し始めた。

「え？　こいつだったのか」

人型の姿が、カウンターバーにいたドレッドヘアーの店員であったことに、虎木《とらき》は目を見開いて驚く。

「全然そんな気配しなかったがなぁ」

「事情があってアミムラと行動していたみたい。多分、付き合いはかなり長いわ。アミムラは逃がしちゃったけど、彼を捕まえれば少しは情報がつかめると思う」

「そっか。じゃあ全くの空振りじゃないってことだな。……それにしても」

苦笑する虎木《とらき》の瞳は、いつの間にか人間の色に戻っていた。

「こいつにしてみりゃビビらせるために狼男《おおかみおとこ》になったんだろうが、変身しなけりゃ余裕で勝てたって知ったら、どんな顔するだろうな」

「それを言わないでよ」

アイリスは顔を赤くする。

「まぁとりあえず、お互い無事でよかった」

虎木《とらき》は腰に手を当てると、元来た方向を振り返る。

「さて、どうやって地上に上がるかな。多分もうとっくにライブハウスは消防と警察に踏み込まれてるだろうからな。俺の能力もそろそろ限界だし……」

「そうね……って」

アイリスもデウスクリスを袖の中にしまい込もうとしてはっとする。

「あの火事は一体どういうことなの？　まさかユラ、本当に火をつけたわけじゃないわよね」

「殴るぞ」

「だ、だってこんなタイミングであんなことがあるなんて、アミムラ達が私達の動きを察知したんじゃなければ一体誰が……」

「その傲慢さ。いかにも聖十字教徒が言いそうなことですね」

虎木《とらき》でもアイリスでも、そして網村《あみむら》でも相良《さがら》でもない声が長い通路に響いた。

瞬時に身構えた虎木《とらき》とアイリスは、倒れる相良《さがら》の向こう。

手にがしゃがしゃと騒がしく鳴る籠を手にした、着物姿の女性が立っていた。

「あな……たは……」

アイリスはその女性に見覚えがあった。

以前出会ったときも、狭い通路でのことだった。

そのときと違うのは、女性の手に持っている籠と、彼女の背に背負われている、日本刀の存在。

「シスター中浦《なかうら》には事を荒立てないようにとお願いしたのに……所詮は駐屯地の騎士長クラス。本部の命令には逆らえなかったというところなのでしょうかね」

女性が、一歩踏み出す。

それだけで、アイリスは思わず一歩退いた。

サガラとは全く違う異質な存在感と圧力。

何故《なぜ》、サンシャイン60ではこの異様な気配に気付かなかったのだろう。

「なるほど。感覚だけは一人前ということですか」

そして女性は、アイリスが既にその異様な気配を感じ取ったことに気付いていた。

「まぁ、闇十字の聖務についてここでとやかく言っても仕方ありません。仕方ありませんが、それでも許しがたいのは……」

アイリスは背筋に悪寒《おかん》が走り、弾丸が入っていないデウスクリスを女性に向けた。

サガラの爪や牙とは全く違う。

ただ一度の瞬《まばた》きの間に心臓に刃を突き立てられるような、そんな恐怖がアイリスを襲ったのだ。

そして放たれる、刃の言霊《ことだま》。

「あなた方の忌々《いまいま》しい聖務に、私の愛する虎木《とらき》様を巻き込むなど、万死に値します」

「…………は？」

わずかな静寂の間に流れるのは、彼女の手に提げられている籠の中の音ばかり。

よくよく見るとその籠の中にいるのはあの網村《あみむら》が変身したネズミであり、籠の輝きは、薄暗いこの地下通路の中でさえも、はっきりと銀色の光を放っていることが分かった。

「ワタシノアイスルトラキサマ？」

油断ならない相手からとんでもない日本語が飛び出して、アイリスは自分の日本語能力を喪失したかのように、着物の女性と虎木《とらき》を見比べる。

虎木《とらき》は心底嫌そうに顔を顰《しか》めながら、その場で頭を抱えていた。

「ええ。私と虎木《とらき》様は、血よりも濃い縁《えにし》で結ばれているのですよ」

「お前のその吸血鬼ギャグ、つまんねぇからやめろっていつも言ってるだろ、未晴《みはる》」

ようやくここで、虎木《とらき》が口を開き、女性の名前らしき単語が出てきた。

虎木《とらき》とこの未晴《みはる》という女性は、知り合いなのだろうか。

「私《わたくし》の虎木《とらき》様への種族を越えた愛の証《あかし》だといつも申し上げていましてよ？」

「……えっと……ユラ……どういうことなの？　誰？」

油断のならない気配を放ってはいるが、どうも話の雲行きが斜め上方向におかしい。

背の刀で今すぐ斬りかかってくるという様子でもなかったため虎木《とらき》に尋ねると、

「これだから西洋人は鼻もちなりませんね。一体誰の許しを得て、虎木《とらき》様を呼び捨てにしているのです？　許されざる行為ですよ？」

　未晴《みはる》と呼ばれた女性から、これまでで最大級の怒気がアイリスに向けられる。

「虎木《とらき》様。その女は虎木《とらき》様の平穏を乱す敵です。神の名を用いれば何をしてもかまわないと思っている野蛮人などと一緒にいては、虎木《とらき》様のためになりません」

「……過去の歴史をここで論じるつもりはないけど、他人の信仰に随分偉そうなことを言ってくれるあなたは、一体どれだけお偉い方なのかしら」

　自らの日本語能力が許す限りのたっぷりの皮肉を込めてそう尋ねたときだった。

　虎木《とらき》達の背後から、大勢の人間が騒がしく会話する気配が伝わってくる。

　恐らくライブハウスに突入した消防隊や警察が、この地下通路を発見したのだろう。

「このままでは面倒なことになりますね。そこの女はどうなっても構いませんが、虎木《とらき》様が警察に捕まるようなことがあれば、和楽《わらく》様にもご迷惑がかかりますしね」

「えっ？」

　意外な名前が飛び出した。

「あなたはユラのお祖父様《じいさま》も知ってるの？」

　自分も会ったことのある虎木《とらき》の家族の名前が出て驚くアイリスに、今度は未晴《みはる》が驚いた様子を見せた。

「お祖父様《じいさま》？　あなた、何を言っているのです？」

「え？　だ、だって、ワラクって……」

「……ははあん、ふぅん、そうですか。へぇぇぇ」

　すると未晴《みはる》は何かを察して、にんまり、としか言いようのないような、勝ち誇った笑みを浮かべたではないか。

「あなたは、虎木《とらき》様のことを、なぁあぁんにもご存知ないのですね？」

「……どういうこと」

　何を勝ち誇られたかは分からないが、バカにされていることは分かった。

「和楽《わらく》様は、虎木《とらき》様のお祖父様《じいさま》などではありません。和楽《わらく》様は正真正銘、虎木由良《とらきゆら》様の弟さんなのですよ」

「えっ」

　アイリスは息を呑《の》んだ。

「おと……うと？　どういう、こと？」

「あなたも虎木《とらき》様にまとわりつく修道騎士であるなら、虎木《とらき》様が吸血鬼になって長いということは知っているのでしょう？」

　未晴《みはる》は出来の悪い生徒に諭す教師のように、噛《か》んで含めるように言葉を紡《つむ》ぐ。

　虎木《とらき》の気分的には、背後から着々と警察らしい声が聞こえてきて、そういう話は場所を移してやってほしいと思っている。

だが、輿に乗ったときの未晴《みはる》は自分のやりたいようにやるまで止まらないことを、虎木《とらき》はよく知っていた。

「和楽《わらく》様は虎木《とらき》様が吸血鬼になられてからずっと長い間、お兄様を支え続けてこられた方なのですよ。そして」

未晴《みはる》は得意満面に、自分の首元から小さな首飾りを取り出した。

和装に首飾りをするものではないということはアイリスも知っていたが、それでもアイリスは、未晴《みはる》の首にあるそれに見覚えがあることに気付いた。

「それ……ユラのと同じ……」

虎木《とらき》と会った日の夜。

灰から復活した虎木《とらき》の全裸には無かった首飾りが、コンビニのアルバイトから帰宅したときには首にあったことに、アイリスは気付いていた。

人が身に着ける装飾品についていちいち興味を持つことのないアイリスは、吸血鬼が血を固まらせたようないびつな十字型の、紅《あか》いペンダントトップの首飾りをしていることについて、何も問いただささなかった。

「私と虎木《とらき》様は、決して離れられぬ運命の赤い糸で、繋《つな》がっているのですよ」

未晴《みはる》の首にあるのは、虎木《とらき》の物と同じ赤いいびつな十字の首飾り。

「……とにかく、未晴《みはる》。お前、反対側から入って来たんだろ？　ここにいたらトラブルになるし、お前の言う通り和楽《わらく》にも迷惑がかかる。話は一旦、ここを出てからでいいか？　どうせさっきの火事も、お前達が関わっているんだろ？」

「はい。虎木《とらき》様がそうおっしゃるなら。その女は置いていってよろしいですか？」

「よろしいわけあるか、連れて行くに決まってんだろ。曲がりなりにも俺が自分でやるって言って首突っ込んだ案件だ。最後まで見届ける責任がある」

「承知いたしました。虎木《とらき》様がそうおっしゃるのなら」

未晴《みはる》という女性は、虎木《とらき》の言うことにだけは素直に従うようだ。

「ああそれと、こいつも連れて行くぞ。未晴《みはる》。こいつ狼男《おおかみおとこ》だ。警察に渡すわけにはいかない」

虎木《とらき》が未《いま》だに気絶している相良《さがら》の体を無造作に持ち上げ肩に担《かつ》ぐと、未晴《みはる》は興味無さそうに頷《うなず》くだけ。

「ご自由に。それではお二人ともこちらへ。私の手の者がこの地下通路の出口を見張っております」

謎の威圧感を残したまま未晴《みはる》は踵《きびす》を返《かえ》し、まるで街中を普通に歩くように、とたとたと草履の音を軽快に響かせながら、この異様な地下通路を進んでゆく。

アイリスはリベラシオンとデウスクリスを収めることができないまま未晴《みはる》の後に続こうとして、

「その物騒なものをしまっていただけますか？　この先の地上の出口は、普通の雑居ビルの店舗に繋《つな》がっていますから」

「……」

「それとも、私が恐ろしいですか？　闇十字《やみじゅうじ》騎士団修道騎士、アイリス・イェレイさん」

「……シスター・ナカウラは、あなたのことを恐れていたわ。一体何者なの？」

「あなたの望みを叶《かな》えるのも業腹《ごうはら》ですが、お互い名前と立場を知らないのも面倒ですね。道すがら自己紹介させていただきます」

　未晴《みはる》はアイリスを一瞥《いちべつ》も振り返らず、世間話のように言った。

「私の名は比企未晴《ひきみはる》。あなたと同じ生業を、あなたよりもずっと長きにわたり引き継ぐ者です」

「ヒキ、ミハル……ヒキ……比企《ひき》⁉　あなた、ヒキファミリーの人間なの⁉」

「流石《さすが》に私の家名はご存知のようですね。それでしたら一介の修道騎士如《ごと》きが、私に軽々な言葉遣いをする意味も、お分かりいただけますね？」

「アイリス、お前、未晴《みはる》の家のこと知ってるのか」

「むしろあなたがヒキファミリーと接触していることに驚いているわ」

　アイリスは呆然《ぼうぜん》と、未晴《みはる》の後ろ姿を見やる。

「ヒキファミリー……日本のファントム……妖《あやかし》を討伐し、人間社会の安寧を築いていた、半人半妖の一族……」

アイリスは微《かす》かな畏怖を込めて、言った。

「ミハル、あなたは……古妖《エンシエント・ファントム》ヤオビクニの血を引く、不老の一族の人間なのね」

「その名を口にするのであれば、我が家と闇十字騎士団の関係性もご存知ですね？　それならば、不用意なことは仰《おっしゃ》らない方が、身のためですよ？」

確かにアイリスは『比企《ひき》ファミリー』のことを神学校時代から学んでいた。

未晴《みはる》が言うように、修道騎士の立場で迂闊《うかつ》な物言いをすれば、アイリスと未晴《みはる》の個人間での問題では済まなくなる可能性があることも分かっていた。

だが、それを全て承知したうえで、

「私今、ユラの家に居候《いそうろう》させてもらってるの」

ついポロっと、そんなことを口走っていた。

その一言が如何《いか》なる効果を持つのか、それまで余裕の態度で歩いていた未晴《みはる》が突然躓《つまず》いてよろけたところからも、爆弾発言であったことは明らかだった。

「よほど……よほど、命がいらないと、み、み、見えますね」

アイリス自身、どうして自分がそんなことを口走ったのかは分からない。

分からないが、

「勘弁してくれよ……」

面倒くさそうに肩を落とす虎木《とらき》と、未晴《みはる》の一言に込められた微《かす》かな感情を察知し、小さな満足を覚えて鼻から息を荒く吐いたのだった。

第四章　吸血鬼は朝型になれない

DRACULA YAKINI!

「さて虎木《とらき》様。その女の首を刎《は》ねて本国にクール便で送り返してよろしいですね？」

「何を古代中国の王様みたいなこと言ってんだお前は」

「あら虎木《とらき》様ともあろう方が不勉強ですね。古代中国にクール便はございませんよ？」

「クール便って言えばユラ、クール便で送られてきたアレ、賞味期限あんまり長くなかったわよ。早く帰って食べましょうよ」

「お前も少し空気読んで黙っててくれねぇ？」

「空気読むって何？　私そんな日本語知らないわ」

「あらあら、他国の文化を尊重できないお国の出身らしい言葉ですね？　言葉を喋《しゃべ》るおつもりがないのであればその舌、私手づから引き抜いて差し上げますよ？」

「先進国のお金持ちのお嬢様がまさかジュネーブ条約もご存知ないとは思わなかったわ。いつから私は、センゴクの日本に流れついたのかしら」

「何で詳しいこと話す事前準備みたいに仲悪くなろうとすんのか俺分からないんだが！」

「だって虎木《とらき》様」

「だってユラ」

「『この女とは仲良くなれないから』」

「仲良しか」

声を揃《そろ》えた金髪美女と大和撫子《やまとなでしこ》が、男子の見たくない現実を突きつけてきた。

「決して故の無いことではないのは虎木《とらき》様もご存知でしょう？　日本はわざわざ聖十字教徒の力など借りずとも、長い歴史の中で闇の者達を御してきたのです。他人の国、他人の縄張りに乗り込んでわが物顔をしている者とうまくやれないのは、当然でしょう？」

比企未晴《ひきみはる》が、物静かな表情で嘆息しながらそう言ったかと思えば、

「これだけ多くの人とモノがありとあらゆる方法で移動する時代に、エドトクガワの時代に確立された方法をいつまでも頑《かたく》なに守り続け、私腹を肥やし続けていたヒキファミリーなんて、私達にしてみればマフィアも同然よ。人間社会を守るなどと言いながら、人間社会に広く認知されてるわけでもないくせに」

アイリス・イエレイは両手を広げて演説を打つ。

「長く続く名家が財を築くのは当然のことでしょう？」

「ええそうね。このサンシャイン60からトーキョーの街を見下ろすのは、心地よさそうね」

アイリスが指し示す方向には虎木《とらき》の身長を遥《はる》か凌駕《りょうが》する窓があり、その先には大地に永遠に爆《は》ぜる花火のような夜景が広がっていた。

毛足の長いじゅうたんが敷き詰められ、高級品という安い言葉では表現しきれない調度品の

数々。

何よりこの階層のこの部屋に至るまでの、大勢の比企未晴《ひきみはる》の『部下達』の数。

アイリスと同い年か、ともすれば年下にも見える比企未晴《ひきみはる》の財力は、アイリスの想像の範囲に収まるものではないのがよく分かる。

「この光景は、比企《ひき》家が永の時をかけて日本を守ってきた結果です。我らが守ってきた平和な日本があるからこそ、あなた方がこのビルにテナントを借りることもできたのでしょう？」

闇十字騎士団の東京駐屯地は、サンシャイン60の地下階に間借りしているのだ。

「ビジネス談義に付き合うつもりはないわ。私は別に闇十字の代表者じゃない。ただ、疑問は解消しておきたいわ。ユラ」

未晴《みはる》と明確に角突き合わせているアイリスが、ヴェア・ウルフとの戦闘の汚れも落とさぬまま本革張りのソファに身を沈め、未晴《みはる》と浅からぬ因縁があるらしい虎木《とらき》は手持ち無沙汰に部屋の真ん中に立ち尽くしている。

「吸血鬼のあなたが、どうしてヒキファミリーの一員と知り合いなの。どういう関係」

アイリスは、重量感のある執務机に腰かける姿がサマになっている未晴《みはる》に顎をしゃくった。

「生涯を誓い合った仲です」

「適当なこと言わないでくれるか」

「ふぅん、まぁお揃《そろ》いのアクセサリーをつけてるくらいだものね」

「お前も何で納得気味なんだよ」

「別に」

　アイリスは鼻を鳴らす。

「ただの知り合いだ。初対面のときは、未晴《みはる》がこんな立場の人間だなんて知りもしなかった」

「……ふぅん」

「なんだよさっきから」

「別に」

「私が虎木《とらき》様と初めてお会いしたのは、今から七年と三ヶ月と十五日前です」

「お前俺がお前と付き合いたがらないの、そういうとこだからな」

　虎木《とらき》の顰《しか》め面《つら》も、あまり未晴《みはる》には響いていないようだ。

「街中で暴漢に襲われている私を、虎木《とらき》様が助けてくださったのが出会いのきっかけでした」

「……ふぅうん」

「だから何だよ！」

「別に。どこかで聞いた話だなぁって。ユラって、女の子と見ると誰でも助けるのね」

「いやそりゃ助けるだろそれは」

「さらりとそう仰《おっしゃ》る心根とお力を、その時以来お慕いしています」

「それ、ユラには響いてるわけ？」

「虎木《とらき》様が首にかけて下さっているそのペンダントこそが、その証《あかし》です」

「ふぅん。私の目にはあんまり響いてないように見えるけど」

「お気の毒に、狼男《おおかみ》との激戦で視力を奪われてしまったのですね。私と虎木《とらき》様の仲は、和楽《わらく》様公認なのに」

「隙あらば喧嘩《けんか》しようとすんのやめろ」

虎木《とらき》は目頭を押さえて溜《た》め息《いき》を吐《つ》いた。

「俺と未晴《みはる》の関係は、また今度話す。なぁ未晴《みはる》」

「はい、なんでしょう」

「お前が捕まえたあの吸血鬼、譲ってもらうわけにはいかないか」

「そうは参りません。あの吸血鬼には、我々も迷惑していたのです。彼が多くの闇の者を従え世の治安を乱しているせいで、正しく生きている闇の者達に害が及びかけていたのです。その制裁は課さねばなりません」

虎木《とらき》の要求を未晴《みはる》は軽々突っぱねた。

「明日の夜、警察が強制捜査に入る前に確保し、彼らの持つ闇の接続を調査する必要がありました。あの地下通路のことも把握していましたので容易な仕事になるはずが、そちらの騎士様のせいで、随分色々気を遣う必要が出てきてしまって」

「あの火事は、やっぱりお前らの仕業か」

「消防と警察が到着するタイミングを図ってのことです。逃げ出そうとしたお客の避難が遅れたのは、そちらの騎士様の仕掛けによるものでしょう？」

「未晴《みはる》」

「彼らにとっても良い薬になったのではありませんか？　限りある若い時間を、あのような無為なものにこれ以上費やすことにならずに済んだのですから。あの者達が、彼らから金品を巻き上げていたのはご存知でしょう？」

「グレーゾーンだった」

「そうでないと人間社会が判断したから、明日警察が乗り込むことになったのです。虎木《とらき》様。その騎士様との作戦を邪魔されたお怒りで、本質を少々見失っているご様子ですね」

未晴《みはる》は冷たく言い放った。

「規律から脱線させられ、それらしい舞台装置で正道を外れかけた若者の目を覚まさせたのです。彼らがこの機に、少しでも思慮分別を重ねることを覚えて下さるようにと、願ってやみません」

「俺達がいなくても、怪我人が出たかもしれないんだぞ」

「私の手の者を潜り込ませておりました。万が一にもそれはあり得ません。事実虎木《とらき》様。あなたが気絶させた吸血鬼の眷属《けんぞく》も、私どもが既に保護しております」

「……」

虎木《とらき》はビルとビルの間に隠したあの男のことを思い出してハッとする。

「西洋からのご来客は、昔から病原だけを排除しようとする。実に乱暴なやり方です。あれほど社会に深く根を張った者には、相応の対処法があるのです」

「私達にも網村《あみむら》の背後を洗う用意はあったわ」

「その割には、狼男《おおかみおとこ》のことをご存知なかったようですが、彼の組織から頭だけ切除して、残った手足のことをどうされるおつもりだったのです?」

「……っ」

痛いところを突かれ、アイリスは言葉を切る。

「彼がいなくなれば、彼の手下であった闇の者達は寄る辺を失い、新たなる脅威として育つかもしれません。それでは問題の根本的な解決にならない。病は源ではなく巣なのです。根治させなければならない。そして何も殺すばかりが、治療方法ではありません」

未晴《みはる》はそう言うと、部屋の一室に掲げられた世界地図を指示した。

その世界地図は、日本人が一般的に目にする日本を中心としたものではなく、アイリスの故郷であるイギリスを中心に描かれたものだった。

その地図に於《お》いて日本は右端。

旧《ふる》き世界で『極東』と呼ばれた場所に、小さく描かれていた。

「追い詰められた者が取る行動は最後には必ず、己も周囲も巻き込む破滅へとつながる」

アイリスとさして変わらぬ年齢の女性は、己の背後に世界地図を背負い、言った。

「日本は古来より、あなた方ヨーロッパ人が追い立ててきた闇の者達が最後に辿り着く安息の地だったのです。狩っても狩っても後から後から流れてくる。そんな状況で、ただただ彼らの生きる権利を奪い続けていればどうなるか、お分かりになりますか？」

闇の者達。ファントムの数がある一定数になった時点で、既存の社会を転覆させかねない蜂起が起こる危険が増す。

「だからこそ日本では、古来より闇の者を『退治』あるいは『調伏』させてきたのです。彼らを殺し続ける必要がないように。お互いの領分を守れば、この土地で安らかに生きられるように。お互い、殺し合わずに済むように。この地図は」

未晴《みはる》は己の胸を強く叩《たた》いた。

「不死の人魚の肉を食らい、人でありながら闇の者の命を持つに至った我が一族の祖、八百比《やおび》丘尼《くに》の志を受け継ぐ我が一族の、世界の清濁を併せのむ決意の証《あかし》なのです」

「……」

「シスター中浦《なかうら》には吸血鬼網村《あみむら》について手出しは無用と釘《くぎ》を刺しておいたはずでしたが、お聞き入れいただけなかったようで、残念です」

「……あなた達の『統治』を受け入れなかったファントム……闇の者達は、どうなるの」

「いずれ我らに滅されることとなるでしょう。社会の秩序を乱す者が排除されるのは、当然です。よもや、歴史的に『ファントム』を一方的に処断し続けてきた聖十字教徒の方が、我々のやり方を否とは仰《おっしゃ》りませんよね？」

「……ええ、そうね。確かにあなたの言う通りだわ」

「何分《なにぶん》、人間社会はどんどんこの星を手狭にしていますから、我々も国際交流のために、闇十字騎士団との交流はしております。ですがお国柄、土地柄に応じた対応をしていただけないことは早期に分かっておりました。ですからあなたも、関西方面への立ち入りは厳しく制限されているでしょう？　比企《ひき》の本家は、京都にありますから」

京都。

古《いにしえ》より帝《みかど》を守る都として発展し、多くの闇の者と戦ってきた東洋屈指の聖都だ。

「というわけで、吸血鬼網村《あみむら》の身柄は我々が管理いたします。どうぞあなたはシスター中浦《なかうら》の元に戻り、私に横取りされたとご報告なさってください。彼女も私が相手と知れば、納得してくれるでしょう」

黙り込んでしまったアイリスは、力なくソファに身を沈めてしまった。

未晴《みはる》の言うことは虎木《とらき》はずっと以前に聞かされたことであり、何なら今の虎木《とらき》がこうして呑《のん》気《き》にアイリスと出歩き、コンビニでアルバイトなどしていられるのも、未晴《みはる》の力に拠《よ》るところが大きい。

「……未晴《みはる》」

「何でしょう。いくら虎木《とらき》様のお願いでもこればかりは……」

「網村《あみむら》捕まえる任務が成功したら、アイリスは俺んち出ていくことになっているんだ」

「すぐにあの吸血鬼を梱包《こんぽう》してお渡しいたしますね」

不死の人魚の肉を食らった女の子孫は、またの名を妖怪手のひら返しというらしい。

「もう虎木《とらき》様ったらお人が悪いですね。それならそうと仰《おつしや》っていただければ」

「お前らが俺不在で勝手に外交的な喧嘩《けんか》始めるからだ」

「だって、私を差し置いて女性を家に上げるだなんて、私驚いてしまって……」

しゃあしゃあと言ってのける未晴《みはる》に苦々しいものを覚えながらも、虎木《とらき》は頭を下げた。

「すまんな、恩に着る」

「高くつきますよ？　クール便でお宅までお送りしますね」

「頼むから殺さないでくれよ。それで……アイリス」

黙り込んでしまったアイリスの肩に、虎木《とらき》はそっと触れる。

「帰ろう。話はついた」

「……」

アイリスは返事もせずに立ち上がると、じゅうたんを無遠慮に踏みつけながら、虎木《とらき》も未晴《みはる》も一瞥《いちべつ》もせずに出て行ってしまった。

「……未晴《みはる》」

「あれくらい言わないと、分からないでしょう」

「この後ケアするのは俺なんだがな」

「虎木《とらき》様はお優しい方ですから。彼女はきっと、先日灰になられたときに知り合ったのでしょう？　私のときと同じで」

「……じゃあな。結果的にだが、世話になった」

アイリスを追って部屋を出ようとする虎木《とらき》の背に、未晴《みはる》の声が追いすがった。

「虎木《とらき》様。お届けものに『彼女』に関して確度の高い情報を添付いたします。和楽《わらく》様にも、書き方を変えて同じものを既に届けております」

「っ！」

虎木《とらき》は息を呑《の》み立ち止まった。

「もっとも、お一人ではどうにもならないかと思いますが」

「何もしなけりゃ、お前らが対応するのか」

「いいえ。恥ずかしながら我々も『彼女』に対応できる状況ではないので、手出しはしないことにしております。だからこそ和楽《わらく》様に追跡をお願いしたわけで」

「そうか」

「虎木《とらき》様。虎木《とらき》様の『時』に誰よりも寄り添えるのは、私を置いて他にはおりません。努々《ゆめゆめ》お忘れなく」

「会うたびに言われるからな。流石《さすが》に忘れられねぇ。じゃあな」

虎木《とらき》は肩を竦《すく》めて、軽く手を振って今度こそ部屋を出て行った。

未晴《みはる》は開けっ放しのドアを眺めながら、面白くなさそうに口を尖《とが》らせた。

「いつにも増して、つれないこと」


アイリスはエレベーターホールで虎木《とらき》の方を見ずに待っていた。

虎木《とらき》はアイリスが口を開く前から先手を打つ。

「納得いかねぇだろうが、あの場では最善手だったってことは分かってくれ。未晴《みはる》は油断ならない奴《やつ》なんだ」

「……」

アイリスは不機嫌な顔のまま返事をしない。

エレベーターが来てそのまま二人だけで降りる間も、ヒリついた空気になる。

「……なぁ、アイリス」

「秘密にしてることがあるのはお互い様よね」

「ん？　あ、ああ」

「別にあなたと私は仲間でも友達でも何でもないし」

「まぁ、そうだな」

「でも、私が手柄を譲られて喜ぶ人間じゃないってことくらいは、分かるわよね」

「まぁそういう奴《やつ》はあんまりいないだろうな」

「でも私はあなたに大きな借りがある。お金だって返さなきゃいけないし」

「忘れてなくて何よりだ」

「だから……物凄《ものすご》くムカついたってことだけ覚えておいて！」

ちょうどそのとき一階に降り立ち、

「何よ！　真っ暗じゃない！」

「深夜だから当たり前だろ。ここスタッフ用の通路だし」

アイリスは肩を怒《いか》らせて文句を言いながら、エレベーターを一歩出たところで左右に長く続く広い通路で立ち止まってしまう。

「どっちに行けば出られるのよ！」

「こっちだよ」

「何よ！　この時間に何度も来てるわけ！」

「この時間しか来られないからな」

とことん不機嫌なアイリスを引きずって、虎木《とらき》はサンシャイン60から表に出る。

サンシャイン60から雑司《ぞうし》が谷《や》までは大人の足なら余裕の徒歩圏内だが、さすがに疲れた体を引きずって不機嫌なアイリスと一緒にのろのろ帰るのは面倒すぎる。

タクシーを拾おうと周囲を見回していると、

「それで⁉」

アイリスが不機嫌全開で声をかけてきた。

「ん？」

「私は何を手伝えばいいの！」

「は？」

表情とセリフが合っていない。

「あのいけ好かない女に、何か情報をもらったんでしょ！　しかもあの女が手出ししたくないと考えるような情報を！　それってあなたが探してる吸血鬼のことなんじゃないの！」

「……ああ、いや、まぁ……でも」

虎木《とらき》は曖昧に頷《うなず》いてから何故《なぜ》分かったのかと聞こうとして、

「自分のことを何一つ話さないあなたが唯一話したのが、そのことだからよ！」

虎木《とらき》には探している吸血鬼がいる。

確かにアイリスに、そのことを口走ったことがあった。

「あの女が手練《てだ》れなのは分かるわ。それが嫌がるような案件にたった一人で行く気⁉」

「えーと……それはつまり」

虎木《とらき》は苦笑しながら尋ねた。

「まさか、手伝ってくれるつもりか？」

「むかつく女から手柄を譲ってもらわないと自分の任務一つまともにこなせない修道騎士でよければね！」

「あー、それは勘弁してくれねぇかな」

「どうしてよ‼」

「だってお前、人間だから死ぬだろ」

「……」

「俺が探してる吸血鬼は、俺より圧倒的に強い。もっと言えば、小此木《おこのぎ》や網村《あみむら》なんかメじゃねえ。多分単純なパワーだけでも、あの狼男《おおかみおとこ》だって比べ物にならん」

「は？　吸血鬼が？　冗談でしょ？　超能力が強くても、そんな力のある吸血鬼なんか聞いたことないわよ」

「俺も未晴《みはる》と知り合ってから知ったんだが、奴《やつ》は数少ない例外なんだとさ。お前ら聖十字教徒の間では、未晴《みはる》の先祖の八百比丘尼《やおびくに》と同じく『古妖《エンシエント・ファントム》』って呼ばれてる吸血鬼らしい」

「『古妖《エンシエント・ファントム》』の吸血鬼⁉　そんなのそれこそ伝説とか神話みたいな話よ！　一対一で戦う相手じゃないわ！　それこそ騎士団総動員で戦う相手よ！」

「ああ。だからお前に手伝ってもらえることは無いな」

「ただでさえイライラしてるところに、そこまで遠慮なく言われると怒るのを通り越してせいせいするわ」

「悪いな。ただお前、人間の男が絡《から》まなきゃ弱いわけじゃないだろ。だから余計に俺の面倒には巻き込めない」

「私はこれだけあなたを面倒に巻き込んだのに？」

「悪いがトレードが成立しないくらいにはレベルが違う。まあそうだな」

虎木《とらき》は少し考えてから、

「明日の朝飯だけまた作ってくれ。お前をイラつかせた分差っ引いて、それで手打ちだ」

「フザけてるの」

「んー……まぁそうだな。じゃあ一つ頼まれてくれるか」

面と向かって実力不足と言い切った代わりに託すものを用意する。

「何？」

かすかにその表情に期待を浮かべたアイリスに、虎木《とらき》はある意味で非常に残酷な代案を示した。

「多分俺は死ぬか、最低でも何年か行方不明になる。だから翌朝まで俺が家に帰らなかったら、和楽《わらく》と未晴《みはる》にそのことを伝えてくれ」

「……どういうこと？」

アイリスは剣呑《けんのん》な顔になるが、虎木《とらき》は真剣に応じなかった。

「それと、まぁあれだな。死んだ場合に備えて、俺のことを覚えててくれる奴《やつ》は多いに越したことはない。だから、大したエピソードも無いが、帰ったら俺の昔話に付き合ってくれ。タクシーの中でできる話でもないからな」

「ユラ……それって」

「アイリス、俺は人生の大半な」

ちょうどタクシーがやってきて、虎木《とらき》は言いながら手を挙げる。

「人間に戻りたい。人間に戻りたい。ってそればっかり考えて生きてきたんだ。吸血鬼として生きてきた時間の方が、ずっとずーっと長いのにな」

※

アイリスは僅かに陽光が差し込む、もはや慣れてきた薄暗さの中で初日から勝手に部屋に持ち込んでいたトランクを整理していた。

だが、さほど散らかしたわけでもないのに片付けが手につかず、折々手が止まっては暗黒を密閉した浴室のドアを見やってしまう。

耳を澄ませば、普通の人間と変わらぬ寝息がうっすらと聞こえることに気付いたのは、二日目の朝だった。

この奇妙な吸血鬼が語った半生に起こった出来事は、決して多くない。

むしろ語られたことのほとんどが、弟である虎木《とらき》和楽《わらく》のことだった。


虎木《とらき》由良《ゆら》は、今年で七十七歳になる。

太平洋戦争後、まだまだ戦争の疲弊から抜け出ていない東北地方の寒村出身で、東京からの食料の買い出しを装《よそお》って現れた女吸血鬼を父が家に招き入れてしまったため、その手にかかり十二歳で吸血鬼となった。

その後はひたすらに、吸血鬼として家族に守られてきた。

由良《ゆら》と和楽《わらく》の母親は、戦争に取られた父の帰りを待つことなく、病を得て亡《な》くなった。幸い父は召集が遅かったために内地から出ることなく復員したのだが、戦後の混乱期に男手一つで幼い子供二人を養う苦労は筆舌に尽くしがたいものであったろう。

由良《ゆら》を変えた吸血鬼は、その父を殺し、七歳になったばかりの和楽《わらく》だけを太陽の照らす世界に残した。

虎木《とらき》兄弟の幸運は、労働単位にならない、しかも人ならざる異形《いぎょう》となった子供を手厚く保護してくれる親戚がいたことだった。

件《くだん》の吸血鬼を東京から連れてきてしまったのは、由良《ゆら》と和楽《わらく》の伯父に当たる人物で、父が召集されている間は、由良《ゆら》と和楽《わらく》を我が子と隔てなく育ててくれた。

女吸血鬼の容貌は人と変わりないもので、何よりも美しかった。

復員した弟が幼子二人を抱えて男やもめになったことを不憫《ふびん》に思い、伯父が彼女を虎木《とらき》家と引き合わせた。

気立ての良い美しい彼女を、虎木《とらき》家は容易に受け入れてしまった。

由良《ゆら》も和楽《わらく》も、生みの母を忘れることこそ無かったが、苦労人の父を支えてくれるかもしれないこの女性を、新たな母として愛そうと心に決めた。

だがその思いは、容易に裏切られ、ある夜、女は本性を現し、由良《ゆら》と和楽《わらく》の父、虎木《とらき》正造《しょうぞう》の喉を食い破り、由良《ゆら》の喉にも牙を突き立てたのだ。

全てが終わって和楽《わらく》が伯父の家に駆けこんだことで、事態は伯父の知るところとなる。

伯父が事態を知って酷《ひど》く責任を感じたことが虎木《とらき》兄弟の、ある意味の幸運に当たった。

それからの由良《ゆら》は、ただひたすら家族に守られ続けて育った。

伯父の厚意もあって、夜間の中学と高校を卒業した後は、伯父の家の農業を手伝う傍《かたわ》ら、弟の和楽《わらく》の面倒を見続けた。

和楽《わらく》は、命を賭け未来を捨てて己を人にとどめた兄への恩に報い、兄を人間に戻す方法を探し続けた。

雲を摑《つか》むような話であったが、虎木《とらき》兄弟にできることは、由良《ゆら》を吸血鬼に変えた女吸血鬼の行方を捜すことだけであった。

「どうしてそんなことをする必要があるの？」

アイリスの問いに対し、虎木《とらき》の返事は簡潔だった。

「俺を吸血鬼にしたあの女が、そう言ったんだよ。再び太陽を見たいのならば、自分を追えってな。何か意味があるんだと思った。そうでなければ、父親を殺し、俺の血を吸ったくせに、和楽《わらく》一人を残した意味が分からない」

虎木《とらき》由良《ゆら》の身が吸血鬼に変貌した雪の夜。

虎木《とらき》家を滅ぼし、由良《ゆら》から太陽を奪った女は、雪の上に足跡を残さず夜の闇に消えた。

『私を追いなさい。由良《ゆら》。和楽《わらく》』

時と世界を分かたれた兄弟に、呪いの言葉だけを残して。

『吸血鬼が人間に戻る方法はたった一つ。自分を変えた吸血鬼の血をその牙で奪うこと』

そして。それから六十五年。

「和楽《わらく》は大学を出て警察官僚になって、奴《やつ》の情報を必死で集めてくれた。俺が諦めかけたときですら、あいつは諦めなかった」

和楽《わらく》は、今自分がこうして日の光の下を歩けているのは兄貴のおかげだ、と常々言って、その人生の時間のほとんどを兄のために費やした。

「ついには長男を、自分の後継ぎとして警察官僚にしちまうくらいに、な」

和楽《わらく》は二十四歳で結婚し、一男一女をもうけた。由良《ゆら》にとっては甥《おい》と姪《めい》に当たる。

「良明《よしあき》も江津子《えつこ》も、小さい頃は本当に可愛《かわい》かったなあ……今じゃ二人とも、見た目は俺よりずっと年上のおじさんおばさんになっちまったが」

和楽《わらく》の妻も、そして息子も娘も、和楽《わらく》の強い意志と薫陶《くんとう》によって吸血鬼という異質な存在である由良《ゆら》の真実を知った上で、暖かく迎え入れてくれた。

和楽《わらく》の妻、君江《きみえ》も、そして甥《おい》の良明《よしあき》と、姪《めい》の江津子《えつこ》も、今自分がこうして幸せでいるのは由《ゆ》良《ら》が和楽《わらく》を守ったからだ、と臆面もなく言い、その恩に常々報いたいと言ってくれた。

「それが重くてな。申し訳なくてな」

和楽《わらく》が退官する年齢になったとき、虎木《とらき》はそれまで世話になっていた和楽《わらく》の家を出た。

和楽《わらく》はもう十分に自分に尽くしてくれた。余生はどうか、家族と幸せに過ごしてほしいと、心から願った。

何故《なぜ》なら和楽《わらく》が退官したその年、和楽《わらく》の妻君江《きみえ》の体にガンが見つかり、亡《な》くなったからだ。

虎木《とらき》は、弟の人生で守ったものの重さが、奪ったものの重さと釣り合わなくなったことを無視できなくなった。

和楽《わらく》は、自分こそ兄から人生を奪った結果生き永らえたのだと言って聞かなかったが、君江《きみえ》の葬儀の後、由良《ゆら》は和楽《わらく》の反対を押し切り、君江《きみえ》の墓前に、大恩を受けながら葬儀にも参列できなかったことを詫《わ》びて家を出た。

自分一人でも生きられることを証明するため。

そしてこれ以上、和楽《わらく》の血筋に自分の影を落とさないため。

「和楽《わらく》はもう、いい加減俺に命を救われたなんて思うのをやめるべきなんだ。俺はあいつの命なんか救っちゃいない。ただ、あの吸血鬼が和楽《わらく》を見逃しただけなんだ」

一度は新たな母とまで思った相手に人生を奪われた兄弟の重ねた歴史に、アイリスはただただ黙って先を聞くことしかできなかった。

「奴は俺の前に三度現れた。その度に返り討ちに遭った。一番ヤバかったのは五年前のことだが、半年近く、灰になったままだったから」

「そ、そんなに長く灰になってて、生き返れるものなのね」

これにはさすがにアイリスも突っ込まざるを得なかった。

「俺も驚いた。和楽《わらく》と未晴《みはる》が言うには、畑に肥料として撒《ま》かれてたってんだからな」

「ええっ⁉」

一体どこの誰が吸血鬼の灰を畑に撒《ま》くなどという行為に及んだのか、アイリスにはとても想像できなかった。

「何作ってたかは分からなかったが、きっと美味《うま》くなかったろうなぁ」

そういう問題でもない。

「まぁこう言うと冗談にしか聞こえないが、とにかく俺はそいつに毎度毎度殺されてるんだ。次に奴《やつ》に負けて灰になったら、今度こそ死ぬかもしれない。まぁ、そうなったらそうなったで、もう仕方ないくらいには長生きしたけどな」

虎木《とらき》はすぐに真剣な顔になる。

「俺も吸血鬼としては強い部類に入ると思ってるが、それでもできることは小此木《おこのぎ》や網村《あみむら》と大して変わらん。そんな俺を作った奴《やつ》だからな。全ての面で俺を圧倒的に凌駕《りょうが》してる」

虎木《とらき》はそう言うとおもむろに立ち上がり、玄関へと向かった。

玄関を開けると、二人が帰って来た時には無かった、がさがさと中で小さな生き物が派手に動いているらしい段ボール箱が置いてあり、虎木《とらき》はその上に置かれていた大判の封筒だけを手に戻って来た。

アイリスも、特に箱のことは気にしなかった。

「未晴《みはる》の奴《やつ》、手回しがいいな」

封筒の中身を改めながら虎木《とらき》は、一枚の写真をアイリスに差し出す。

「明後日《あさって》、そいつが久しぶりに日本に来る。横浜港に豪華客船で来るんだってよ。ったく、吸血鬼のくせに、優雅な旅決め込みやがって」

アイリスが受け取った写真は日本ではないどこかの国の街中のオープンカフェで、お茶をしている若い女性を望遠で捉えたものだった。

「どういうことユラ。本当にこの女性が吸血鬼なの？」

その写真を見て、アイリスはすぐに奇妙なことに気付く。

虎木《とらき》もアイリスがそのことに気付くことは分かっていた。

「ああ。そいつは俺と和楽《わらく》が初めて会ったときからそうだった。考えてみろ。伯父が親父《おやじ》に、再婚相手として紹介した奴《やつ》だぞ」

吸血鬼だとされるその女の姿は、日中に撮影されていた。

「室井愛花《むろいあいか》。奴《やつ》は日中、吸血鬼の力を喪《うしな》う代わりに人間と変わらず活動できる。そして夜は、何百年も日本の闇の者達を制御してきた比企《ひき》家すら恐れる吸血鬼になる」

金持ちの有閑マダムとしか表現しようのないその写真からは、想像できない話だった。

「その名も本当かどうか分からんけどな。俺も和楽《わらく》もそうとしか呼んだことがないし、比企《ひき》家が情報をくれるときも、その名で情報が来る」

虎木《とらき》がもう一枚、封筒の中から書類を取り出した。

そこには問題の女吸血鬼ではなく、二人がつい数時間前まで追っていた網村《あみむら》の写真がプリントされていた。

「なるほど。こいつもあの女の星の数ほどある資金源の一つだったってわけだ」

虎木《とらき》は網村《あみむら》のプロフィール、網村《あみむら》のバンド名を指さした。

「ルームとウェル。『部屋』と『井戸』で室井《むろい》。バカにしてくれるぜ」

そしてぐしゃりと手の中で握りつぶす。

「ユラ、あなたは、その室井《むろい》っていう吸血鬼を……」

「ああ」

虎木《とらき》は首肯した。

「奴《やつ》を倒して、俺は人間に戻る方法を見つける」

生粋の吸血鬼でないことは、言葉の端々から感じ取れたし、実際に人間の血縁がいる。

そして、その血縁や、それ以外にも多くの良縁に恵まれ、虎木由良《とらきゆら》のこれまでの人生はあった。

「……」

窓から差し込む光の色が変わり、太陽がすっかり昇りきった時刻になったことが分かった。

東京はイングランドよりずっと緯度が低く、太陽の当たり方も、空の色も何もかも違う。

それでも、六十年以上『朝』を見ることのできない人生を、アイリスは想像できなかった。

夜は、アイリスにとって『恐怖』が凝縮されていた。

修道騎士になって、自分の性質をより自覚するようになってから、余計にその傾向は強くなった。

目を開いて夜を過ごさねばならなかったとき、東から昇る陽光はまさしく救いに見えたものだ。

「あ」

陽の光が差し込んだことで、薄暗い玄関前の廊下、浴室の扉の外に、虎木《とらき》の溜《た》まった洗濯物を発見した。

虎木《とらき》の部屋は日当たりが悪く、しかも洗面所と脱衣所がない。

その上夜しか活動できない集合住宅住人の宿命で虎木《とらき》は自宅に洗濯機を持っておらず、アイリスも洗濯の際は近所のコインランドリーを利用するよう教えられていた。

アイリスはごく自然にその洗濯籠を持ち上げると、玄関を出てカギをかけ、徒歩五分のコインランドリーを目指して歩き出した。

出会ったばかりの、家族でも友人でも恋人でも人間でもない男の汚れ物。

買い物のときに店員の男性と話すことすらできない自分が、虎木由良《とらきゆら》の洗濯物を頼まれてもいないのに洗濯できる。

「ユラは負けるって決めつけてるみたいだけど、勝てば、人間に戻れるかもしれないのよね」

早朝のコインランドリーに人はおらず、アイリスは手近な一台にさして多くない洗濯物を全部一気に放り込む。

「もしユラが人間に戻ったとして」

そのことを想像してみる。

小此木《おごのぎ》も、網村《あみむら》も、そして虎木《とらき》や未晴《みはる》が恐れるあの室井《むろい》愛花《あいか》という古　妖《エンシエント・ファアントム》の吸血鬼すら、先入観無しに見た場合、その外見は普通の人間と変わりない。

それならば。

※

「シスター・イェレイ？　吸血鬼網村《あみむら》の任務はどう……」

「シスター・ナカウラ！　ちょっとお願いがあるのですが！」

「は、はあ⁉」

「シスター・ナカウラは、ヒキファミリーのミハルと面識があるんですよね！」

「比企《ひき》ファミリー……ミハル……シスター・イェレイ⁉　まさかあなたあの女、比企《ひき》未晴《みはる》と接触したのですか⁉」

「会いに行きたいんですが連絡先ご存知ありませんか！」

アイリスの鬼気迫る様子に、中浦《なかうら》は狼狽《うろた》えておろおろとするばかりであったが、一時間後にはアイリスは、十二時間ぶりくらいに、昨日未晴《みはる》がいた重役室へと中浦《なかうら》とともに通されていた。

アイリスはソファにふんぞり返り、一方で中浦《なかうら》は足を揃《そろ》えて膝に手を当てて、ガチガチに固まっている。

「し、し、シスター・イエレイ。一体何がどうしてこんなことに……一体どうやって、比企《ひき》フアミリーの人間にアポイントを取れるような話になったのです？」

「はい。ちょっと昨日揉《も》めまして」

「は⁉」

「アミムラを直接捕まえたのはミハルです」

「はあ⁉」

「それを、ある吸血鬼の口利《くちき》きで譲ってもらいました」

「はあああ⁉」

「それから私、住む場所決めたので後で家賃とか条件が合っているかどうか相談させてください」

「それ今言うことですか⁉」

「何を騒いでいらっしゃるんですか中浦《なかうら》さん……あら」

一人で驚いている中浦《なかうら》の声が外まで響いていたのか、未晴《みはる》が顔を顰《しか》めながら入って来た。

そして、中浦《なかうら》の隣にアイリスの姿を認めて眉を上げる。

「昨夜の件でお礼やお詫《わ》びにいらっしゃった、という態度ではなさそうですね」

「私一人じゃあなたに会えそうもなかったから、シスター・ナカウラのお名前を借りたの」

「ちょ！　ちょっとシスター・イェレイ！　あ、相手は比企《ひき》家のお嬢様ですよ！　闇十字の枢《すう》機卿《ききょう》ですら敬って頭を下げる方に、何ですかその態度は！」

「大丈夫ですシスター・ナカウラ。私と変わらない歳《とし》の、同じ業界の女の子ですよ。ねぇ？」

「そうね、御家人と将軍が同じ武士だって言うのなら、同じかもしれませんね」

「この国には足軽から太閤《たいこう》になった人がいたと思ったけど、それはいいわ。昨夜は世話になったわね。あと、荷物も無事受け取ったわ」

「そんなことを言いにわざわざ？」

「そんなワケないでしょ。ただちょっと、あなたに一つ確認したいことがあってね」

アイリスは、身を乗り出した。

「あなた、ユラがどうしてアイカ・ムロイを探しているのか知ってるの？」

「もちろんです」

「それならどうして、協力してるの？　あなた、ユラのことが好きなんでしょう？」

「……」

未晴《みはる》は答えに窮しているのではなく、アイリスの言わんとすることを測るように沈黙する。

「あの……シスター・イェレイ。一体何の話を……」

「私は吸血鬼化した人が人間に戻ったって話は聞いたことが無い。でももしそれが上手《うま》くいった場合ユラは不死じゃなくなるわ。そうしたら」

アイリスが見上げる未晴《みはる》は、不敵な笑みを浮かべたままだった。

「人の寿命より遥《はる》かに長生きするヤオビクニの子孫であるあなたと添い遂げることはできなくなる。それでもいいの？」

「……アイリスさん、あなた、男性に恋をしたことはありますか？」

「あるわけないわ。人間の男は、私にとっては生物学的な敵よ」

はっきりとそう言いきるアイリス。

彼女にとって、人間の男はファントムに並ぶ脅威でしかないからだ。

「では分からないでしょうね。人が恋をしたとき、どれほど矛盾した行動を取るか」

未晴《みはる》は自らの胸に手を当てる。

「私自身は、正真正銘十八歳です。ですが私の祖母は、二百年生き、なお矍鑠《かくしゃく》としています。虎木《とらき》様ならば、果てしない寿命を持つ比企《ひき》家の女と添い遂げるに足る寿命をお持ちです。我らの財力であれば、その時代時代で虎木《とらき》様に社会生活を送っていただくことも造作もないこと。でも」

未晴《みはる》の笑みにあるのは純粋な愛なのか、それとも矛盾をはらむ情熱なのか。

男性を愛したことのないアイリスには判断できなかった。

「愛した方が望むことの力になりたいと思うことの、何がおかしいというのです？」

「……なんだか私、随分若いお話に巻き込まれているのですね」

アイリスと未晴《みはる》のやり取りの狭間《はざま》で、中浦《なかうら》は一人で曖昧な笑みを浮かべている。

「それを言ったのがミハルでなければ、美しい愛だと感動することもできたでしょうね。でも、あなたそんなタマじゃないでしょ」

「当然じゃないですか」

ややゝ、矛盾の成分が増しただろうか。

「室井愛花《むろいあいか》は恐るべき吸血鬼。我ら共通の言葉で言えば世界でも珍しい『古妖《エンシエント・ファントム》』です。室井《むろい》本人にも、室井《むろい》が生み出した多くの吸血鬼にも、比企《ひき》家はさんざん手を焼きました。ですから私、虎木《とらき》様がお一人で室井愛花《むろいあいか》を倒し人に戻れるなどと、思っていないのです」

「ユラが優しい性格だからって、好きなこと言うわね」

「虎木《とらき》様の思いと願いには寄り添います。ですが虎木《とらき》様の、人に戻りたいという願いはきっと叶《かな》わない。だから私は、虎木《とらき》様の敗北と、失敗と、絶望に、私自身の寿命で寄り添うのです。そのための、この『血の刻印』なのですから」

未晴《みはる》は、虎木《とらき》とお揃《そろ》いのペンダントを殊更に強調してみせた。

「この血の刻印は、比企《ひき》家に伝わる妖《あやかし》探しの秘法です。私と知り合ってから、虎木《とらき》様は幾度も灰になっています。この刻印は私の血液で作られています。比企《ひき》家の血が命の脈動を喪失したとき、失われた場所を対《つい》になる刻印に知らせます。もう二度と……あの方の灰が、畑に撒《ま》かれるようなことがあってはなりませんから」

そう言えば、未晴《みはる》もそのエピソードは知っているのだった。

「大根の畑でした」

「それはどうでもいいけど、話は分かったわ。それじゃあ一つ聞きたいんだけど」

「これでも忙しい身ですので、手短にお願いしたいのですが」

「私がユラを手伝って、彼を人間に戻しても特に文句はないわね」

「……は…………はっ」

未晴《みはる》は小馬鹿にしたように失笑したが、アイリスは微《かす》かな動揺を見逃さなかった。

「何を言い出すかと思えば。あんな雑魚狼《ざこおおかみおとこ》男にてこずるようなあなたが虎木《とらき》様を手伝ったところで、室井愛花《むろいあいか》をどうこうできるとお思いなのですか」

「知らないわよ。ユラが言ってたけど、誰も手伝ったことないんでしょ。あなたも情報を出すばっかりで手伝ったことはないみたいだしね」

「そ、それはそうですが、でも……」

初めて未晴《みはる》が、狼狽《うろた》えた様子を見せる。

「いいの、別に責めたいわけじゃないわ。あなたはユラに今のままでいてほしいんでしょ。でも、私は違う。だからそのことをあなたにも知ってもらいたかっただけ」

「な、何を言っているんですか！　虎木《とらき》様と知り合って何日も経《た》たない、しかも闇十字の修道騎士が……！」

「そんなの関係ないわよ。あなたと同じで、ユラに人間に戻ってほしいのは私自身の都合なんだから」

「はあ⁉」

アイリスは決して勝ち誇っているわけではなく、難しい顔になる。

「ユラ・トラキは吸血鬼だけど……私が大人になってから初めて、何の問題もなく話せた男性よ。彼が人間に戻ってくれれば、私が他の人間の男性とも接する訓練になる。だからユラには、人間に戻ってほしい。それだけ」

「そんな理由で……！」

「どんな理由でも、それで恩人の悩みを解決する手助けになるなら問題ないでしょ。それとも何？　私がユラに心の底から恋焦がれてないと、彼の悩みに関わっちゃだめなわけ？」

「そ、それは……」

「……ミハルは私のこと、大した騎士だと思ってないでしょ。正解よ。私は極度の男性恐怖症が災いして、本国で全然成果が挙げられなくて、日本に左遷されてきた落ちこぼれよ。そんな私がユラの手助けをしたところで、ユラの足手纏《あしでまと》いにしかならなくて、結局ユラは人間には戻れない。あなたはそれでいいじゃない。何か問題？」

堂々と自虐するアイリスだが、それでもその顔には自信が満ちていた。

「そんな私が……ユラにも侮《あなど》られて協力を断られた私がこんなに自信たっぷりなのには、ちゃんと理由があるの。こう見えて、女性とファントムには強いから」

「で、でも相手は古妖《エンシエント・ファアントム》ですよ！　生半可《なまはんか》なことでは返り討ちに……！」

「だから私が返り討ちにあったからって、あなたに何も不都合はないでしょう。それじゃ、お邪魔したわね。今日は他にも行くところがあるから、吉報を待ってて」

「ちょ、ちょっと待ちなさい！　随分言いたい放題言ってくれるじゃありませんか！　待ちなさい!!」

颯爽《さつそう》と去るアイリスを追って、未晴《みはる》も慌ただしく飛び出してゆく。

そして一人残された中浦《なかうら》は、

「一体なんだったんでしょうね……」

終始話についていけず、遂《つい》には部屋に一人取り残されてしまったのだった。

※

「トラちゃん、ちょっといい」

深夜帯に入る前の午後十一時の休憩の時間。

村岡《むらおか》が神妙な顔つきでスタッフルームに入って来た。

「はい、何ですか？」

雑誌を読んでいた虎木《とらき》が顔を上げると、村岡《むらおか》が不思議そうな顔をしながら意外な人物を招き入れた。

「……灯里《あかり》ちゃん」

「ども」

首周りに包帯を巻いた灯里《あかり》が、神妙な顔で現れた。

灯里《あかり》の手には、虎木《とらき》も知る近所のケーキ屋の箱。

「娘が、トラちゃんとトラちゃんの彼女さんにお礼を言いたいって」

虎木《とらき》は雑誌を置いて、慎重に村岡《むらおか》と灯里《あかり》の様子を観察する。

「……あの後、お父さんと色々話したんだ。あ、もう喉は大丈夫だから」

すると、灯里《あかり》がそう切り出してきた。

つまり、村岡《むらおか》は既に、あの日のことを把握している、ということだ。

そしてとりもなおさずそれは、救急隊員が無事、あのとき渡した村岡《むらおか》の連絡先にコンタクトを取ってくれたということでもあった。

「娘から色々聞いて驚いた。トラちゃんに、知らないうちに一杯助けてもらってたみたいで」

「……いや、そんなことはないですよ。偶然です」

「彼女さんにも随分よくしてもらったって聞いたよ」

「一緒に動画見ただけって聞いてますけど」

「僕はここ何年も、娘と天気予報すら見なかったよ」

村岡《むらおか》は少しだけ決まり悪そうにそう言った。

「最初は虎木《とらき》さん、余計なことしてくれたなって思ったよ。病院にお父さんが来たときには。しかもまた、ライブハウスのことなんかよくわかりもしないくせに怒って来たし」

「親なら当たり前だよ」

「その当たり前が子供にはウザいの。でも……ニュースで、網村《あみむら》さんの会社が物凄《ものすご》い脱税してて、そのほかにもいろいろ悪いことしてたって聞いて、凹《へこ》んだ」

昨夜の火事のせいでルームウェルには予定より早く警察が介入したようで、虎木《とらき》もネットニュースでその話題を少しだけ目にしていた。

「そんでね」

少しだけ喉に声を引っかからせながら、灯里《あかり》は言った。

「お母さんも、ちゃんと駆けつけてくれた」

「……そっか」

「うん。久しぶりに、家族で色々話した。どーでもいいこと。どーでもよくないけど、どーでもいいこと」

灯里《あかり》は泣いているようにも、笑っているようにも見える顔で続けた。

「お父さんとお母さんが知り合ったのがあんな感じのライブハウスだったこととか、ね。お父さんが普段どんな仕事してるのかとか、あと、どうしてお母さんが出ていっちゃったか、とか。アイリスさんがね、言ってたの。聞きたいなら、話したいなら、そう大声で言わないとダメだって。人間なんか、そんなに察しの良い生き物じゃないからって」

早口になる灯里《あかり》の言葉に、村岡《むらおか》も神妙に聞き入っていた。

「トラちゃんの彼女、アイリスちゃんって言うんだね」

「……」

「ちょっとお父さん出て行ってくんない」

特に突っ込んで聞きはしないが、灯里《あかり》の母が愛想《あいそ》を尽かしたのは実はこういうところではないのかと虎木《とらき》は思い、図らずも父を部屋から追い出す灯里《あかり》の行動が、それを証明しているようにも思えた。

「まったく……あ、その、それでこれ、よかったら二人で食べて、お礼……っていうのも変だけど、多分家族で久しぶりに話せたの、虎木《とらき》さんとアイリスさんのおかげだと思うから。虎木《とらき》さんも知ってるかもしれないけど、近くのケーキ屋の」

「別に何もしちゃいないけどな」

「話、聞いてくれたでしょ。お父さんなんか結局ああなんだから。ルームウェルのニュース聞いて、私が投票したさに変なバイトするんじゃないか心配したとか言い出すんだよ!?」

「はは……まぁ、当分はもうPOSA《ポサ》カードは買わなくて済むな」

何とも反応しづらいが、虎木《とらき》は素直に差し出されたケーキの箱を受け取った。

「……でさ、虎木《とらき》さん。アイリスさんて、本当に虎木《とらき》さんの彼女なの？」

「本当にって聞き方が前提からおかしいけど、違うよ」

「アイリスさんの家族って、イギリスにいるの？」

「いや知らんけど、俺の話聞いてる？」

「虎木《とらき》さん、私の彼氏じゃないよね」

「……灯里《あかり》ちゃん？」

「でも、聞いてくれたでしょ。だったら、暇なときでいいから、アイリスさんの話、聞いてあげて」

灯里《あかり》の真剣な口調に、つい虎木《とらき》も真剣な顔になる。

「アイリスさん、男の人と話せないんでしょ。でも、虎木《とらき》さんだけはなんか平気なんだって？」

「あいつそんなことまで話したのか」

「私がお母さんのこと話したら、少しだけ」

「……？」

灯里《あかり》が母親についての悩みを話すことと、アイリスが自分の男性恐怖症について話すことが微妙に繋《つな》がらない気がするが、灯里《あかり》の中ではきちんと線で繋《つな》がっているようだ。

「アイリスさんが男の人と話せなくなったのは、アイリスさんのお母さんが関係してるみたい。

私も自分のことでいっぱいいっぱいだったからあんまり突っ込んで聞けなかったけど」

「そうだとして、俺が立ち入って聞いていい話とも思えないけどな」

「虎木《とらき》さんとアイリスさん、何か特別な関係なんでしょ？」

「や、だからそれは本当に何も……」

「ううん。そういうんじゃないの。何か、私みたいな普通の人が知らない、不思議な力とか、世界とか、そんなの」

やはり、あのとき灯里《あかり》の目の前で黒い霧になったのは迂闊《うかつ》過ぎただろうが。

だがあのときは他にどうしようもなかったのだ。吸血鬼の能力を使うのに、灯里《あかり》に全く見られずに、というのは不可能な状況だった。

「見ちゃったけど、それこそお父さんにも信じてもらえないだろうし、誰にも言うつもりはないから、その代わり、ちゃんと話聞いてあげて。一人にしないであげて」

一つ試練を乗り越えて成長した少女の、大人に近づくための願い。

虎木《とらき》は、自分の正体に関わる一端を見られたことも含めて、頷《うなず》くしかなかった。

「……まぁ、善処するよ」

「あ、その返し、如何《いか》にも大人っぽい」

灯里《あかり》はさっぱりした、だが少し心残りな様子でそう言うと、改めて礼を述べて帰っていった。

「僕からもありがとうね、トラちゃん。本当に久しぶりに、娘の顔見て話したよ」

レジで娘を見送った村岡《むらおか》からも、改めて礼を言われる。

「気にしないでください。お礼は時給に反映してくれればいいですから」

「善処させてもらうよ」

大人の男同士は、これでいい。

「そう言えばトラちゃん、さっき旅行雑誌見てたけど、まさか彼女さんと行くの？　いや、何か豪華客船の旅みたいな特集、凄《すご》い真面目に読んでたから」

「ああ。すいません、出しっぱなしだった。片づけてきます。それと、彼女じゃないし、一緒に行くわけでもありませんから」

灯里《あかり》が現れて途中になった雑誌のことだ。

スタッフルームに戻った虎木《とらき》は、旅行雑誌の豪華客船ツアー特集を熟読していた。

そこには明日、横浜港にやってくる豪華客船メアリ一世号の特集が組まれていた。

「どっちかと言えば、『母親』とかな」

自分でも趣味の悪い冗談に、苦笑してしまう。だが、この船に乗ってやってくる女は、自分の『吸血鬼』としての親に当たることだけは間違いない。

そんなことを思ってふと、虎木《とらき》は気付く。

「……立ち入ったこと、聞いてもらっちまってた」

自分が吸血鬼になった理由と経緯。これまでの生き方。未来への不安。そんなものを、全て。

「……腐っても修道士、か」

虎木《とらき》は見開き一杯の客船の写真を眺めながら、顔を顰《しか》めた。

「借りを作ったまんまになっちまうが、仕方ないよな」

もうこれから先、自分がこれ以上アイリスの『立ち入った話』を聞く機会は訪れない。

その機会は、自分で断ち切ったのだから。

※

帰宅すると、既に灯《あか》りは落ちていて、アイリスも寝ているようだった。

聞き耳を立てると、襖《ふすま》の奥からもはや聞きなれた寝息が聞こえる。

虎木《とらき》は時計を見上げ、日の出までの残る三十分の間に和楽《わらく》と未晴《みはる》、そしてアイリスへの短い手紙を認めて、風呂場《ふろば》に入り眠りについた。

暗闇の中で、次はいつこの部屋に戻って来られるのか、それとも戻ってこられないのかを想《おも》いながら、いつものように眠気に身を任せ、ぼんやりと眠りにつく。

はずだった。

視界が夢に満たされた瞬間、突然風呂場《ふろば》の空気が激しく揺らされ、虎木《とらき》は目を開いた。

だが、視界に満たされた閃光《せんこう》以外は何も見えず、全身が灼熱《しゃくねつ》にさらされる。

「な、だ、ばっ!!」

誰かが風呂場《ふろば》の扉を開けたのだ。

開け放たれた扉から陽光がかすかに差し込み、虎木《とらき》の全身はたったそれだけのことで端から
どんどん灰化してゆく。

「何が『俺がいなくなった後は部屋のことは好きにしていい』よ。漢字多すぎて半分くらい読めないわ」

薄れゆく意識と崩れ行く視界の中で、虎木《とらき》は微《かす》かにアイリスの声を聞いた。

「こんなことしてるから、何度も負けた上に畑にバラまかれたんじゃないの!?」

文句を言いたくても、既に視界も口も灰となって、何も言えない。

やがて全ての五感が喪失し、完全に意識を失った虎木《とらき》は、

「んぐはっ!?」

気が付くと、また風呂場《ふろば》にいた。

「な、あ、え!?」

見覚えのない風呂場《ふろ》だ。家の風呂《ふろ》よりも狭く、だが家の風呂場《ふろば》よりも設備が整っていることが一目で分かる。

虎木《とらき》の実感では、ほとんど瞬間移動なのだが、とにかく意識を失う直前の肉体と精神のダメージが酷《ひど》く、まだ事態を冷静に把握できない。

「い、一体なんなんだここは……」

虎木《とらき》が一生自発的に買いそうにない小洒落たシャンプーやボディーソープのボトルを眺めながら、虎木《とらき》はとりあえず扉に手をかけた。

そして、

「ちょっと、靴に汚れがついていますよ。ちゃんとしなさい」

「えー、どこかでこすっちゃったのかしら」

扉を開けたところで、しゃがみ込んでいるアイリスと、その後ろに立つ未晴《みはる》の姿を見て凝固した。

「「あ」」

「虎木様《とらきさま》────────────っ!?」

虎木《とらき》は灰になった。その後、見たことのない風呂場《ふろば》で元に戻った。

つまり、虎木《とらき》は現在完全に裸だった。そして、どういうわけか外で屈《かが》みこんでいたアイリスと、再びご対面させてしまったのだ。

「……ユラ……一度ならず、二度までも……!!」

「ま、待てアイリス! 事情を説明しろ! 一体お前何がどうして……」

「きゃーっ! きゃーっ! アイリス・イェレイ! 何をまじまじと見ているのですか! 虎《と》木様《きさま》! 早くお戻りください! お隠し下さい!」

「バスルームの中にタオルくらいあったでしょ!!」

「わ、悪いっ!!」

　今回虎木《とらき》は何も悪くないと思うのだが、アイリスの気迫と未晴《みはる》のパニックが伝染してしまい、大慌てで風呂《ふろ》の中へと戻った。

「っておい一体何なんだ！　ここどこだ！　何でお前ら二人が一緒にいるんだ！　あと……」

　今の一瞬で、虎木《とらき》はきちんと把握していた。

　生物学的な危機に陥ったとき、周囲の時間の流れがゆっくりになり、洞察力が増すのは人間も吸血鬼も変わらないらしい。

　アイリスは黒のイヴニング・ドレス。未晴《みはる》は上等な小振袖に身を包んでいたことを。

「何で、そんなパーティーにでも出そうな恰好《かっこう》してるんだ！」

「そんなの決まってるでしょ！　あなたも早く、これに着替えて！」

「はあ!?」

　わずかな隙間からねじ込まれたのは、虎木《とらき》のワードロープには存在しない、スリーピースのダークスーツだった。

「ネクタイと靴は外にあるわ！　さっさと粗末なもの隠して出てきなさい！」

「いや、そんなこと言ったってお前下着も……」

　言うが早いが、まるでゴミでも捨てるように、同じ隙間からパンツとシャツと靴下が放り込まれる。

これまたどれも新品だ。

困惑しながら虎木《とらき》がそれらを身に纏《まと》って恐る恐る風呂《ふろ》から出ると、未《いま》だに顔を覆って俯《うつむ》いている未晴《みはる》と、怒りの表情を湛《たた》えながらも少し得意気に、虎木《とらき》の方に向かってワインレッドカラーのネクタイを突きつけるアイリスがいた。

ここは、どうやらホテルのような場所らしい。

柔らかい色合いの照明が部屋の隅々までを照らし、整えられた幅広のベッドが二台、間隔をあけて並んでいる。

「やっぱりユラって、赤って感じじゃないわよね、吸血鬼なのに。ネクタイの色、もう少し明るいピンク色とかにした方がよかったかしら」

「申し訳ありません虎木様《とらきさま》……嫁入り前の身で……そんなつもりは無かったのです……」

「あのー……そろそろ説明しろ。一体ここはどこで、お前らは何をや……」

そこまで言って、虎木《とらき》は微《かす》かに自分の体が揺れたような感覚に見舞われ周囲を見回す。

「何だ？　地震か？」

「地震じゃないわよ。知りたかったらまずはネクタイして」

「あ、ああ……っと、ネクタイって、どう締めたんだったか」

村岡《むらおか》のフロントマートの制服は、ネクタイ不要である。

スーツで外出する機会が皆無の虎木《とらき》が最後にネクタイを締めたのはいつのことだったか。

押し付けられたネクタイをああでもないこうでもないと、そのまま蝶結《ちょうむす》びでもしかねない虎木《とらき》を見かね、アイリスがネクタイを奪い返す。

「貸しなさい。全く呆《あき》れたわね。こんなことも一人でできないのに、何もかも一人でやろうとしてたわけ？」

そしてアイリスは虎木《とらき》の顔をぐぐっと引き寄せた。

「ちょ！　な、何をしてるのですか！　そんな羨ましいこと！」

アイリスが虎木《とらき》の首に手を回し、ネクタイを締めていることに未晴《みはる》が抗議するが、

「何が羨ましいのよ。一人でネクタイも締められずに女にさせるなんて、男としてまるでなっちゃいないわ」

アイリスが男の何を知っているのかと言いたくなるのを、虎木《とらき》はぐっとこらえる。

「はい、できた。それじゃあ外を見てごらんなさい。私達がどこにいるのか分かるから」

「～～っ!!」

美しい逆三角形型の結び目を器用に作り、虎木《とらき》の胸を叩《たた》くアイリスを見た未晴《みはる》は、小振袖を噛《か》みちぎりそうになるほど悔し気に唸《うな》った。

そんな、今まで見たことのない未晴《みはる》の姿を横目に虎木《とらき》は、窓の外を覗《のぞ》き、

「……海……いや、港……まさか！」

遠景に、横浜港を見つけ、虎木《とらき》ははっとする。

「流石《さすが》はヒキファミリーのコネよね。乗りたいって言ったら、すぐに手配してくれたわ」

それは、未晴《みはる》が虎木《とらき》にもたらした、室井《むろい》愛花《あいか》が乗っているというクルーズ船の名前だった。

「メアリ一世号……」

「未晴《みはる》が？」

未《いま》だに顔を赤らめている未晴《みはる》は、悔しそうにアイリスを睨《にら》んでから、ふいと顔をそらした。

「そ、その女の口車に、あえて乗ってやったまでのことです！　比企《ひき》家としてもこれ以上面倒な吸血鬼の案件を増やすわけには参りませんから！」

「本当に助かったわ。闇十字でも手配しようとしたんだけど、今からじゃエコノミー客室しか入れないって言われて、困ってたのよ。その点一等の客なら、船内のどんなVIPエリアにも足を踏み入れられるし、人探しも簡単になるわ」

虎木《とらき》は呆然《ぼうぜん》と二人を見る。

「もういい加減わかったでしょ。ここは豪華客船メアリ一世号のグランドスイートルーム。豪華客船っていうのは、男性が一人でバカンスをするようなところじゃないわ」

そう言うとアイリスは、戸惑う虎木《とらき》の右の肘をふわりと取る。

「豪華客船で男が自然に歩き回るなら、ファミリーか、パートナーが必要よ」

「ゆゆゆゆゆゆゆゆゆゆゆ許しませんっっ!!」

そんなアイリスの動きに対抗するように、まるで虎木《とらき》の肩から先をもぎ取らんばかりの勢いで、未晴《みはる》が左腕を引っ張って来た。

「何がパートナーですか図々《ずうずう》しい！　あなたは比企《ひき》家のお金でここにいるのですよ！　虎木《とらき》様のパートナー役は私が務めます!!」

「別にいいわよ。その代わり上手《うま》くいけば上手《うま》くいくほど、ユラがムロイアイカを見つけて人間に戻る可能性が高くなるわけだけど、ミハルはまさか、ユラの邪魔をしたりしないしないわよね！」

「こ、こ、こ、このっ!!　し、し、し、したりするものですか！」

「言ったわね。ところでユラ」

「な、なんだよ」

人生初の、そしてもしかしたら死の直前かもしれないタイミングでの両手に花が、こんな恐ろしいものだとは思わなかった。

長生きはするものだ。

「私とミハル、どっちをパートナーとして連れて行くの？」

「虎木《とらき》様！」

「いやぁ……お前ら……七十過ぎの老人に……そういう選択を迫るのは……血圧が……」

普段ポンコツが過ぎるくせに妙に強気で言いくるめてくるアイリスと、普段強気で冷徹なのに完全にアイリスのペースに乗せられている未晴《みはる》。

一体何が起こっているのか分からないまま、虎木《とらき》が出した結論は、

「ふぁ……ファミリーでもいいって……言ってたよな……？」

実に低血圧なものだった。

※

「な、なぁ、こういうときってのは外側のフォークから使うんだよな」

「ユラ……ちょっと緊張しすぎじゃない？ 使わなければ回収してもらえるから大丈夫よ」

「マナーは大切ですが、大人として人前で食事する上での常識さえ弁《わきま》えていれば、そこまで改まることはありませんよお兄様《にいさま》」

三人がいるのは、スイートクラス以上に宿泊する客が利用できるレストランだった。

「……味が分からん」

「よくそんなていたらくで一人で乗り込もうとしてたわね。どうやって入り込む気だったの」

「そりゃあ、普通に霧になって乗り込むだけだ。後のことは中に入ってから」

「この船は二時間後の十九時に出航。次の寄港は三日後の那覇ですよ。一体どこで日中をお過ごしになるつもりだったのですか」

「これだけの船だ。船底の方に行けば日光が入ってこない場所くらいあるだろ」

「今まで上手《うま》くいかなかったのって、ユラの無計画が原因だったんじゃないの」

「私もそんな気がしてきました」

「変なとこで意気投合すんなよ……第一、そんなに時間はかけない予定だったんだ。俺が吸血鬼の能力を使って入り込めば、あいつは俺を必ず察知する。これまでもずっとそうだった」

「それでまさか、出航までにカタをつけて船を降りるつもりだったの？」

「もしくは降ろされずに日干しにされて灰を海にバラまかれるかだな」

どこか達観しきった虎木《とらき》を見て、アイリスは顔を顰《しか》める。

「ミハル。この男、やめておいた方がいいわよ。基本考え無しだわ。こんなのと何百年か寄り添うとか無理じゃない？」

「そういう無謀なところも、ワイルドでいいものですよ」

「古　妖《エンシエント・ファントム》の子孫でも、恋すると前が見えなくなるのね」

「なぁ、二人とも」

虎木《とらき》は、サーブされたメインデッシュの、聞いたことも無い魚料理を見ながら言った。

「今のうちに船を降りてくれ、あいつと対峙《たいじ》したら、どうしても戦いになる。ただ怪我《けが》したり死んだりする危険ばっかりじゃない。お前達は正規のチケットで乗ってきてるんだろ。下手な大立ち回りをして、犯罪者にでもされたらどうするつもりだ」

「別に問題ありません。しばらく地下に潜ってほとぼりが冷めた頃に別の身分を用意します」

「ミハルに同じく。相手が古《エンシエント・》妖《ファントム》なら、負けても騎士団も便宜を図ってくれるから」

あまりに気楽に言い切る二人に、虎木《とらき》は目を白黒させる。

「……ね、ユラ。だからもういい加減観念して。今までは違ったかもしれない。でも、今回のあなたの戦いは、あなたの意思に関係なくあなただけのものじゃないの。私もミハルも、それぞれ別の理由、別の目的があって、あなたの仇《かたき》を追ってるだけ。だから別に、誰が相手を討ちとっても恨みっこ無しよ。目的はそれぞれなんだから」

「そ、そうです。過日は私もつれないことを申し上げたかもしれませんが、お会いしたときからこれまで、私は虎木《とらき》様の思いに寄り添っていきたいと心に決めているのです！　も、もちろん、私と添い遂げてくださるのなら、それに越したことはないのですが……」

「ミハル。妹がお兄さんに、随分な熱の入れようね」

「くっ……！」

口に運ぶフォークをかみ砕かんばかりの勢いで歯を食いしばりながらアイリスを睨《にら》む未晴《みはる》。

「二人の気持ちは……分かった。でも本当に用心してくれよ」

「古《エンシエント・》妖《ファントム》相手に油断できるはずない。私が吸血鬼について知る全てを動員して戦うわ」

「いざとなれば、お兄様がお休みの間に決着をつけてしまいましょう」

今の一言で、アイリスは夜に決着をつけ虎木《とらき》の人間復帰を助け、未晴《みはる》は日中に決着をつけてしまうことで遠回しに虎木《とらき》に人間に戻ってほしくないと告げていた。

虎木《とらき》自身は未晴《みはる》の本心など知る由《よし》もなかったが、アイリスと未晴《みはる》はお互いの肚《はら》を読み合いながら、不敵な表情で食事を進める。

「……」

仲が良いのか悪いのか、案外会話を流暢《りゅうちょう》に続けるアイリスと未晴《みはる》を見ながら、虎木《とらき》は灯里《あかり》との会話を思い出していた。

聞いてくれるだけで、楽になる。

アイリスを室井愛花《むろいあいか》から遠ざけたかったのは虎木《とらき》の本心だ。

だがこうして色々理由をつけながらも、彼女がここにいるのは虎木《とらき》のためを思っている部分があるのは、うぬぼれでなく間違いない。

今はそのことが単純に嬉《うれ》しいと思う自分がいて、

「七十年生きてても、自分のことってのは本当に分からん」

自分の調子の良さが、少しだけ嫌にもなる。

「ユラ、何か言った？」

「……いいや、なんでも」

こうなってしまった以上、アイリスと未晴《みはる》をこの場から遠ざけることに腐心するのは時間の無駄だ。

二人の存在を織り込んだ上で、この先どうするかを考える必要がある。

食事の前に、アイリスと未晴《みはる》が周到に用意した仕掛けについてはある程度耳には入れていたが、それはそれとして、できるだけその仕掛けに頼ることの無いよう、あらゆる可能性を考慮して行動せねばならない。

色々な意味で張り詰めたテーブルで、虎木《とらき》が必死になってコース料理を食べ終えた後、食後の紅茶を飲み終えたときのことだった。

「ねぇお二人とも」

未晴《みはる》が満足そうな顔のまま、二人に改まって呼びかけた。

「私、一度カジノに行ってみたかったんです。この後、行ってみませんか？」

「……構わないが、確かこういう船のカジノは、日本の領海を出てからじゃないとダメなんじゃなかったか？」

「お金は賭けられないけど、ノベルティと交換するようなゲームはできるはずよ。練習がてら、行ってみましょうか」

未晴《みはる》らしくもない唐突な遊びの誘いに、虎木《とらき》もアイリスも自然に乗った。

「それじゃあお兄様、どうかエスコートを」

そう言って未晴《みはる》は虎木《とらき》を目で促し、虎木《とらき》も素直に未晴《みはる》の手を取り席を立たせる。

「ちょっと待って。カジノが初めてなら、たしかレッスンが行われてるんじゃなかったかしら。

お金を賭けなくても、いきなりゲームデビューは場の雰囲気を壊すかもしれないわ。デビューは明日にして、今日はそっちの練習をした方がいいんじゃないかしら」

「ご宿泊されている部屋からお電話でお申し込みください。今からなら、三十分後に一つ、クラスが開催されるはずです。よろしければこちらから連絡することもできますが、いかがされますか？」

「……あらそうなの。でも一旦部屋に戻ってから決めるわ。ありがとう」

「承知いたしました。ご利用、ありがとうございました」

アイリスのシートを引いた男性スタッフが耳ざとくそうアドバイスをしてくれたおかげで、三人の会話はより自然なものとなった。

そして三人はそのまま、レストランを後にする。

入り口のドアをくぐる直前、虎木《とらき》は一瞬だけ、店内を振り返った。

三人が座っていた席から船内のカジノ側の方角にあるテーブルに腰かけた、一人の貴婦人。

慣れた様子でスタッフと何か話をしているその顔を、虎木《とらき》は一日たりとも忘れたことは無かった。

室井《むろい》愛花《あいか》。

あの雪の夜、虎木《とらき》を吸血鬼へと変貌させた女は確かに今、三人と同じ船に揺られているのだ。

視線を送ったのは一瞬。

すぐに顔を前に向き直り、三人の背後で扉が閉まる。

そして、

「どうするの」

「別にどうもしないさ」

虎木《とらき》は軽くネクタイを整え、その上でベルトの穴を一つ緩める。

「何してるの？」

「結構量あったろ。普段あんなに何皿も食わねぇから腹が苦しい」

色々な意味で自分の首を絞めるばかりの発言を繰り出してから、

「折角こんな贅沢《ぜいたく》させてもらってるんだ。普段飲めないような酒でも試しに行こうと思ってる。いきなり無茶なことはしないから、落ち着いたらお前らも来てみてくれ」

「……お兄様、私の年齢、お忘れですか？」

「ああ、そういやそうだったな。じゃあアイリス。さっきはありがとうな、未晴《みはる》、アイリスのこと頼んだ。ちょっと行ってくる」

虎木《とらき》は身を翻《ひるがえ》し、レストランに併設されているバーカウンターへと向かう。

「……さて、私達はどうしましょうか……ん？」

虎木《とらき》を見送ってから、未晴《みはる》は腕を組むが、すぐ隣でアイリスが青い顔をして蹲《うずくま》ってしまったのを見て目を見開く。

「ちょっと、どうしたんですか」

「どうしてサーヴは女の子だったのに、最後の最後で男性のギャルソンが来るのよ……」

最後にカジノレッスンの話題を男性ギャルソンに振られたとき、アイリスはごく自然に応対した
あの瞬間に、普段のようなパニックに陥れば、どうしても周囲の目を引いてしまう。

アイリス一世一代の大芝居だった。

「……ああ、まったく」

未晴《みはる》は嘆息すると、アイリスの手を取って、立ち上がらせる。

「出航前から船酔いなんかして、みっともないですね」

「……ありがと。ちょっと部屋までお願い。そうしたら」

未晴《みはる》の肩を借りながら、アイリスは歯を食いしばる。

「作戦開始よ」

※

虎木《とらき》は、レストランの出入り口とは反対側のバー専用出入り口から、少々の緊張とともにバーラウンジに入る。

「ん」

如何《いか》にもな高級バーだったので、きっと全く見たことのない酒が目白押しなのだろうと思いきや、カウンターに並ぶ瓶の中に、見覚えのある青いボトルがあった。

それと同時に、狼男《おおかみおとこ》の相良《さがら》のことを思い出す。

虎木《とらき》はカウンターにかけると、自然にそれを注文した。

「ジントニックを。ポンペイ・サファイアで」

洗練された手つきで出されたカクテルグラスはライブハウスのそれより薄く、ドリンクの冷たさがはっきりと口に伝わる。

氷の細かくもランダムなクラッシュ具合が、トニックウォーターの味わいをまろやかにし、とても同じカクテルを飲んでいるとは思えなかった。

「でも俺はあっちの方が好きだなぁ」

浄水器を通した氷を適当に転がして、安物のライムを刺した、相良《さがら》の作るジントニックの方が、常日頃の自分にふさわしい。

そんなことを考えていると、ふわりと甘やかな香りが虎木《とらき》の席の隣に腰かけた。

「お隣、よろしいかしら」

科学的な分析では、異性の声は高音域よりも低音域の方が、その異性に対する好意と興味を喚起させるものなのだという。

その意味でその女性の声は、あらゆる男性を虜《とりこ》にせずはおかない、ビターチョコレートのような響きを帯びていた。

「この船は初めて？」

「ええ」

「それなら、いいカンしてるわ。他にも何軒かテナントが入っているけど、レストラン付きのここが一番腕がいいの」

「よく乗るんですか」

「時々ね。でも楽しい旅とは無縁。いつも仕事で仕方なく」

「羨ましいですね。仕事だろうとなんだろうと、こういう船に乗れる仕事が何なのか、俺には想像できない」

「慣れてしまえばそれはただの日常。楽しいのは最初だけ」

「そういうものですか。俺にはあなたが、すこぶる人生を楽しんでいるように見えますが」

男と女は、お互い全く顔を合わさずに、視線をカウンターの上に置くだけ。

やがて彼女が何も言わないうちから、彼女の前に赤い液体に満ちた細身のタンブラーが置かれた。

「一杯いかが？　ブラッディ・メアリ。このバー一番のお勧めよ」

ウォッカをベースにトマトジュースとレモンジュース、更に好みで塩コショウにタバスコまで入る、濃厚で辛口のカクテルだ。

「初めてこの船の名を聞いたときから、そうだと思っていました。メアリ一世号。船の名につけるには、いまいち縁起が悪い」

「私は好きよ。この星で最も巨大な『流れ水』、海の上を行く旅だもの。船の名前くらい、多少血腥《ちなまぐさ》くないとね？」

そう言うと、女はグラスを虎木《とらき》の方に傾けた。

「あの可愛《かわい》い子達は、恋人かしら。少し見ない間に、随分なプレイボーイになったものね」

「押しかけ居候《いそうろう》と許嫁《いいなずけ》気取りです。そんな良《い》いもんじゃない」

虎木《とらき》も、半分ほど飲んでしまったジントニックのグラスを傾ける。

「ジントニックも、ブラッディメアリも、難しいカクテルじゃない。だからこそバーテンの腕が試されるお酒よ。どんなに俗なものでも、本物が作り本物が磨けば、本物になるわ」

「そりゃ困った。本物になられる前に、俺自身の身の振り方を考えないと」

虎木《とらき》と女のグラスが、ささやかに打ち鳴らされる。

女は軽くカクテルに口をつけ、虎木《とらき》がジントニックを飲み干す間に、半分ほど飲んで、

「彼の分も、私の部屋につけておいて」

艶然《えんぜん》とした笑みを浮かべ、立ち上がる。

虎木《とらき》も何も言われないまま立ち上がり、彼女の後に続き、初めてその女の姿を見た。

赤いイヴニングドレスに、黒いストール、ハイブランドのエナメルバッグに、白いハイヒール。

その二人の後ろ姿に、バーテンは小さくお辞儀をした。

「かしこまりました。室井《むろい》様」

「来てくれないんじゃないかと思ったわ」

「丁寧に招待状をもらったんだ。来ないわけにはいかないでしょう」

船のデッキを夜風に吹かれながら、虎木《とらき》は室井《むろい》愛花《あいか》の後ろについてゆったりと歩く。

「あんたがあんなに分かりやすく、未晴《みはる》に尻尾を摑《つか》ませるはずがない。どこからが仕込みだったんです？」

「比企《ひき》家の情報網は大したものよ。警察や公安と連絡を取って、領海外から来る全ての船や飛行機に網を張ってる。たまたまそれに、私が引っかかっただけ」

「身を隠すことだってできたでしょう」

「折角五年ぶりに日本に来るんだもの。そんな窮屈な旅はしたくないわ。それに、横浜に居られるのは一日だけだったから、あなたが来てくれるかどうかも怪しかったし」

乗客定員三千人規模のメアリ一世号は、それ自体が一つの眠らない繁華街だ。

国際航路を行く客船は先ほど未晴《みはる》が言ったカジノであったりバーやダイニングがオープンし、ナイトプールやクラブ、ナイトショーなどが営業されている。

だからこそ宿泊階を除けばパブリックスペースには多くの人がいるはずだった。

だが、横浜港の夜景を一望できるメアリ一世号の最上階のムーンデッキには今、虎木《とらき》と室井《むろい》愛花《あいか》しかいなかった。

穏やかな海風が、肩口まで伸びた黒い髪を撫《な》でる。

「だから、小此木《おこのぎ》や網村《あみむら》があなたと会ったのは、本当に偶然よ。あなたが小此木《おこのぎ》を倒したとき、私は香港《ホンコン》にいたんだけど、小此木《おこのぎ》と網村《あみむら》が闇十字に捕らえられたのを知ったのも、つい昨日のこと。彼らは別に私の直接の『子』じゃない。ただ、日本に根差すことのできそうな人達だったから、日本に渡らせただけ。だから本当は日本に来る気は無かったんだけど……でもね」

愛花《あいか》はバッグの中から、パスケースのようなものを取り出し、虎木《とらき》の足元に放る。

「……どういうことだ」

「顔つきが変わったわね」

パスケースに収められていたのは、アイリスの写真だった。

「日本に赴任したって聞いてね、直接顔を見たいと思って。だからさっきレストランに入ったとき驚いたわ。あなたと比企《ひき》未晴《みはる》が、彼女と楽しそうに食事をしてるんだもの」

愛花《あいか》は、血のように赤い唇を月のように歪《ゆが》ませながら言った。

「私はね由良《ゆら》。あなたのことが心配なの。アイリス・イェレイ。彼女は天性の修道騎士よぉ？　私の優秀な『子』であるあなたが狩られちゃったら大変じゃない？」

名前も身分も知っている。

だがアイリスの方は、虎木《とらき》が身の上話をするまで、室井《むろい》愛花《あいか》のことをまるで知らない様子だった。

ここに来て一体どういう繋《つな》がりがあるというのか。

「人違いじゃないか？　俺の知ってるアイリス・イェレイは、どうしようもないポンコツだ。俺を狩るようなマネ、あいつは絶対にしない」

「『親』としては、子供のためならどんな不安の種も刈り取っておきたいものなのよ。ここで会ったのも何かの縁だし、彼女にも仲間になってもらいましょうか」

「させねぇよ」

「あらあら」

次の瞬間、虎木《とらき》の姿が黒い霧となって掻《か》き消える。

愛花《あいか》は微笑《ほほえ》みを崩さない。

夜空に散り散りになる虎木《とらき》の霧のある一点を正確に追い、

「人の土俵で戦うのは得策じゃないって、前も言ったでしょ」

愛花《あいか》はバッグの中から銀色の輝きのナイフを夜空の一点に正確に投げつける。

「がっ!!」

愛花《あいか》がナイフで撃ち抜いた虚空《こくう》から転がり落ちるように虎木《とらき》が飛び出してきて、無様にデッキの上に落ちた。

「吸血鬼のお前が、銀のナイフだと？」

虎木《とらき》の霧を撃ちぬいたのは、聖別された銀で作られた投擲《とうてき》ナイフだった。

虎木《とらき》の足先が、灰となって砕け、銀色のナイフはデッキの壁に突き立っていた。

「使い方次第よ。私には人間の協力者もいるから、持つ場所だけどうにかなってしまえば」

愛花《あいか》はそう言いながら、虎木《とらき》に向かってナイフを投げた右手を開いた。

「多少の犠牲はやむを得ないわ」

たおやかで美しい手に、黒々とした火傷《やけど》を見せる。

「このナイフの柄《つか》はねぇ、百年ちょっと前の戦争のとき、戦場に乱雑に建てられた十字架から切り出したものなの。多くの恨みの血を吸って、象徴する聖性すら凌駕《りょうが》して、神が己を見放した絶望に駆られて死んだ多くの戦士達の無念から生まれた邪悪な木よ」

愛花《あいか》は微笑《ほほえ》みながら、更に船の照明でできた虎木《とらき》の影に新たなナイフを突き立てる。

「うぐっ!!」

虎木《とらき》の左肩が動かなくなる。

アイリスが網村《あみむら》の動きを封じたのと同じ、聖なる技だ。

「進歩していないのねぇ。五年間何をしていたの？　女の子の写真一つで頭に血が上って、まだまだ若いわねぇ」

「くそ……っ！　うがっ！」

更に新たなナイフが無事な側の足の影に突き立てられ、虎木《とらき》は完全に動きを封じられてしまった。

「女の子達を部屋に返したのは、私と戦わせないため？　駄目ねぇ由良《ゆら》。格好つけるなら、あなた自身がもうちょっと強くならないと」

愛花《あいか》はころころと、鈴が鳴るような声で笑う。

「その点、アイリス・イェレイはすごいわよ？　彼女の家系には随分苦労させられたわ。『イェレイの騎士』と言えば、闇十字最強の呼び名も高い名家ですものねぇ」

「イェレイの、騎士？」

「ええ。彼女もその才を立派に継いでいる。アイリス・イェレイが初めて吸血鬼を殺したのは、彼女がまだ十歳のときよ」

「……お前、どこまでアイリスのことを……」

いくら何でも、異常すぎる。

アイリスの側は愛花《あいか》を知らないのに、愛花《あいか》がここまでアイリスの過去を細かく知っているのは、どう考えてもおかしい。

「どうしてそんなことを私が、って顔してるわねぇ」

こんな異常事態の元でもなお、美しいと思わせてしまう悪戯《いたずら》っぽい表情を浮かべ、愛花《あいか》は身動きできない虎木《とらき》の耳元に屈《かが》みこんで囁《ささや》いた。

「あの子が初めて倒した吸血鬼について尋ねてごらんなさい。きっと、面白い話が聞けるわ」

虎木《とらき》は身動きできない体で、それでも顔を顰《しか》める。

思わせぶりなことをこいつが言うときは、当たり前のようにロクでもないことを考えているときだ。

そして、愛花《あいか》が何を企《たくら》んでいようと、ここでこいつを倒せばそれで何もかも終わる筈だ。

「悪いが、俺はあんた以外の吸血鬼には興味が無くてね」

「あら、由良《ゆら》ったら」

愛花《あいか》は虎木《とらき》の背筋に心底悪寒《おかん》を走らせる笑みで、言った。

「大きくなってもまだまだ子供ね。そんなに、お母さんのことが恋しい？」

「……っ!!　未晴《みはる》っ!!」

「あら」

虎木《とらき》の絶叫とともに、夜空に巨大な月光が閃《ひらめ》いた。

「っ」

月光は愛花《あいか》の頬を皮一枚だが切り裂き、その傷口から黒い霧を噴出させる。

「これはこれは比企《ひき》家のお嬢様じゃない。どうやってそんな物騒な物を船に持ち込んだの？」

変わらず振袖姿の未晴《みはる》は、抜身の日本刀を構えていた。

「捉えたと思ったのですが」

「並みの吸血鬼や、由良《ゆら》だったら首が飛んでいたでしょうね。でも、やっぱり若い子の生命力って、素敵よ。存在するだけで、ひしひしと美味《おい》しそうな香りがするんですもの。あなたの内に流れる、ヤオビクニの生命力にあふれる血のねぇ」

「お褒め戴《いただ》いたと思っておきます。虎木《とらき》様、立てますか」

未晴《みはる》は油断なく身構えながら、刀を素早くひらめかせて虎木《とらき》の影を拘束するナイフを弾《はじ》き飛《と》ばした。

「悪い、もう少しやれるつもりでいたんだが」

「あら？」

未晴《みはる》の隣で立ち上がる虎木《とらき》を見て、愛花《あいか》は微《かす》かに眉を顰《しか》めた。

灰になったはずの虎木《とらき》の足が、元の形に戻っている。

「妙ね。そんな簡単に復元できるような傷じゃなかったはずだけど、一体どこでそんなにたくさん血を飲んできたの？」

肉体の復元は、質量保存の法則の問題で、吸血鬼の能力の中ではかなりエネルギーを消費する。

最初のナイフで膝から下を失ったはずの虎木《とらき》の肉体は、完璧に元に戻っていた。

「比企《ひき》家のお嬢さんから傷や血の気配はないし、かといってそんな大量の血は船に持ちこめないだろうし……不思議ね」

「金持ちで最強の吸血鬼であるお前には想像もつかない方法さ。というか俺も考えたことすらない方法だ」

「へぇ？」

「だから、まだまだ行くぜ？　お前もそのナイフ、無限に持ってるわけじゃないんだろ？」

「参ります！」

虎木《とらき》が再び黒い霧と化すが、それには一切構わずに未晴《みはる》に一足飛びで肉薄する。

「『核』を見抜ける吸血鬼には、その技は通用しないわよ」

愛花《あいか》は虎木《とらき》の方を見ようともせず、間合いの外から斬りかかってくる未晴《みはる》の鋼の刀身を、柔らかいはずの銀のナイフで的確に受け止める。

「あら？　その刀……」

「この船に乗り慣れている室井《むろい》様なら、見たことがあるのではありませんか？」

「ええ、思い出したわ。日本かぶれした海外の素人好事家《しろうとこうずか》が好きそうな、下品な柄《つか》と鞘《さや》の色……ショッピングモールデッキの高級日本工芸品店にあったものね」

「戦闘能力も刀としての価値も、私のコレクションの足元にも及ばない品ですが、要は使い手

の問題ですから」

小振袖に草履に刀の未晴《みはる》と、ハイヒールにイヴニングドレスで銀のナイフの愛花《あいか》。

およそ戦闘に向いているとは思えない二人の剣戟《けんげき》に、黒い霧が割って入る。

「キャットファイトに男が割り込んでも、痛い目見るだけよ？」

黒い霧に体を摑《つか》まれることを警戒するかと思いきや、愛花《あいか》は未晴《みはる》の刀をさばきながら虎木《とらき》の霧をハイヒールのヒール先で蹴り上げた。

それだけで、黒い霧が灰の粒となってぱらぱらと力なく床に落ちる。

「ヒールの踵《かかと》に銀の板……用意周到ですね」

「あなた達ほどじゃないわ。人間だけじゃなく、ファントム達にも私の首を狙う奴《やつ》は多いからねぇ。これくらいは当然よ」

玉の汗を浮かべている未晴《みはる》とぽろぽろと灰化する虎木《とらき》を相手に全く退かない愛花《あいか》。

逆に虎木《とらき》と未晴《みはる》が徐々に徐々にデッキ際に追い詰められてしまう。

「それで、私に追い詰められたふりをしておいて……」

その瞬間、虎木《とらき》の霧が海を逃げるタコの墨の如《ごと》く愛花《あいか》の視界を覆い尽くし、空を隠す。

「その向こうから隠された騎士を突っ込ませるなんて芸がな……」

空気圧によって、虎木《とらき》の黒い霧が切り裂かれる。

二発の銀の弾丸によって。

「なっ‼」

愛花《あいか》が初めて硬い表情を浮かべ、大きく跳躍して未晴《みはる》から距離を開ける。

「外したっ⁉」

「いえ、当たっています！」

アイリスの確認に、未晴《みはる》が答える。

弾丸から遅れること一秒。

虎木《とらき》の霧を突き破って飛び込んできたアイリス・イェレイは徒手空拳だ。

銃のようなものは見当たらない。

当然だ。

どんな手を使おうと、未晴《みはる》の入手したチケットで正面から客船にチェックインしているのなら、銃など持ち込めるはずがない。

「さすがに油断が過ぎたわね。いつ以来かしら、銀で体を貫かれたのは」

イヴニングドレスの脇腹に、穴が開いている。

その穴からは内側の傷ついた肌も血も見えず、微《かす》かに灰がこぼれるだけだった。

「どんな手を使って撃ってきたのか分からないけど、さすがにイェレイの騎士ね。でも、相手を間違えた火遊びすると、火傷《やけど》じゃすまなくなるわよ」

『……一旦引くぞ。奴《やつ》が本気を出す』

霧の虎木《とらき》が、未晴《みはる》とアイリスを渦巻いて覆い隠そうとする。

しかし。

「かあああっ!!」

音の壁、としか言いようのない目に見えぬ圧が愛花《あいか》の口から放たれ、アイリスも未晴《みはる》もよろめき、虎木《とらき》の霧が吹き飛ばされてしまった。

「おイタをする子は、少しくらい、怖い思いをした方がいいようね」

愛花《あいか》のドレスのすそとストールが、潮風とは違う圧力で巻きあがる。

「強者が弱者に気を遣わなきゃいけない理由なんか、どこにもないのよ」

夜空の全てを凝縮したような黒が愛花《あいか》を包み、薄着のアイリスは冬の港の寒さとは全く違う震えを覚えた。

夜会服の似合う美女は、そこにはいなかった。

いるのは醜悪という概念を凝縮したような、死の魔女とも呼ぶべき無数の牙を持つ魔物であった。

「まさか……ストリゴイ!!」

アイリスが叫び、未晴《みはる》が青ざめる。

「原初の、吸血鬼……!」

ドラキュラ伯爵の伝説が世上に広まる遥《はる》か以前から、死の魔法によって生み出されたと言われる古妖《エンシエント・ファントム》、古吸血鬼の一種。

『久しぶりね、イェレイの騎士。楽しませてもらうわよ』

「危ないっ!!」

瞬《まばた》きよりも短い間に、夜が空間を詰める。

未晴《みはる》が繰り出した刀は確かにストリゴイの肉体に突き立ったのに、まるで鋼鉄に叩《たた》きつけたように刃が通らない。

それでもその一撃でアイリスの喉に迫った死の爪が数ミリの誤差で止められた。

「助かったわ！」

「いいから逃げなさいっ！」

『二人とも摑《つか》まれっ!!』

虎木《とらき》がアイリスと未晴《みはる》の腰を霧で抱き上げてデッキ上部の屋根に放り投げるが、虎木《とらき》の背後からその軌跡を追うように黒い霧が追いすがる。

『くっ！　待ちやがれ!!』

虎木《とらき》は霧を絡《から》ませて引き留めようとするが、完全に力負けし、そのまま引っぱり上げられてしまう。

そのまま屋上で待ち構えていたアイリスと未晴《みはる》の足元に叩《たた》きつけられ実体化してしまうが、

「このっ!!」

叩《たた》きつけられた姿勢のまま、虎木《とらき》は爪から血の糸を噴出させる。

「お前が気にもしてなかった吸血鬼の技だ!!」

「ユラ!! 釘《くぎ》を!」

吸血鬼小此木《おこのぎ》が使った血の糸の技で、アイリスが咄嗟《とっさ》にばらまいた白木の釘《くぎ》を絡《から》めとる。

「いてえええええええ!!!」

血を通じて吸血鬼の血に反応する白木の聖性に悲鳴をあげながら、虎木《とらき》は血の糸をストリゴイの霧の中に叩《たた》きつけ、

「弾《はじ》けろっ!」

霧の中で白木の釘《くぎ》を爆散させた。

銀色の金属質な破裂音が内側からストリゴイの霧をわずかに散らし、追撃を食い止める。

『……やるじゃない』

「ユラ! 血の糸を切り離して!!」

いつの間にかアイリスの手元に聖槌《せいつい》リベラシオンが握られ、回転する銀色の軌跡からまるで野球のノックのように、銀の弾丸がストリゴイの霧目掛けて撃ち出される。

『おかしいわね……』

ストリゴイの霧は銀の弾丸は警戒したようで、僅かに距離を取った屋根に降り立ち、アイリスを警戒するように濁った瞳を三人に向ける。

虎木《とらき》と未晴《みはる》は現れた時から手口が変わらないが、ストリゴイの目にはアイリスの武装が徒手空拳から徐々に強化されているように映るはずだ。

『リベラシオンなら普通の大工道具と言えなくもない……でも、その銀の弾丸は、普通に乗船したなら絶対に持ち込めないわよね』

「気にしないで、弱者のあがきよ」

『最初にユラの霧越しに撃ってきたのは銀を固めただけのただの礫《つぶて》。でも今のは騎士の聖銃デウスクリスの弾丸。弾丸みたいな危険物を、どうやって客船の中に持ち込んだのかしら。国際航路を行く船だから、荷物検査は厳重なはずよ。誰か、協力者が別に乗り込んでいるのかしら？』

「だとしても、お強い古妖《エンシエント・ファントム》には関係ないことよ。これからずっと私達を侮《あなど》って油断しててちょうだい」

『ふふふ、あまり調子に乗ると、敵の怒りの限界を測りそこなって死ぬわよ』

ストリゴイの深紅の瞳が、ぬらぬらと冬の大気の中で明滅する。

「そいつは恐ろしいな。だが元々、こっちも長く持つとは思ってなくてな」

『……？』

貸衣装のスリーピースのあちこちをボロボロにしながら、虎木《とらき》が右手を上げる。

黒い霧になるわけでも、攻撃の予備動作だったわけでもない。

ただ掲げられたその手の平に、小さな影が蹲《うずくま》っていた。

「ナイスタイミングだ。つく相手を間違えない奴《やつ》は嫌いじゃねぇぜ」

虎木《とらき》の掌《てのひら》の上にいるのは、人の世界のど真ん中、繁華街を根城にする小さな小さな生き物。

ドブネズミだった。

『……貴様っ‼』

「あなたの神に祈りなさいっ‼」

次の瞬間、アイリスの手にはまさしく降って湧いたように聖銃デウスクリスが出現し、二発の弾丸が的確に、古吸血鬼ストリゴイの額と心臓を撃ち抜いた。

『がっ……‼』

冬の夜に鳴り響いた二発の号砲とともに、ストリゴイの姿が灰となって溶け始め、するすると縮み、やがて激しく血を吹き流す室井愛花《むろいあいか》の姿に戻った。

「くぁっ……！」

ストリゴイの姿よりも小柄な人間の姿を取ることで傷口を塞ごうとしているが、それでもダメージは大きく、よろめいて膝を突き、胸と額の周囲から徐々に灰化してゆく。

「あ、網村《あみむら》……あなた……よくも……私を裏切ったわね……」

「彼には闇十字《やみじゅうじ》騎士団日本支部と、比企《ひき》家による保護を申し出たわ。そうしたらすぐに、私達に従うって約束してくれた」

『元々好きで吸血鬼になったわけじゃないからな。今まで人間社会で追われるのが怖くて、アウトローをやってたんだ。公的機関に守ってもらえるなら、縋《すが》らない理由が無い』

虎木《とらき》の手の中で、ドブネズミの網村《あみむら》がきいきいと言う。

「リベラシオンも、デウスクリスも、彼に持ち込んでもらったものよ。横浜中華街や港にもネズミはつきもの。ドブネズミの体格と力なら、往復すればこれくらいの荷物を運ぶのはワケないわ」

「比企《ひき》のお嬢さんの派手な刀や着物の立ち回りも、大味な由良《ゆら》の変身も、全部暗がりをちょろちょろとうろつくネズミから目をそらすための仕込みだったというわけ……ふふ」

愛花《あいか》はがくりと尻もちをつき、血を流しながらデッキにあおむけに倒れる。

「ユラ。今よ。額と心臓を銀の弾丸で撃ち抜かれたら、古妖《エンシエント・ファントム》であろうともう動けないわ。勝てば人間に戻る方法があるんでしょ！」

「私は虎木《とらき》様が人間であろうと、この想《おも》いは変わりませんから！」

「……」

「ユラ！　何してるの！」

「……アイリス、未晴《みはる》」

徐々に徐々に灰化が進む愛花《あいか》を見ながら、虎木《とらき》はなぜか動かない。

いや、動けない。

「油断するな。奴《やつ》はこんなことくらいじゃ死なない」

「はあ⁉　何言ってるの？」

「虎木《とらき》様……？」

「俺も五年前、ここまでは行った！」

「えっ？」

アイリスが眉根を寄せたそのときだった。

倒れたはずの愛花《あいか》が、引き起こされる操り人形のように重力を無視して起き上がった。

「……人間に戻る……ねぇ」

「ひっ！」

『マジかよ！』

「……そんな、バカな……！」

頭の上半分が灰化し、胸に大穴が開いた状態で愛花《あいか》の唇がにやりと笑う。

「銀の弾丸だから大丈夫だとは思わなかったのねぇ。成長したじゃない」

「お前相手にそんな油断できるかよ。灰化の速さを調整しやがって。途中からいきなり灰化の勢いが弱まる吸血鬼なんていてたまるか」

「ウソ、でしょ」

弾切れしたデウスクリスを握ったアイリスは、目の前で灰化した頭部が再生してゆく様子を見て、唇を戦慄《わなな》かせる。

「いい腕だわ。イェレイの騎士。ここまで的確に撃ち抜かれたのは、二百年以上ぶりよ」

やがて、左胸の穴も完全に塞がってしまう。

「でも残念。ストリゴイって吸血鬼種について、勉強不足だったようね」

愛花《あいか》は左胸に手を当てて、小さく微笑《ほほえ》んだ。

「どうしてストリゴイが古妖《エンシエント・ファントム》と呼ばれているかもう一度勉強し直すのね。死から生まれ、死によって生成されたストリゴイは、吸血鬼でありながらその肉体は人や普通の吸血鬼とは根本から異なる」

そう言うと、愛花《あいか》は自分の右胸に触れた。

「私の心臓は、一つだけじゃないのよ」

わずかにドレスを傷つけただけで、ほとんど戦う前の姿に戻ってしまった愛花《あいか》。対して虎木《とらき》は満身創痍《まんしんそうい》、未晴《みはる》の剣術は一切通じず、アイリスももはや武装を半分以上無効化されている。

「……ここまで、ね」

すると突然、アイリスが諦めたように、肩を落とした。

「あら？　諦めちゃうの？　諦めたとして、生きて帰れると思ってるの？」

アイリスを嘲るように笑う愛花《あいか》だったが、アイリスは思いのほか素直に頷いた。

「ええ。私達は帰るわ。だからそちらも今回は、退《ひ》いてもらえると助かるわ」

「面白いこと言うのねぇ。どうして私がそんな話に乗ってあげなきゃいけないの？」

「吸血鬼は全身の能力が人間より高いはずだけど、古妖《エンシェント・ファントム》でも、耳は普通なのかしら」

「……？」

「ほら、聞こえない？　船の中で大変な騒ぎが起こってて、人間社会の治安維持組織が近付いているのを」

「……おい、アイリス」

「何」

「俺、その件について何も聞いてないんだが、連れて来てるの網村《あみむら》だけじゃないのか？」

『ぐ、ぐ、ぐるし……』

虎木《とらき》の手に握られて呻《うめ》く網村《あみむら》ネズミ。

愛花《あいか》がはっと振り向くと、遠くから無数の緊急車両のサイレンの音が近付いてくる。

「もちろん。まだまだユラにも話してないこと、いっぱいあるわ」

「……はあ……やはりこうなりましたか」

アイリスと未晴《みはる》だけが何かを知っているようで、未晴《みはる》は刀を身構えつつも嘆息していた。

「ファントム御用達《ごようたし》の客船に乗ったお客様方は不運だったわね。やっぱりファントムって、人間社会に有害だわ」

「おい、アイリス⁉」

「今頃ショッピングモールでは、この世に存在しないはずの暴漢が大暴れしてるわ」

「この世に存在しない……？」

愛花《あいか》は怪訝《けげん》な顔をしたが、何を思ったか、まるで魔法のようにスリムフォンを取り出して、何かを操作し始める。

「あっ！　それ俺の……‼」

「さっき霧が絡《から》んだときに失敬したのよぉ。警察でも呼ばれちゃ面倒だと思ってね……結局呼ばれたわけだけど……もう、ただでさえ吸血鬼の指は認識されにくいのに、画面割れしてるじゃない……あ」

つい先ほどまで、命を奪い合った古妖《エンシエント・ファアントム》が、割れたスリムフォンで何事かを調べている姿は噴飯もの以外の何物でもない。

そしてしばし息詰まる時間が流れ、唐突に愛花《あいか》はけたたましく笑い出した。

「あはははははは‼　なるほど！　そう言えば網村《あみむら》のところにこんなのがいるって聞いたことがあったわ！　イェレイの騎士、これ、あなたの仕込みなの？」

「まぁね。私もミハルと話して思うところはあったし、闇十字もこの数十年で、少しずつだけど意識改革が進んでるから」

「これは明日のニュースが楽しみねぇ。もうネット上ではちょっとしたトレンドになってるみたいだし。あははは！」

愛花《あいか》は涙まで流して一通り笑ってから、スリムフォンを虎木《とらき》に放ってよこした。

虎木《とらき》は表示されている画面を見て、

「……おい、嘘《うそ》だろ」

スリムフォンの画面に表示されていたのは、虎木《とらき》も名前を知っているメジャーな短文投稿型SNSアプリの投稿。

そこには、豪華な客船の内装をさんざんに荒らしまわる、巨大な狼男《おおかみおとこ》の動画が捉えられていた。

ご丁寧に検索に引っかかりやすくなるようハッシュタグまでついて、ホーム画面には『横浜港の豪華客船に暴漢乱入。乗客人質か』との見出しを付けた地上波ニュースのストリーミング再生まで表示されていた。

「めちゃくちゃ大事《おおごと》になってんじゃねぇか！　これどうカタつけるつもりだ⁉」

『い、いや、俺達はただ、あんた達の計画に従えば後々の生活と安全を保障するって言われただけで……潰れる、苦しい、やめてくれ……！』

虎木《とらき》と同じように事の大きさに驚いていた網村《あみむら》ネズミは再び握りつぶされそうになっており、この事態を頭から計画していたらしいアイリスと未晴《みはる》は、何食わぬ顔だ。

「相良《さがら》には、適当に暴れたら海に飛び出すか人間に戻って何食わぬ顔で客と一緒に下船するよう申し含めています」

「ミハルの手配で彼も乗船券は持ってるから、人間に戻ってしまえば不法侵入で捕まることもないしね」

「ニュー・チューブにロングバージョンが投稿されたら、再生数がどこまで伸びるか見ものねぇ。それとも今は廃れちゃった怪奇映像番組と同じ扱いを受けることになるのかしら」

そして古妖《エンシエント・ファントム》ストリゴイの口からはニュー・チューブときたものだ。

「色々考えるものねぇ。人間も、雑魚《ざこ》ファントムも、ツルめばそれなりに面白いことするじゃない。はーあ」

呆然《ぼうぜん》としつつ毒気を抜かれてしまった虎木《とらき》を見て、愛花《あいか》は小さく微笑《ほほえ》む。

「いいわ。今日のところは痛み分け。私も頭と心臓一つブチ抜かれて元気いっぱいってわけにもいかないし、日本政府や警察と事を構えるつもりもないわ。今日は大人しく引き下がってあげる。でも……」

室井《むろい》愛花《あいか》と名乗る古妖《エンシエント・ファントム》ストリゴイは、足元だけを黒い霧と化して、ふわりと浮き上がった。

「次に私が日本に来るのは、いつになるかしらねぇ」

「待てっ！　貴様っ！」

「あらあら由良《ゆら》、いいのよ？　あのときみたいに……お母さんって呼んでくれても……」

「和楽《わらく》が生きている間に、私を捕まえられればいいわねぇ」

「っ‼」

夜に溶けるように、黒い霧が愛花《あいか》の全身に浸食し、妖艶《ようえん》な笑みを浮かべた女性は、焚火《たきび》から巻き上がる煤《すす》のように、いつしか人の目にすら映らない微粒子となって横浜の明るい夜空に消える。

『イエレイの騎士……また会いましょう。次はもっと、楽しく遊びましょうねぇ』

最後の声まで虚空《こくう》に溶けても、虎木《とらき》もアイリスも未晴《みはる》も、愛花《あいか》が再び黒い霧となって襲い掛かってくるのではと警戒した。

だが五分経《た》ち、十分が経《た》ってもそんな気配は微塵《みじん》もなく、やがて誰もいなかったはずのデッキに、乗り込んできたらしい重装備の神奈川県警機動隊が何人か上がってくる。

「メインデッキに乗客三名発見。神奈川県警です！　申し訳ありませんが、これから乗客の皆さんには一度下船していただきます！　……って、あ！」

警察が乗り込んできたタイミングで愛花《あいか》が何もしかけてくる気配が無かったためにホッとした空気が流れそうになったが、虎木《とらき》は全身ボロボロ。アイリスは拳銃とハンマーの二刀流で、未晴《みはる》は抜身の刀を構えている。

いかに豪華客船の旅が一般庶民の常識外の世界だからといって、許容される有様《ありさま》ではない。

「え、あ、えーと、ぶ、武器を捨てろ⁉」

とはいえ小振袖の少女が刀でイヴニングドレスの外国人女性が銃とハンマーなので、暴徒鎮圧銃を持った機動隊員の声がつい疑問形になってしまうのも仕方のないことだった。

これは吸血鬼やファントムの存在が公になるよりよほど面倒になると虎木《とらき》が覚悟したときだった。

「彼らのことは良い。ここは私が責任を持つ。君達は下がりなさい」

機動隊員達の背後から追いかけてきた声が、空気を変える。

「は⁉　いやしかし……！」

「いいんだ。思いきり不審なのは分かるが、彼らに害意は無い。迂闊《うかつ》な手出しは外交問題にもなる。ここは私に任せなさい」

アイリスも聞いたことのない中年男性の声。

機動隊員が渋々銃を下ろし、二つに割れると、彼らの背後から二人の男性が現れた。

「全く、揃《そろ》いも揃《そろ》ってとんでもない大立ち回りをやってくれたな」

一人は、苦虫を噛《か》みつぶしたような顔でコツコツと杖《つえ》を突きながら現れた虎木《とらき》和楽《わらく》だった。

そして和楽《わらく》の隣には、和楽《わらく》を三十歳若返らせたような顔の中年男性。

「やぁ、良明《よしあき》君。なんだか面倒かけたみたいだな」

虎木《とらき》は観念して、和楽《わらく》の息子で自分の甥《おい》、虎木《とらき》良明《よしあき》に詫《わ》びた。

「本当ですよ。由良《ゆら》伯父さん。親父《おやじ》もトシなんで、心臓に悪いことはやめてください。せめて最初に僕に相談してくれればよかったのに」

「吸血鬼を退治したいから協力してくれなんて話、現役の警察庁官房なんかに上げられないからな」

「……比企《ひき》家然《しか》り、闇十字騎士団《やみじゅうじ》然《しか》り、いきなり知らされて慌てて走り回るより、最初から各所に根回しの挨拶をする方が、ずっと簡単なんです」

警察庁の現役官僚、虎木良明《とらきよしあき》は呆《あき》れた様子でそう言うと、銃とハンマーを申し訳なさそうに体の後ろに隠し、ついでに良明《よしあき》の視線を避けるように虎木《とらき》の背後に隠れるアイリスを見て、力なく肩を落とした。

「そちらが、親父《おやじ》の言う金の草鞋《わらじ》案件ですか。伯父に味方してくださる外部の人の存在は確かにありがたいのですが、できればこういう大騒ぎは今後ナシにしていただきたいですね。官僚だからって、何でもできるわけじゃないんですから」

「カネノワラジ……？」

「は……はああ!?　はああああ!?」

日本でも死語になりつつある慣用句を理解できなかったアイリスと、正確に理解した未晴《みはる》の間で思いきり反応が二分された。

「虎木《とらき》様！　どういうことですか!?　まさかご家族の間で既にこの女がそういう関係であると認められてしまっているのですか!!」

「え？　いや、ちょっと待て未晴《みはる》！　それは和楽《わらく》が勝手に言ってるだけで……！」

「和楽《わらく》長官！　事と次第によっては比企《ひき》家は日本警察との関係を考え直させていただきますよ!?」

「俺が退官して何年経《た》っとると思ってるんだ未晴《みはる》さん。そんな話は良明《よしあき》と兄貴にしてくれ。俺はただ自分が死んだあとの兄貴の行く末が心配なだけだ」

「それでしたらこの比企未晴《ひきみはる》が人の世が終わるその日まで責任を持ちます！」

「ちょっとミハル！　ユラは人間に戻るのよ。今回は失敗しちゃったけど、ユラが戻れないって決めつけるような言い方はどうかと思うわ」

「あなたはお黙りなさい！　今回の作戦だって私の根回しが無ければ何一つ上手《うま》くいかなかったのですよ！　この件はきっちり、シスター中浦《なかうら》と本国の闇十字騎士団に抗議させていただきますからね！」

「どうぞご自由に。あのストリゴイは取り逃がしたけど、赴任早々ヒキファミリーとの伝手《つて》を作って、古妖《エンシエント・ファントム》を退散させたってだけで、本国はきっと評価してくれるわ」

「何て……なんっっっって甘い組織なんでしょう！　虎木《とらき》様！　この女をさっさと家から追い出した方が身のためです。きっと最後には討ち取られて手柄にされてしまいますよ！」

「……なぁ網村《あみむら》、お前本当にこんな奴《やつ》らにこれから先のこと、保障してもらうのか？」

『……他に選択肢が無かったんだ』

「ユラ！」

「虎木《とらき》様！」

「伯父さん！」

「兄貴」

網村《あみむら》以外の全員が、虎木《とらき》の与《あずか》り知らぬところで起こった出来事で虎木《とらき》を責め立てる。

虎木《とらき》はそれを聞くともなしに聞きながら室井《むろい》愛花《あいか》の消えた夜空を見上げ、

「……俺は本当、周りの人間に恵まれてるな……さっさと帰って寝てぇ」

そうボヤいたのだった。

終章　吸血鬼は隣人を選べない

DRACULA YAKIN!

メアリ一世号での大立ち回りから、一週間が経《た》った。

アイリスと出会ってからの日々は、虎木《とらき》の人生の中で最も多くの人と最も濃密に関わり、最も精力的に動き回らされたと言ってよかった。

そもそもアイリスと小此木《おこのぎ》の戦いに嘴《くちばし》を突っ込んだ自分の責任ではあるのだが、それまで愛《あい》花《か》を探して和楽《わらく》や良明《よしあき》から時折もたらされるファントムや吸血鬼の不確かな情報を手掛かりに、たった一人で戦いに赴き、時に勝ち、時に負けること以外をほとんどしてこなかった。

負けたときには灰になって、しばらくしてから家に戻って、それからまた生活環境の立て直し。

そんなことを七十年近く、ずっと続けてきた。

和楽《わらく》の妻、君江《きみえ》の死をきっかけに家を出てからは、そのルーティーンすらスパンが長くなり、五年前に愛花《あいか》に敗北して都内の大根畑に撒《ま》かれてからは、急速に気力を失っていた。

「さてと、片付けはこれでおしまい。本当に、長い間お世話になりました」

その気力を、アイリスが強引に復活させた。

ブラックスーツを纏《まと》い、旅行用のキャリーケースを傍《かたわ》らに虎木《とらき》に頭を下げる闇十字騎士団の修道騎士、アイリス・イェレイがこの日、ようやく虎木《とらき》の部屋から退去する。

日本支部に赴任してからトラブル続きで確保できなかった住居を、ようやく確保したのだ。

虎木《とらき》はいつか不動産屋に同伴しなければならないと覚悟を決めていたのだが、ストリゴイとの接触報告を日本支部に通って長々と纏《まと》めなければならなかったようで、彼女の上司に当たる中《なか》浦《うら》というシスターが、アイリスの希望通りの部屋を見つけておいてくれたらしい。

「ユラに助けてもらったときにはこんなことになるなんて、思ってもみなかったけど……でも、結局ユラのおかげで、私の評価はほんのちょっとだけ回復したわ」

「じゃあ、本国に戻れるのか？」

虎木《とらき》はテーブルの上で手を組んで尋ねる。

初日に聖別されてしまったこのダイニングテーブルも、もう普通のテーブルに戻っていた。

「室井《むろい》愛花《あいか》を倒したならそれもあり得たけど、今はまだそこまではいかないわ。むしろ彼女の足取りがつかめるまでは、帰らせてもらえないかもしれない。彼女と接触したのがミハルと私だけだから」

「……そうか」

「それと、これ。約束だから、返すわね」

アイリスが差し出したのは、アイリスがこの部屋に押しかける原因となった虎木《とらき》の迷子メモだった。

「……忘れてた。もう捨てるぞこんなもの」

虎木《とらき》は一応受け取ると、びりびりと破いて部屋の隅の屑籠《くずかご》に捨ててしまう。

「こんなもの、吸血鬼を知らない奴《やつ》には何の意味も無いしな。血の刻印も新しくしてもらったことだし、今後は大人しく、未晴《みはる》の助けを待つとする」

「いいの？　彼女に恩を売られることにならない？」

「そうならないように気を付けるってことだ」

虎木《とらき》の首には、以前のような節くれだった不格好なものではなく、丁寧な細工の全く新しい血の刻印が下げられていた。

室井愛花《むろいあいか》のいるメアリ一世号に乗り込むにあたり、未晴《みはる》の武器である刀は船内で購入し、アイリスの銀の礫《つぶて》はアクセサリーに擬態させて。リベラシオンやデウスクリスに関わるものは網村《あみむら》に搬入させることが決まっていたが、一番の問題は灰になった虎木《とらき》自身をどう運び込み、吸血鬼の能力を発揮させるかだった。

血の刻印は名の通り原料が人間の血であり、もっと言えば作ったのは七年前、十一歳だった未晴《みはる》だった。

メアリ一世号で虎木《とらき》が何の準備もなく吸血鬼の能力を使えたのは、血の刻印が摺《す》りつぶされて虎木《とらき》の灰に混ぜられた状態で船に運び込まれたからだ。

そして虎木《とらき》の灰そのものは、未晴《みはる》が着ていたものとは別の振袖に縫い込まれ、トランクで船内に運び込まれた。

つまり船の中で人間型を取り戻した時点で虎木《とらき》は通販で手に入るスッポンの血とは比べ物にならない純粋な人間の血を、体内に取り込んでいたのである。

そしてこの新たな目印である血の刻印は、七年前よりもずっと手先が器用になった未晴《みはる》が本人曰《いわ》く、心を込めて作った『魔除《まよ》けのお守り』なのだそうだ。

「あとはこれね。私があなたから借りたお金。最初のカレーから始まって、生活必需品を揃《そろ》えるのに借りた五千円と、あとは光熱費。中、改めて頂戴」

「ああ、いいよいいよ。適当でいい。こっちもメシ作ってもらったり洗濯してもらったり、色々助かったことはある」

虎木《とらき》は差し出された茶封筒を無造作にポケットにねじ込む。

「ちなみにその封筒は、あなたのコンビニで店長さんがレジにいるときに買ったの」

「何を誇らしげに言ってんだよ」

「頑張ったの。褒めてくれてもいいのよ」

しゃあしゃあと言うアイリスだが、これが彼女の本来の姿なのだから、もう苦笑するしかない。

本来なら、彼女の門出は陽光の中で行われるべきなのだろう。

だが虎木《とらき》は未《いま》だ吸血鬼で、今日もあと一時間もすれば出勤の時間になる。

部屋も、玄関も、冬の夕方の薄暗さと寒さが染《し》みついた、灰色の別れを演出していた。

アイリスは深々と虎木《とらき》に頭を下げると、キャリーケースを引きながら凛《りん》とした足取りで共用廊下を歩き出し、そして、

「それじゃ、また明日」

虎木《とらき》の住むブルーローズシャトー雑司《ぞうし》が谷《や》一〇四号室の隣、一〇三号室の扉にカギを突っ込んで捻《ひね》り、そのまま中に入っていった。

虎木《とらき》はそれを見ながら、頭を抱えて蹲《うずくま》ってしまう。

「お前んとこの上司何考えてやがんだ。本気でお前俺んちの隣に住むのか」

「何言ってるの。当たり前でしょ」

キャリーケースを部屋に放り込んですぐさま、アイリスは顔を覗《のぞ》かせる。

「古妖《エンシエント・ファントム》ストリゴイと関わりのある吸血鬼。しかもヒキファミリーや日本警察とも縁が深い。そんな吸血鬼を、見張りも無しに放置しておくはずないじゃない。むしろ今まで見つかってなかったのが不思議なくらいよ。あなたのことも、しっかり本国宛ての報告書に書かせてもらったから」

「それマジで言ってんのか」

「当たり前でしょ。私のおかげで騎士団から目をつけられても平穏無事に暮らしていけるんだから、感謝してくれていいわよ」

「俺ですらこれだ。網村《あみむら》や相良《さがら》が、お前らや比企《ひき》家にどれだけこき使われるかを想像するだけで、同情で涙が出そうになる」

「アミムラもサガラも、ヒキファミリーの協力の下、日本での社会生活に必要な支援をすることが決まってるわ。彼らもきっと、私に感謝してくれるはずよ」

「お前のそれは自信とか自負とかじゃなく、単なる傲慢だからな」

「だからユラ。今後本国の闇十字の覚えを良くするためにも、私の聖務には引き続き協力してもらうから、よろしくね」

　今の愛花《あいか》は、虎木《とらき》よりも圧倒的にアイリスに興味を示している。

　メアリ一世号から消えた愛花《あいか》が未《ま》だ日本にいるのか、それとも何かの方法で海外に逃れたのかは分からないが、アイリスと行動を共にすれば、虎木《とらき》が愛花《あいか》に接触できる機会も増えるだろう。

「やなこった」

　虎木《とらき》はそのことを十分理解した上で、げんなりした顔でそう言い、当然のようにアイリスはその言葉を無視した。

「取り急ぎまずは、このゾーシガヤ周辺の細かい地理を知りたいわ。案内して。次のコンビニのお仕事の休みは三日後よね。その日でいいわ」

「何でお前が俺のシフト把握してるんだよ！」

「冷蔵庫の扉に磁石で留めてあったじゃない、自分の担当ファンのことは、可能な限り把握するのが闇十字騎士団の義務よ」

虎木《とらき》は自分の迂闊《うかつ》さに、頭を掻《か》きむしりそうになった。

「俺に警察官僚の親戚がいること忘れんな。プライバシーの過剰な侵害で訴えるぞ！　お前数分前に俺に世話になったとか言ってただろうが！」

そのまま暴れ出しかねない虎木《とらき》を見て、アイリスは小さく微笑《ほほえ》んだ。

「物は考えようよ、ユラ」

「何がだ！」

「私に貸しをたくさん作れば、またストリゴイに遭うときには私を引っ張り出せるわよ」

「結構だ！」

怒らせすぎただろうか。

虎木《とらき》は肩を怒《いか》らせて部屋に戻ってしまい、アイリスもそれ以上は刺激せずに、新天地の新住居の中に入る。

虎木《とらき》の一〇四号室と線対称の構造の室内。

まるで吸血鬼の虎木《とらき》と人間の自分が、似て非なることを象徴しているかのような。

「まるで私達みたいよね……ユラ」

吸血鬼の耳も、壁越しの声は聞こえまい。

「私はあなたに、人間に戻ってほしい」

板の間に上がりながら、アイリスはカーテンのかかっていない窓から外を見る。

虎木《とらき》の部屋より少しだけ採光率の高いその窓からは、冬の半月が良く見えた。

太陽の光を受けて輝く側と、影に隠れて見えない側。

アイリスは、決して手の届かぬ影の半月に僅かに手を伸ばそうとして、すぐに下ろした。

「あなたが人間に戻れば、私のことを、太陽の下に連れ出してくれるかしら」

アイリス・イェレイがこの世でただ一人、恐れることなく接することのできる男はその言葉を聞くことなく、それから小一時間の後、出勤する音が聞こえた。

アイリスはその音が聞こえるとさっと玄関に向かい、そして扉を開けずに声をかける。

「いってらっしゃい！」

共用廊下の足音は、その声が聞こえたのだろうか。

一瞬立ち止まった後、それでもそう返事をして遠ざかった。

「ああ、行ってくる」

近いようで、常に厳然たる壁に隔てられた人の修道騎士と吸血鬼の男の隣人生活は、こうして始まったのだった。


—了—

作者はいつもあとがきの話題を探している ― AND YOU ―

偏見たっぷりにお話しするのですが、個人での創作を生業としている方の多くは、一度は宵っ張りの生活を経験されているのではないでしょうか。

他ならぬ私自身がそうですし、私の友人の作家達は皆、四季折々の朝焼けの美しさと日の出の時間を知っています。

生物学上は昼行性の生物である人間ならば、日中に目覚め仕事をし、夜は布団《ふとん》で眠るのが良《い》いはずなのですが、何故《なぜ》か気が付くと夜型になっています。

ある日の仕事中、部屋の窓から外の朝焼けを見て、自分はこの仕事をしている間はずっと朝型にはなれないんだろうなぁとぼんやりと思っておりました。

そしてこの世で最も『夜型』の人ってどんな人だろうと思ったとき、本書の主人公、虎木由良《とらきゆら》が突然現れました。

『はたらく魔王さま！』の最終巻の執筆に難航しながら、次回作の構想について四苦八苦していたある冬の明け方のことでした。

そして本書『ドラキュラやきん！』のこのあとがきは『はたらく魔王さま！』最終巻の最終作業を終えたまさにその直後に書かれています。

初めましての方は初めまして。お久しぶりの方はお久しぶりです。そして一か月ぶりの方、ありがとうございます。

和ヶ原聡司《わがはらさとし》と申します、気が付くと夜型になってるタイプの作家です。


夜型って、実際不便です。

程度は様々ですが、世の中の主要な時間帯の流れに自分の感覚がマッチしません。

学生の間、若い間はまだ良《い》いのですが、自分の意思、自分の用事で役所や銀行や郵便局や病院に行くようになると、遅い時間は予約がいっぱいだったり自分が起きてる時間にはそもそもやってなかったりします。

それで仕方なく朝とか昼に起きなきゃいけなくなると、これがもう苦痛でしかありません。

午前九時とか早朝もいいところです。

世の中には夜にしかできない仕事、夜にやらざるを得ない仕事というものが多々あり、そういった仕事に従事されている方は已《や》むに已《や》まれず夜型になるのですが、和ヶ原《わがはら》の仕事は別に夜じゃないとダメな仕事でもありません。

完全に自己管理の問題です。

でも困ったことに、多くの作家は宵っ張りを良しとしてますし、和ヶ原《わがはら》の友人の作家の多くは宵っ張りですし、遂《つい》には書く小説の主人公まで生物学的（？）に日が落ちてる間じゃないと活動できない存在になってしまいました。

恐らくまだまだ、私の夜型作家生活は続くことでしょう。

本書の物語は、大多数とは違う己を受け入れつつも己の在り方に忸怩《じくじ》たる思いを拭えない奴《やつ》らが、毎日必死に生きているお話です。

有坂《ありさか》あこさんに彫り出していただく新たな『異世界からやってきた日常』の物語を、お楽しみいただければこれに勝る幸いはありません。

あなたの職場のあの人は、もしかしたら闇の世界からの来訪者かもしれません。

魔王から『働き者』のバトンを託された吸血鬼の物語がこの先どうなるのか、是非楽しみにしていただければと思います。

それではっ！

◉和ヶ原聡司著作リスト

「はたらく魔王さま！1～21」（電撃文庫）
「はたらく魔王さま！0、0-Ⅱ」（同）
「はたらく魔王さま！SP、SP2」（同）
「はたらく魔王さまのメシ！」（同）
「はたらく魔王さま！ハイスクールN！」（同）
「ディエゴの巨神」（同）
「勇者のセガレ1～4」（同）
「スターオーシャン：アナムネシス　-The Beacon of Hope-」（同）
「ドラキュラやきん！」（同）

本書に対するご意見、ご感想をお寄せください。

ファンレターあて先
〒 102-8177　東京都千代田区富士見 2-13-3
電撃文庫編集部
「和ヶ原聡司先生」係
「有坂あこ先生」係

本書は書き下ろしです。

電撃文庫

ドラキュラやきん！

和《わ》ヶ《が》原《はら》聡《さと》司《し》

2020年９月10日　初版発行
2021年５月15日　再版発行

発行者　青柳昌行
発行　株式会社KADOKAWA
〒102-8177　東京都千代田区富士見2-13-3
0570-002-301（ナビダイヤル）
装丁者　荻窪裕司（META＋MANIERA）
印刷　株式会社暁印刷
製本　株式会社ビルディング・ブックセンター

ISBN978-4-04-913383-7　C0193　Printed in Japan

電撃文庫　https://dengekibunko.jp/

電撃文庫創刊に際して

文庫は、我が国にとどまらず、世界の書籍の流れのなかで〝小さな巨人〟としての地位を築いてきた。古今東西の名著を、廉価で手に入りやすい形で提供してきたからこそ、人は文庫を自分の師として、また青春の想い出として、語りついできたのである。

その源を、文化的にはドイツのレクラム文庫に求めるにせよ、規模の上でイギリスのペンギンブックスに求めるにせよ、いま文庫は知識人の層の多様化に従って、ますますその意義を大きくしていると言ってよい。

文庫出版の意味するものは、激動の現代のみならず将来にわたって、大きくなることはあっても、小さくなることはないだろう。

「電撃文庫」は、そのように多様化した対象に応え、歴史に耐えうる作品を収録するのはもちろん、新しい世紀を迎えるにあたって、既成の枠をこえる新鮮で強烈なアイ・オープナーたりたい。

その特異さ故に、この存在は、かつて文庫がはじめて出版世界に登場したときと、同じ戸惑いを読書人に与えるかもしれない。

しかし、〈Changing Times,Changing Publishing〉時代は変わって、出版も変わる。時を重ねるなかで、精神の糧として、心の一隅を占めるものとして、次なる文化の担い手の若者たちに確かな評価を得られると信じて、ここに「電撃文庫」を出版する。

1993年6月10日
角川歴彦

電撃文庫DIGEST　9月の新刊

発売日2020年9月10日

新作 ドラキュラやきん！

【著】和ヶ原聡司　【イラスト】有坂あこ

俺は現代に生きる吸血鬼。池袋のコンビニで夜勤をし、日当たり激悪の半地下アパートで暮らしながら人間に戻る方法を探している。そんな俺の部屋に、天敵である吸血鬼退治のシスター・アイリスが転がり込んできて!?

魔法科高校の劣等生㉜
サクリファイス編／卒業編

【著】佐島 勤　【イラスト】石田可奈

達也に届いた光宣からの挑戦状。恐るべき宿敵が、ついに日本へ戻ってくる。光宣の狙いは『水波の救済』ただ一つ。ふたりの魔法師の激突は避けられない。人外と亡霊を身に宿した『最強の敵』光宣が、達也に挑む！

アクセル・ワールド25
―終焉の巨神―

【著】川原 礫　【イラスト】HIMA

太陽神インティを撃破したハルユキを待っていたのは、さらなる絶望だった。加速世界に終わりを告げる最強の敵、終焉神テスカトリポカを前に、ハルユキの新たな心意技が覚醒する！《白のレギオン》編、衝撃の完結！

俺の妹がこんなに可愛いわけがない⑮
黒猫if　上

【著】伏見つかさ　【イラスト】かんざきひろ

高校3年の夏。俺は黒猫とゲーム研究会の合宿に参加する。自然溢れる離島で過ごす黒猫との日々。俺たちは"槇島悠"と名乗る不思議な少女と出会い――。

ヘヴィーオブジェクト
天を貫く欲望の槍

【著】鎌池和馬　【イラスト】凪良

アフリカの大地にそびえ立った軌道エレベーター。大地と宇宙をつなぎ、世界の在り方を一変させる技術に、クウェンサーたちはどう立ち向かうのか。宇宙へ飛び立て、近未来アクション！

娘じゃなくて私《ママ》が好きなの!?③

【著】望 公太　【イラスト】ぎうにう

私、歌枕綾子、3ピー歳。娘の参戦で母娘の三角関係!?家族旅行にプールと混浴、夏の行事が盛りだくさんで、恋の駆け引きはさらに盛り上がっていく――

新作 世界征服系妹

【著】上月 司　【イラスト】あゆま紗由

妹は異世界の姫だったらしく、封印されていた力が目覚めたんだそうだ。無敵の力を手に入れた檸檬は、あっという間に世界の頂点に君臨。そして兄である俺は、政府から妹の制御（ご機嫌取り）を頼まれた……。

新作 反撃のアントワネット！
「パンがないなら、もう店を襲うしかないじゃない……っ！」「やめろ！」

【著】高樹 凛　【イラスト】竹花ノート

「パンがなければケーキを……えっ、パンの耳すらないの!?」汚名返上に燃えるマリー・アントワネットと出会った雪城千隼は、突然その手伝いを命じられる。しかし汚名の返上どころか極貧生活で餓死寸前!?

新作 わたし以外とのラブコメは許さないんだからね

【著】羽場楽人　【イラスト】イコモチ

冷たい態度に負けずアプローチを続けて一年、晴れて想い人に振り向いてもらえた俺。強気なくせに恋愛防御力0な彼女にイチャコラ欲求はもう限界！　秘密の両想いなのに恋敵まで現れて……？　恋人から始まるラブコメ爆誕！

新作 ラブコメは異世界を救ったあとで！
～帰ってきたら、逆に魔王の娘がやってきた～

【著】末羽 瑛　【イラスト】日向あずり

異世界で魔王を倒したあと、現代日本に戻って穏やかに暮らしていた俺。そんなある日、魔王の一人娘、フランチェスカが向こうの世界からやってくる。まさか、コイツと同棲するハメになるとは……なんてこった！

フリーター魔王さまの庶民派ファンタジー!

世界征服間近だった魔王が、勇者に敗れて辿り着いた先は、異世界"東京"だった!?
六畳一間のアパートを仮の魔王城に、フリーターとして働く魔王の明日はどっちだ!!

電撃文庫

和ヶ原聡司
[イラスト]黒銀
ディエゴの巨神
『はたらく魔王さま!』の
和ヶ原聡司が贈る
壮大なるファンタジー!!
禁制の陰陽術を操る青年ディエゴと、
森を守る巨神・タンカムイを駆る娘ローゼン。
黄金の大樹がそびえ立ち、巨神が森を守る新大陸を舞台に、
ディエゴは海洋国家と原住民族との大いなる戦いに
巻き込まれてゆくことになり——?
電撃文庫

暴虐の魔王、転生した未来世界で
魔王の適性皆無と判断される!?
魔王学院の不適合者
―MAOH GAKUIN NO FUTEKIGOUSHA―
~史上最強の魔王の始祖、転生して子孫たちの学校へ通う~
著†秋
illustration†しずまよしのり

安達としまむら

昨日、しまむらと私が
キスをする夢を見た。

体育館の二階。ここが私たちのお決まりの場所だ。
今は授業中。当然、こんなとこで授業なんかやっていない。
ここで、私としまむらは友達になった。

日常を過ごす、女子高生な二人。
その関係が、少しだけ変わる日。

入間人間　イラスト／のん

電撃文庫

春——。名門キンバリー魔法学校に、今年も新入生がやってくる。黒いローブを身に纏い、腰に白杖と杖剣を一振りずつ。胸には誇りと使命を秘めて。魔法使いの卵たちを迎えるのは、満開の桜と魔法生物のパレード。喧噪の中、周囲の新入生たちと交誼を結ぶオリバーは、一人に少女に目を留める。腰に日本刀を提げたサムライ少女、ナナオ。二人の、魔剣を巡る物語が、今始まる——。

電撃文庫

豚になった俺が、
異世界で美少女と
いちゃラブ(!?)する
ファンタジー
逆井卓馬
Author: TAKUMA SAKAI
［イラスト］遠坂あさぎ
Illustrator: ASAGI TOHSAKA
豚のレバーは加熱しろ
Heat the pig liver
the story of a man turned into a pig.
純真な美少女にお世話される生活。う～ん豚でいるのも悪くないな。だがどうやら彼女は常に命を狙われる危険な宿命を負っているらしい。
よろしい、魔法もスキルもないけれど、俺がジェスを救ってやる。運命を共にする俺たちのブヒブヒな大冒険が始まる！
電撃文庫